DER
HELLSTE STERN
DER
Highlands

CLAN
GRANT
REIHE

BUCH
SIEBEN

JENNIE & AEDAN

KEIRA
MONTCLAIR

BÜCHER VON KEIRA MONTCLAIR

DIE CLAN GRANT-SERIE
#1-BEFREIT VON EINEM HIGHLANDERS -
Alex und Maddie
#2-HEILUNG EINES HIGHLANDER-HERZENS -
Brenna und Quade
#3-LIEBESBRIEFE AUS LARGS -
Brodie und Celestina
#4-AUFSTIEG IN DIE HIGHLANDS-
Robbie und Caralyn
#5-DAS KNISTERN DER HIGHLANDS-
Logan und Gwyneth
#6-MEIN VERSWEIFELTER HIGHLANDERIN-
Micheil and Diana
#7-DER HELLSTE STERN DER HIGHLANDS-
Jennie and Aedan
8 - Bald erscheinend

DER HIGHLAND CLAN
LOKI aus den Highlands - Buch Eins
TORRIAN aus den Highlands - Buch Zwei
LILY aus den Highlands – Buch Drei
JAKE aus den Highlands– Buch Vier
ASHLYN aus den Highlands– Buch Fünf
MOLLY aus den Highlands– Buch Sechs
JAMIE UND GRACIE aus den Highlands-Buch Sieben
SORCHA aus den Highlands-Buch Acht
9-12- Bald erscheinend

WEITERE BÜCHER
DIE VERBANNUNG DES HIGHLANDERS

WIDMUNG

Für meine wundervolle Editorin, Angela P., die ihre Fähigkeiten immer wieder beweist. Danke dafür, dass du immer dein Bestes gibst, und für deine Geduld.

Vielen Dank an Jennifer R. dafür, der Fan zu sein, den sich jeder Autor nur wünschen kann. Ich liebe es, deine Rückmeldungen zu lesen.

Vielen Dank an Olivia A. für ihre endlose Unterstützung.

DER CLAN

Die Grants
1 Laird Alexander Grant und seine Frau, Maddie (#1)
Die Zwillingsjungen James (Jamie) und John (Jake)
Kyla
Connor
2 Brenna Grant und ihr Mann, Quade Ramsay (#2)
Torrian (Quades Sohn aus erster Ehe)
Lily (Quades Tochter aus erster Ehe)
Bethia
Gregor
3 Robbie Grant und seine Frau, Caralyn (#4)
Ashlyn (Caralyns Tochter aus einer früheren Beziehung)
Gracie (Caralyns Tochter aus einer früheren Beziehung)
Rodric (Roddy)
4 Brodie Grant und seine Frau, Celestina (#3)
Loki (adoptiert)
Braden
5 Jennie Grant (#7)

Ramsays
1 Quade Ramsay und seine Frau, Brenna Grant (siehe oben)
2 Logan Ramsay und seine Frau, Gwyneth (#5)
Molly (adoptiert)
Maggie (adoptiert)
Sorcha
Gavin
3 Micheil Ramsay und seine Frau, Diana (#6)
 David
4 Avelina Ramsay (Book #8)

KAPITEL EINS

Herbst, 1260er Jahre, Schottland

DIE DÄMMERUNG WAR hereingebrochen und Jennie Grant raufte sich die Haare. Sie zog und zerrte an ihnen, um den Schmerz aus ihrem Kopf zu vertreiben, aber ohne Erfolg. Sie litt unter der sinnlosen Gewalt, dem allgegenwärtigen Blut und der endlosen Zahl von Kriegern, die in den letzten Tagen bei ihr gewesen waren und von denen viele von Freunden getragen werden mussten, weil sie sich nicht allein auf den Beinen halten konnten.

Jennie und die Frau ihres Bruders, Caralyn, hatten eine Kammer neben dem großen Saal der Grant-Burg eingerichtet, um Verletzungen nach den jüngsten Scharmützeln in den oberen Highlands zu behandeln. Jennie verbrachte die meiste Zeit hier, pflegte Wunden und nähte sie, wenn es nötig war. Sie fühlte sich überfordert. Es gab so viele schreckliche Verletzungen, dass sie abends nicht einschlafen konnte. Sie wusste, dass das Schmerzensstöhnen der Männer sie bis tief in die Nacht verfolgen würde. Seit Beginn der Kämpfe plagten sie furchtbare Träume und machten selbst ihre wachen Momente zu einem Albtraum.

„Jennie, warum gehst du nicht ins Bett, Mädchen?", fragte Brodie.

„Ich kann nicht. Ich werde diese Schrecken die ganze Nacht erneut in meinem Kopf durchleben."

Inga kam herüber und schlang ihre Arme um Jennie. „Vielen Dank, dass du meinen Mann gerettet hast, Jennie. Ich würde ohne ihn sterben. Unsere Kleinen wären ohne ihren Vater verloren."

Jennie umarmte Inga und löste sich dann von ihr, um an ihr vorbei zu huschen. „Ich muss sehen, wie es Nicol geht."

„Nein, Mädchen. Bis morgen früh ist er gut versorgt. Es ist Zeit, dass du dich ausruhst." Ihr Bruder packte sie an der Schulter.

Aber Brodies strenger Blick konnte sie nicht beeindrucken. Sie ging mit wehenden Röcken an ihm vorbei und hielt nicht an, bis sie die Seite von Nicols Bett erreichte, der neben drei anderen ruhte. Sie setzte sich auf den Hocker neben ihn und legte ihren Handrücken an seine Stirn. Das Fieber wütete immer noch in seinem Körper, der versuchte, die Beinverletzung zu überwinden, die er sich im Kampf in einem Tal südlich von hier zugezogen hatte. Jennie hatte den Eiter abgelassen und die übelriechende Flüssigkeit aus seinem Körper in eine Schüssel gekippt. Nicol hatte aufgejault und seine Fäuste willkürlich um sich geschwungen. Es war seine erste Reaktion seit zwei Tagen gewesen, seit er zurückgebracht und von einem der drei Grant-Heiler zusammengeflickt worden war. Jennie, Robbies Frau Caralyn und einer der Männer halfen oft bei Kriegsverletzungen.

Inga rang die Hände, als sie hinter Jennie stand und ihre Meinung über das Schicksal ihres Mannes abwartete. Jennie konnte erkennen, wie sehr sie sich auf sie verließ. Aber die Wahrheit war, dass sie auch nicht viel mehr wusste als sie anderen.

Und sie war es leid. Sie wollte einfach nur ihren Kopf in die Hände legen und schluchzen, aber sie wusste, das würde Inga nur erschrecken. Sie liebte die Frau wie eine Schwester. Sie und Brodies Frau Celestina waren beste Freundinnen.

„Inga, ich glaube, er fühlt sich ein bisschen kühler an. Befeuchte seine Stirn weiter mit dem sauberen Tuch und gib ihm Brühe, wenn er sie annimmt."

„Er wehrt sich gegen die Decken. Er will nichts auf sich haben."

„Dann lass ihm seinen Willen. Es ist am besten, dass er sich wohlfühlt, aber er muss wissen, dass du hier bist und darauf vertraust, dass es ihm besser gehen wird. Bring die Jungs her, damit sie eine Weile bei ihm sitzen."

Inga nickte und drehte sich um, um zu tun, was Jennie ihr aufgetragen hatte, hielt dann aber inne. „Brodie, setzt du dich bitte ein bisschen an seine Seite? Falls er wieder anfängt um sich zu schlagen."

„Aye, ich bleibe. Nimm dir Zeit. Ich erzähle ihm ein oder zwei alte Geschichten, während du die Jungen holst. Dein Mann ist ein starker Krieger, Inga. Er ist seit vielen Jahren an meiner Seite und ich kenne ihn gut. Er wird für dich kämpfen. Du wirst schon sehen."

Inga umarmte Brodie Grant und schlurfte mit grimmigem Gesicht aus der Tür.

Brodie trat hinter seine Schwester, packte sie an den Schultern und zwang sie, aufzustehen. „Mädchen, ich mache das hier schon. Du musst dich ausruhen. Leg dich auf die Pritsche neben der Tür und schließ kurz die Augen. Du kannst dich ja kaum noch auf den Beinen halten. Caralyn wird mit den neuesten Verletzungen fertig."

Als sie hörte, dass sich jemand näherte, stand sie auf und drehte sich um, in der Erwartung, Caralyn zu sehen. Sie erstarrte mitten in der Bewegung. Die Person, die sie zu sehen hoffte, stand keine drei Meter von ihr entfernt. Die große Gestalt ihres Bruders, Laird Alexander Grant, füllte die Tür und hinderte jeden daran, ein- oder auszugehen. Ihr Bruder, der für sie wie ein Vater war, stand zitternd da. Schweiß rann ihm über die Stirn und seine Hand war immer bereit, sein Riesenschwert zu greifen.

„Alex? Bist du verletzt?" Sie musterte ihn von Kopf bis Fuß, sah aber kein frisches Blut.

Er schüttelte den Kopf. „Mir geht es gut. Wie viele?"

„Wie viele was?" Sie verschränkte die Arme vor sich, als sie zur Tür ging.

„Wie viele Tote, Mädchen?"

Seine Augen bohrten sich in ihre und sein ganzes Gesicht strahlte die einschüchternde Laird-Aura aus. Ihr Bruder, bekannt als einer der besten Schwertkämpfer in den gesamten Highlands und dafür, dass er gegen die Norweger gekämpft und sie zu ihren Schiffen nach Largs zurückgeschickt hatte, konnte fast jeden einschüchtern.

Aber nicht sie. „Zwei Tote, Alex. Viele Verletzte ... so viele, dass ich sie nicht zählen kann. Das muss ein Ende haben." Sie stemmte die Hände in die Hüften und ging auf ihn zu.

„Jennie, ich bin erschöpft. Wir werden das morgen besprechen. Ich muss mich ausruhen."

„Morgen?", bellte sie. „Und wie viele weitere Verletzte muss
ich bis dahin behandeln? Wie viele Witwen muss ich noch stützen, nachdem ich sie über den Tod ihres Mannes informiert
habe? Das ist zu viel. Du kannst das deinem Clan nicht länger antun. Das ist falsch." Ihre Fingernägel gruben sich in ihre
Handflächen.

Brodies sanfte Hände legten sich auf ihre zitternden Schultern.
„Jennie, sprich nicht so barsch mit unserem Laird."

Sie löste sich aus Brodies Griff. „Ich werde mit unserem Laird
sprechen, wie ich will. Du bist nicht besser als ein Mörder, Alex.
Ein Mörder! Unsere Männer sterben da draußen."

Alex kniff die Augen zusammen und sie sah seinen Kiefer
zucken – ein sicheres Zeichen für die Wut, die er normalerweise
in ihrer Nähe unter Kontrolle hielt. „Ich habe diesen Kampf
nicht angefangen", antwortete er mit zusammengebissenen Zähnen.

„Wer dann?" Sie starrte ihren Bruder finster an und wollte,
dass er ihr zuhörte. Konnte er nicht nur einmal, nur dieses eine
Mal, aufhören, den mächtigen Alex Grant zu spielen?

Er zischte durch zusammengebissene Zähne. „Ich weiß nicht,
wer diesen törichten Krieg begonnen hat, aber ich weigere
mich, unsere Nachbarclans wehrlos zu lassen. Die Angreifer
tragen keine Tartans und gehören keinem Clan an. Sie richten
Verwüstung an, wo immer sie auftauchen, und ich will sie aufhalten, Jennie, ob du damit einverstanden bist oder nicht. Ich
werde unsere Nachbarn nicht im Stich lassen." Er wandte ihr
den Rücken zu und stolzierte in Richtung des großen Saals.

Einer der Männer stöhnte und sie drehte sich um, um nach
ihm zu sehen, aber er hatte sich nur auf seiner Pritsche umgedreht.

Jenny rannte zur Tür und packte den Rahmen an beiden Seiten.
„Alex! Du musst der Friedensstifter sein. Du musst dafür sorgen,
dass die Kämpfe und die Verletzungen aufhören." Tränen liefen
ihr über die Wangen, als sie sich mit beiden Händen abstützte.
„Es muss ein Ende haben." Ihre Stimme wurde fast zu einem
Flüstern, als die Schluchzer ihre zarte Gestalt überwältigten. „Ich
kann das Wehklagen der Verletzten nicht mehr hören. Ich kann
es einfach nicht. Bitte, Alex …", sie sackte zu Boden, „…mach,

dass es aufhört."

Brodie nahm sie in seine Arme, legte sie auf eine leere Pritsche und deckte sie mit einem abgetragenen Plaid zu. Sie rollte sich auf die Seite, schloss die Augen und wünschte sich, das Todesgespenst würde sie in Ruhe lassen.

Sie musste Alex dazu bringen, dies alles zu beenden.

Aedan Cameron ging im Solar seines Vaters auf und ab, unfähig, eine Lösung für sein Problem zu finden. Sein Vater war dem Tode nahe und kein Heiler hatte ihm helfen können. Ranulf Cameron, Anführer der Camerons, würde bald sterben und seinen Sohn mit der Herausforderung konfrontieren, vor der er sich sein ganzes Leben lang gefürchtet hatte.

Er würde bald der Anführer des Clans werden. Aedan Cameron würde gezwungen sein, in die Fußstapfen seines Vaters zu treten und den immer kleiner werdenden Cameron-Clan zu führen. Zu ihren Besitztümern gehörte die schönste Doppelabtei der Highlands, Lochluin Abbey, in der sowohl Mönche als auch Nonnen lebten, und sie wurden selten angegriffen, da die Highlander die Ordensleute so hoch schätzten.

Die Abtei war im Moment nicht von Bedeutung, aber die schwindende Gesundheit seines Vaters schon. Sein Vater durfte nicht sterben. Eine Erinnerung versteckte sich in seinem Hinterkopf. Es gab noch einen anderen Heiler, jemanden, den sie noch nicht zu seinem Vater gebracht hatten, aber er konnte sich einfach nicht entsinnen, wer es war.

Die Tür sprang auf und sein Freund Drew Menzie stürmte herein. „Es ist nur noch wenig Zeit. Du solltest mit deinem Vater sprechen, bevor er diese Erde verlässt."

Aedan winkte abwehrend ab. „Ich habe viele Male mit ihm gesprochen, seit er krank geworden ist. Ich kenne seine Wünsche. Ich versuche, mich an etwas zu erinnern. Wo sind wir noch einem Heiler begegnet? Da war noch jemand anderes, ich schwöre es, ich kann mich nur einfach nicht erinnern …"

„Außer dem Mädchen, das dir in den Hintern geschossen und behauptet hat, eine Heilerin zu sein, fällt mir niemand ein. Du hast die gesamten Highlands nach Heilern abgesucht und jeder hat dir dasselbe gesagt. Nichts. Deinem Vater geht es immer schlechter und er zieht sich mit jedem Tag mehr und mehr in sich selbst zurück." Drew sah ihn finster an.

Aedan blieb mitten im Raum stehen. „Aye! Das ist genau die, nach der ich gesucht habe." Sein Finger strich über seine Unterlippe und ein Lächeln breitete sich auf seinem Gesicht aus. „Aye, in der Nähe von Lothian. Ihr Bruder verfolgte uns mit seinem Schlachtross. Das war vor ein paar Jahren. Wie war noch sein Name?"

„Grant. Das ist alles, woran ich mich erinnere."

„Aye." Sein Finger zeigte zur Decke. „Aye, Alexander Grant. *,Ihr sollt wissen, dass Ihr gerade der Schwester von Laird Alexander Grant begegnet seid.'* Kommt dir das bekannt vor?"

„Aye. Das ist genau das, was er gesagt hat. Du hast ein ziemlich gutes Gedächtnis. Er war wütend, weil du seine Schwester angefasst hattest."

„Gut, wir haben also ein Ziel." Ein ungebetenes Lächeln huschte über seine Züge. Grants Schwester, wie auch immer sie hieß, war seiner Erinnerung nach eine beachtliche Schönheit und er hätte nichts dagegen, sie für eine Weile auf seine Burg zu holen. „Wir brechen zu den Grants auf. Ich muss sie hierherbringen, um meinen Vater zu heilen."

Ein Klopfen hallte durch die Kammer. „Herein."

„Aedan, dein Vater fragt nach dir." Seine Mutter Morag stand in der Tür.

„Ich werde mit ihm sprechen, aber dann reiten wir zum Grant-Clan, um eine weitere Heilerin zu suchen."

Morag rang stirnrunzelnd ihre Hände. „Wozu, Aedan? Sie alle haben uns gesagt, dass nichts mehr für ihn getan werden kann. Welche Krankheit er auch immer hat, sie schreitet langsam fort und beraubt ihn seiner Lebensfreude. Die Flüssigkeit verlässt seinen Körper nicht mehr. Er bläht sich jeden Tag mehr auf. Es gibt keine Hoffnung und es ist unsere Aufgabe, uns in seinen letzten Tagen um ihn zu kümmern." Sie wischte die Tränen fort, die in ihren Augen standen.

„Komm, Mutter. Ich gehe mit dir. Aber du wirst es schon sehen, wenn ich zurückkomme. Sie ist eine junge Heilerin, ganz anders als die alten Weiber, die uns nichts sagen können und uns nur die Hoffnung stehlen." Er begleitete seine Mutter die

Treppe hinauf zur Kammer seines Vaters und ließ Drew zurück.

Bevor sie die Krankenkammer betraten, wandte sich Morag an ihren Sohn. „Aedan, nein. Lass ihn gehen. Seine Zeit ist gekommen, wir wissen es beide. Du kannst das Unvermeidliche nicht aufschieben. Du wirst innerhalb einer Woche unser neuer Laird sein."

Aedan starrte seine Mutter an und hoffte, dass sie sich irrte. Er wollte kein Laird sein und hatte weder die Kraft noch den Mut oder die Weisheit für diese Aufgabe. Die Zukunft des Clans unter seiner Führung sähe finster aus, da war er sich sicher. Warum konnte seine gesegnete Mutter das nicht erkennen?

Ihre Hand strich über seine Wange und sie riss ihn aus seinen Gedanken. „Aedan, du wirst ein guter Laird sein. Hör auf, dich dafür zu bestrafen, wie du bist. Dein Vater hat dein Streben nach Wissen unterstützt. Du kannst beides tun."

Er konnte seine Ängste nicht verbergen. „Aye, das hat er. Aber was wird jetzt aus meiner Suche? Wie kann ich weiterhin nach Antworten auf meine Fragen suchen, wenn ich den Clan führen muss? Wie werde ich den wahren Sinn des Lebens entdecken oder was die Sterne bedeuten oder warum die Menschen immer kämpfen müssen?" Panik erfüllte seinen Körper bei dem bloßen Gedanken. „Wenn er nur noch ein paar Jahre durchhalten könnte, könnte Ruari das Kommando übernehmen. Er wird ein guter Laird sein."

„Mein Sohn, dein Vater kann nicht warten und dein Bruder ist mit elf Jahren zu jung. Ruari wird dir immer zur Seite stehen, dessen sei dir gewiss."

Sie schob die Tür auf und Aedan betrat die staubige Kammer, wobei seine Nase vor dem Geruch des Todes zurückschreckte. „Vater?"

Er trat ans Bett und die Hand seines Vaters streckte sich im Dunkeln aus, um sich mit seiner Hand zu verbinden. „Mein Sohn, versprich mir, dass du unseren Clan anführen wirst", sagte er heiser.

Aedan hielt den Atem an, da er dieses Versprechen nicht geben wollte, verzweifelt auf der Suche nach einer akzeptablen Alternative. Nein, er konnte kein Laird sein, er würde kläglich versagen.

Sein Vater öffnete die Augen einen Spaltweit und flehte ihn an.

„Bitte, Aedan. Versprich es mir. Ich muss dein Wort haben."

Aedan seufzte und ließ sich auf den Hocker neben dem Bett fallen. Es gab keine Alternative. „Ich verspreche es, Vater. Ich werde den Clan nach deinem Tod anführen."

„Danke, mein Sohn. Ich werde dir zusehen. Du wirst gute Arbeit leisten. Mach dir keine Sorgen. Du kannst weiter nach Wissen streben. Wenn es in meiner Macht steht, schicke ich jemanden, der dir hilft." Die Augen seines Vaters schlossen sich und wenige Augenblicke später ließ er seine Hand los. Die letzte Lebenskraft war aus ihm gewichen.

Aedan war nun der Laird der Camerons.

KAPITEL ZWEI

ALS JENNIE AUFWACHTE, setzte sie sich auf und wischte sich den Schlaf aus den Augen. Als sie zu Nicol hinübersah, der auf einer Pritsche auf der anderen Seite der Kammer lag, spürte sie Erleichterung. Seine Brust hob und senkte sich in einem langsamen, aber stetigen Rhythmus. Die Sonne stand hoch genug am Himmel, dass sie aufstehen konnte, also schwang sie ihre Beine über die Seite der Pritsche. Heute würde sie sich bei Alex für ihr Temperament entschuldigen, aber nicht für ihre Worte. Sie hatte jedes einzelne davon ernst gemeint.

Sie zog die Decke fort, nahm einen Krug und wusch sich Gesicht und Hände und fand dann ein Tuch, um ihre Zähne zu putzen. Mit zusammengekniffenen Augen bemerkte sie, dass Nicols zwei Jungs in seinen Armen geschlafen hatten, einer auf jeder Seite. Der Ältere war vier Jahre alt, der Jüngere drei. Nicol hatte seine Arme um sie geschlungen und sie schliefen tief und fest.

Sie warf Inga einen Blick zu, die neben ihnen kniete, und bemerkte die dunklen Ringe unter ihren Augen. „Ist er aufgewacht, Inga?"

Inga schüttelte den Kopf, ihr Atem stockte. „Sein Fieber hielt die ganze Nacht an und die Jungs wollten bei ihrem Vater schlafen. Ich sah nichts Schlimmes darin, ist das in Ordnung?"

„Aye." Jennie ging in der Kammer umher und überprüfte die Patienten auf den anderen drei Pritschen. „Irgendwelche neuen Verwundeten?"

„Nay. Ich habe mich um die anderen gekümmert, aber sie haben fast die ganze Nacht geschlafen."

Jennie zeigte auf das Lager, das sie gerade geräumt hatte. „Ruh dich aus, Inga. Du bist erschöpft."

„Nein, ich kann ihn nicht aus den Augen lassen. Ich werde ihn vielleicht nicht mehr lange haben."

Inga rang ihre Röcke so sehr in ihrem Schoß, dass Jennie befürchtete, sie könnte ein Loch hineindrehen. Wie schrecklich musste es sein, seinen Ehemann beim Sterben zu beobachten.

„Inga, geh und hol dir etwas zu essen. Ich werde sie im Auge behalten." Inga nickte und verließ den Raum.

Jennie seufzte und spürte ein bisschen Eifersucht in ihrem Herzen. Sie hatte oft auf eine Heirat und Kinder gehofft, aber könnte sie damit umgehen, ihre Lieben zu verlieren? Sie hatte Mitleid mit der armen Inga. Sie ging weiter in der Kammer umher, zündete Talglichter an, sammelte Schüsseln und schmutzige Laken ein. Dann trug sie die schmutzigen Stoffe in einem Korb in den Gang und kehrte mit sauberen Laken zurück, um sie in Streifen zu schneiden und neue Wunden damit zu verbinden. Ihre nächste Aufgabe bestand darin, ihren Salbenvorrat zu überprüfen, aber sie hörte, wie Nicols Jungs miteinander sprachen, also drehte sie sich um, um nach ihnen zu sehen.

Ein kleiner Rotschopf stand auf einer Seite von Nicol und starrte seinen Bruder auf der anderen Seite an. „Hör auf zu zappeln, Fergus", flüsterte Finlay.

„Ich zapple nicht, Finlay. Du zappelst. Weck Papa nicht auf, sonst wird Mama wütend. Lass ihn in Ruhe. Er ist krank."

„Ich tue ihm nichts. Du bewegst dich im Bett, Fergus." Finlay zappelte, bis er eine neue Position gefunden hatte.

Jennie lächelte, als sie zusah, wie Finlay, der jüngere der beiden, sich in derselben Position wieder hinlegte. Würde sie jemals mit einem eigenen Kind gesegnet sein?

Eine kleine Hand griff über Nicols Brust, um auf die andere Seite zu tippen. „Hör auf, Finlay, du bewegst dich schon wieder."

„Nein, hör du auf, Fergus. Du schubst mich und Papa."

„Mache ich gar nicht. Ich möchte nur, dass du aufhörst, Papa zu belästigen." Fergus verschränkte finster die Arme.

„Behalte deine Hände bei dir." Finlay legte seine Hand auf Nicols Brust, um sich mit einem wilden Ausdruck zu seinem Bruder zu lehnen. „Das sagt Papa immer." Er schnalzte mit der Zunge und nickte zur Betonung.

Eine dröhnende Stimme unterbrach ihren Streit. „Jungs!"

Jennie zuckte zusammen, denn die Stimme war Nicols. Inga, die gerade die Kammer betreten hatte, rannte zum Bett.

„Hört auf zu streiten. Ihr bereitet mir solche Kopfschmerzen, dass mein Schädel bestimmt bald in zwei Teile gespalten wird."

Beide Jungs starrten ihren Vater an.

Der Ältere sagte: „Papa?"

Nicols Augen öffneten sich und starrten seine Jungs an. „Ihr werdet eure Mutter noch um den Verstand bringen, wenn ihr so weiter zankt."

Inga fiel auf den Hocker neben ihm. „Nicol?", keuchte sie leise.

„Aye?" Sein Blick begegnete dem seiner Frau. „Was ist, Inga? Wo bin ich?"

Inga kreischte auf und küsste ihren Mann, dann packte sie einen ihrer Söhne. „Runter, Jungs. Eurem Vater geht es besser. Gebt ihm etwas Platz."

Der Jüngere hüpfte aus dem Bett. „Aber Fergus hat mich geschubst, Papa."

Fergus erwiderte: „Nein, es war alles Finlays Schuld. Es ist immer seine Schuld." Er kletterte über seinen Vater und sprang auf den Boden. „Ich habe nur versucht zu helfen."

Inga sank gegen die Brust ihres Mannes und weinte, während Nicols Hand ihren Nacken massierte. „Mir geht es gut, Mädchen." Er küsste ihre Stirn.

Da Jennie spürte, dass die beiden einen Moment allein brauchten, hielt sie den Jungs die Hand hin und sagte: „Kommt. Wir werden Lady Madeline suchen und sehen, ob sie euch etwas Haferbrei gibt." Jetzt, wo Nicol wach war, war sie sicher, dass er die anhaltende Wirkung des Giftes in seinem Blut abwehren konnte. Wie sehr sie sich wünschte, die Funktionsweise des Körpers zu verstehen. Sie wäre eine viel bessere Heilerin, wenn sie begreifen könnte, wie sich alle Flüssigkeiten durch die Gefäße bewegten. Ihre Schwester Brenna, die ihr alles über Heilung beigebracht hatte, zuckte bei vielen von Jennies Fragen nur mit den Schultern. Sie begnügte sich damit, an der Tradition festzuhalten, aber Jennie wollte alles wissen.

Sobald sie den großen Saal betraten, rannten die kleinen Jungen in die Küche. Jennie ging zum Podium, wo ihre drei Brüder, Alex, Robbie und Brodie ihren Haferbrei aßen und in ein Gespräch vertieft waren.

„Guten Morgen zusammen", sagte sie und nickte ihnen zu, bevor sie sich auf die Bank setzte.

Alex hob eine Augenbraue. „Hat sich deine Stimmung heute Morgen gebessert, Mädchen?"

Sie holte tief Luft, bevor sie fortfuhr. „Alex. Es tut mir leid, dass ich letzte Nacht die Beherrschung verloren habe, aber ich meinte, was ich gesagt habe. Dies muss ein Ende haben. Es gibt zu viele Verwundete."

Sie waren zurzeit die einzigen im Saal, abgesehen von den wenigen Dienern, die die Tische vom Frühstück säuberten. Alex setzte sich in seinem Stuhl auf, bevor er antwortete. „Ich wünschte, es wäre so einfach. Wenn ich das alles noch heute bei Einbruch der Dunkelheit beenden könnte, würde ich es tun, aber jedes Mal, wenn wir einen Angriff unterdrücken, taucht woanders ein neuer auf. Ich weiß nicht, wer hinter diesen Attacken steckt, aber es ist weder das übliche Vorgehen von Räubern noch von Highlandern, die Land erobern wollen. Das ist eine neue Gruppe – und noch dazu eine junge. Das macht mir Sorgen."

Jennie blieb hartnäckig. „Warum müssen wir uns überhaupt einmischen? Es geschieht nicht auf unserem Land. Warum löst nicht jeder Clan seine eigenen Probleme? Dann würden unsere Männer nicht sterben oder Gliedmaßen verlieren."

Robbie trommelte mit seinen Fingern auf den Tisch. „Wenn wir das tun, werden die Angreifer das Land unserer Nachbarn erobern. Und sobald sie stärker sind, werden sie uns angreifen. Wir können diesen Plünderern nicht mehr Macht gewähren. Außerdem sind unsere Nachbarn gute Clans – und abgesehen von den Camerons sind sie auch fähige Kämpfer. Es sollte nicht so schwer sein, die Eindringlinge dorthin zurückzuschicken, wo sie hergekommen sind."

„Woher kommen sie?" Jennie sah nacheinander jeden ihrer Brüder an, bekam aber keine Antwort.

Schließlich sprach Alex. „Wir haben weder ihren Ursprung noch ihren Zweck entdeckt, obwohl die wenigen, die wir gefangen haben, uns gesagt haben, dass sie so viel Land wie möglich beherrschen wollen. Niemand will verraten, wer sie anführt."

„Alex, bitte." Sie faltete die Hände vor sich auf dem Tisch, in der Hoffnung, dass es ihrem Flehen mehr Gewicht verleihen würde. „Können wir unsere Beteiligung daran nicht beenden? Wir brauchen Frieden. Ich kann diesen Schmerz nicht länger ertragen."

„Ich tue, was ich tun muss, Jennie. Ich habe geschworen, meinen Clan und meine Nachbarn zu beschützen. Ich werde mein Wort nicht brechen." Alex griff hinüber und drückte ihre Hand. „Es tut mir leid, Mädchen, aber unsere Hilfe wird benötigt und geschätzt."

Maddie betrat den Saal mit Nicols beiden Jungs und zwei Schüsseln Haferbrei. Als sie an einem separaten Tisch Platz genommen hatten, sagte sie zu ihnen: „Hier, Jungs. Esst auf und trinkt auch etwas Ziegenmilch." Sie tätschelte ihnen die zerzausten Köpfe und ging zum Podium. „Ich konnte nicht anders, als euch zuzuhören, Jennie."

„Maddie, stimmst du mir nicht zu? In ein paar Jahren könnten Jake und Jamie in die Schlacht ziehen. Dies muss ein Ende haben. Alex liebt es zu sehr, zu kämpfen."

Alex knurrte, aber er hielt den Mund, während alle die Antwort seiner Frau abwarteten. Obwohl er der Laird ihres Clans war und die Entscheidungen für alle traf, war Maddie die einzige Person, deren Wünsche und Gedanken er nie ignorierte. Jennie hätte früher an diese Taktik denken sollen. Maddie würde ihr definitiv zustimmen. Sie hielt den Atem an und wartete darauf, das Alex' Frau ihm ihre Meinung sagte.

Maddie griff nach Jennies Hand und drückte sie fest. „Jennie, ich stimme dir nicht zu. Ich möchte nicht, dass diese Eindringlinge unserem Zuhause näher kommen. Es tut mir leid, dass Männer verletzt werden, aber das ist genau der Grund, warum Alex und deine Brüder verlangen, dass die Wachen täglich üben. Sie müssen sich und ihren Clan schützen können. „Das ist nicht nur ihre Arbeit, sondern ihre Pflicht. Sie müssen die Jungen, Schwachen und Gebrechlichen beschützen."

„Aber Maddie, hast du nicht das Blut und den Schrecken gesehen, die in letzter Zeit durch diese Tür kommen?" Jennie traute ihren Ohren kaum.

„Aye, das habe ich. Es kommt gelegentlich zu Verletzungen, aber du bist sehr talentiert und kannst die Männer heilen. Das ist deine Gabe. Die Verantwortung meines Mannes besteht darin, diesen Clan, uns alle, zu beschützen, und er tut, was er für das Beste hält."

Jennie musterte Alex lange und wandte ihre Aufmerksamkeit dann ihren anderen beiden Brüdern zu. „Stimmst du mir nicht zu, Brodie?"

Brodie schüttelte den Kopf. „Wenn du diese geistesgestörten Angreifer sehen würdest, würdest du so etwas nicht fragen. Ich beschütze meinen Clan, meine Familie und vor allem meine Frau und meine Söhne."

Ihr Blick richtete sich auf Robbie, aber dieser nickte, noch bevor sie ihn fragen konnte. „Mädchen, du hast keine eigenen Kinder wie wir. Jetzt, wo Brodie und ich eine eigene Familie haben, sehen wir alles anders."

„Aber das sollte nicht so sein." Tränen traten ihr in die Augen. „Ihr solltet keine Freude daran haben, andere zu töten."

Alex' dröhnende Stimme ließ die Dachbalken knarren. „Wer hat gesagt, dass es uns Freude macht? Hüte deine Zunge, Mädchen. Beleidige uns nicht, wenn wir so hart kämpfen, um dich und alle anderen hier zu beschützen."

Jennie sprang auf und die Tränen liefen ihr jetzt in Strömen über die Wangen. „Ich weiß alles zu schätzen, was du für mich getan hast, Alex. Du warst für mich wie ein Vater, aber ich kann diese Gewalt nicht dulden. Ich möchte in die Abtei von Lochluin gebracht werden."

„Was?", fragte Robbie mit großen Augen.

„Ich will nicht länger die Heilerin des Clans sein. Bitte bereite eine Eskorte vor, die mich zur Abtei von Lochluin bringt."

Maddie packte Jennies Schultern. „Du weißt nicht, was du da verlangst, Mädchen."

„Aye, das tue ich." Sie wirbelte herum und sah Maddie an. „Ich muss hier weg. Ich will nichts mit den Kämpfen und den Verletzten und den Verbänden zu tun haben. Ich bin es leid. Hörst du? Ich bin es leid!"

Alex flüsterte: „Und was ist, wenn einer deiner Brüder verwundet wird? Wirst du ihnen auch den Rücken zukehren?"

Jennie schloss die Augen, unfähig zu glauben, was sie da verlangte. Vielleicht war es falsch, die Burg zu verlassen. Hier war ihre Familie, ihr Clan. Selbst wenn ihre Albträume anhielten und die Schmerzen in ihrem Kopf noch schlimmer wurden, musste sie bleiben, um ihre Familie zu heilen. „Also gut, ich bleibe. Alex, tu alles, um das zu beenden. Bitte, ich kann nicht mehr lange damit umgehen."

Alex stand auf und trat an ihre Seite, schlang seine Arme um sie und steckte ihren Kopf unter sein Kinn. „Ich verspreche, alles zu tun, um das zu beenden. Ich wünschte, es wäre so einfach. In Zeiten wie diesen brauchen wir dein Talent."

„Ich weiß." Tränen durchnässten Alex' Hemd.

Er hob ihr Kinn mit einem Finger. „Kannst du nichts gegen deine Kopfschmerzen und deine Albträume tun?"

Sie schüttelte den Kopf. „Ich weiß nicht, was ich tun soll. Es ist hoffnungslos, Alex, aber ich bleibe."

Aedan Cameron ging in seinem Solar hinter seinem Schreibtisch auf und ab und fuhr sich mit den Händen durchs Haar. Er hasste diese Entscheidungen, er hasste sie einfach. Ein Laird sollte entschlossen und durchsetzungsfähig sein, zwei Dinge, die er nicht war. Sein oberster Soldat wartete auf seine Anweisungen und sein Bruder Ruari stand hinter ihm.

„Neil, versammelt fünfzig unserer Männer. Wir werden diesen Feind angreifen, wer auch immer er ist. Wir können nicht dastehen und zulassen, dass sie unsere Burg einnehmen. Wir brechen so bald wie möglich auf."

Sobald Neil gegangen war, fragte Ruari: „Kann ich auch mitkommen, Bruder? Ich kann mich mit einem Schwert behaupten."

Aedan seufzte. „Aye, wir brauchen so viele Krieger wie möglich, aber du wirst im hinteren Bereich bleiben, um Verletzungen zu behandeln und dergleichen."

„Ich werde tun, was immer du von mir verlangst, mein Laird." Ruari straffte die Schultern, begierig darauf, jede Aufgabe zu übernehmen.

Aedan konnte nicht anders, als sich ein bisschen von dem Antrieb und Ehrgeiz seines Bruders zu wünschen. Sein Bruder war das genaue Gegenteil von ihm – der Junge liebte den Kampf. Er hatte gehofft, diesen Moment vermeiden zu können, aber ohne Erfolg. Er ging zur Feuerstelle und sah zu den Waffen hinauf, bevor er nach oben griff, um das Schwert seines Vaters an sich zu nehmen. Es gehörte jetzt ihm und er würde es für die bevorstehende Schlacht brauchen. Egal was passierte, Aedan würde zumindest den Heldentod sterben. Er würde den Namen seines Vaters nicht beschmutzen, indem er sich weigerte zu kämpfen. Da er ein schrecklicher Schwertkämpfer war, beschloss er, seinen Männern den Rücken freizuhalten, anstatt an vorderster Front zu kämpfen. Er wäre nicht der einzige Laird, der dies tat. In der Tat bestanden viele Krieger darauf, vor ihrem Laird zu reiten, um ihn zu beschützen.

Würde er sich behaupten können?

Sobald er zum Kampf bereit war, verließ er das Solar und sah, wie seine Mutter am Burgtor wartete.

„Mutter." Er nickte seiner Mutter zu und bemerkte sofort, dass sie mit den Tränen kämpfte.

„Komm zurück, mein Sohn. Sonst wird mich die Schuld, dass ich dich zu diesem Unterfangen ermutigt habe, umbringen." Sie umfasste seine Wange und küsste seine Stirn.

„Mutter, es gibt viele andere, die mich und Ruari beschützen. Wir werden zurückkehren."

„Wer macht so etwas?" Sie trat zurück und rang ihre Hände in dem feinen Stoff ihres Rocks. „Ich verstehe das nicht. Die Abtei hat uns immer vor Angriffen bewahrt. Wer würde ein Haus des Herrn im Land der Schotten bedrohen? Diese Eindringlinge haben kein Ehrgefühl. Selbst Räuber würden nicht so nahe an der Abtei angreifen. Diese Männer haben den Verstand verloren."

„Oder vielleicht wissen sie nicht, dass die Abtei hier auf unserem Land ist."

„Das weiß doch jeder, Aedan. Wie kommst du auf diese Idee?"

„Weil ich glaube, dass diese Bande von Plünderern nicht wie die anderen ist. Sie sind auf Zerstörung aus, aber warum hier, warum jetzt? Wie auch immer, ich muss dich und den Clan beschützen. Ruari und ich werden bei Dunkelheit zurückkehren. Bete für einen schnellen Kampf zu unseren Gunsten."

Er küsste die Wange seiner Mutter, ging zum Stall und bestieg sein Pferd. Die Sonne stand hoch, als sie sich auf den Weg machten.

Der Schlachtruf der Camerons hallte um sie herum wider, als sie sich schließlich ihren Angreifern näherten.

Aedan schwang sein Schwert immer wieder, um seinen Bruder zu beschützen, der hinter ihm kämpfte. Viele wurden von ihren Schwertern gefällt. Als der Abend hereinbrach, jubelten die Camerons. Die meisten Feinde hatten sich zurückgezogen und nur noch wenige waren übriggeblieben und kämpften.

Aber ein einziger Schwung einer mächtigen Klinge hatte ausgereicht, um Aedans Seite knapp über seiner Hüfte aufzuschlitzen, sodass überall Blut spritzte. Er stürzte vom Pferd und sank in die Dunkelheit.

Jennie wachte mit großen Augen auf.

Die Tür zu ihrer Kammer stand offen und Alex stand vor ihr, die Hand am Heft seines Schwertes. „Jennie?"

Sie war völlig außer Atem, konnte sich aber nicht erklären, warum sie so aufgewühlt war. In ihrer Kammer war nichts, was ihren gegenwärtigen Zustand verursacht hätte. Dann erinnerte sie sich. Ihr Kopf sank in ihre Hände, als der Schmerz sie durchströmte. Im Traum hatte sie in einer Kammer gekauert und Hände hatten von allen Seiten nach ihr gegriffen, aber das war nicht der Teil gewesen, der ihr solche Angst bereitet hatte. Es war das Heulen, das Stöhnen, das Schreien um sie herum gewesen. Sie hatte geschrien, dass sie aufhören sollten, aber niemand hatte ihre Bitte beachtet. Sie hatte in einer hölzernen Zelle gesessen und um Hilfe gebettelt, gefleht und geschrien.

Alex riss sie aus ihrer Erinnerung. „Jennie? Was ist?" Er ging zu ihr hinüber und setzte sich auf ihr Bett. „Noch ein schlimmer Traum?"

Sie nickte, immer noch unfähig zu sprechen, aber sie packte die Oberarme ihres Bruders und klammerte sich trostsuchend an ihn. Alex hatte ihr immer Sicherheit und Geborgenheit vermittelt. Sie sank nach vorn, lehnte ihren Kopf an seine Schulter und starrte die Wand an.

„Wieder das gleiche? Das Stöhnen und Heulen und Jammern?", flüsterte er, als er seine Arme um sie schlang.

„Aye."

Sie schloss die Augen und hoffte, die unerträglichen Erinnerungen zu verjagen.

„Jennie, ich kann es nicht länger ertragen, dich so leiden zu sehen. Dies ist schon die dritte Nacht. Was kann ich tun?"

„Bring mich in die Abtei. Bitte, Alex! Die Kämpfe haben nachgelassen und ihr habt genug Plünderer getötet, damit sie nie wieder zurückkehren. Bitte? Ich kann hier nicht bleiben."

Wann würde das alles jemals enden?

KAPITEL DREI

JENNIE GING IN die Bibliothek. Es war ihr Lieblingsort in der Abtei. Alex selbst hatte sie mit fünfundzwanzig Wachen der Grants zur Lochluin Abbey auf dem Land der Camerons eskortiert. Sie hatte gehört, wie Alex Robbie gesagt hatte, dass sie dort zumindest in Sicherheit sei, aber das hatte Robbie und Brodie nicht davon abgehalten, ihn anzuflehen, seine Meinung zu ändern. Robbie war besonders aufgeregt, weil seine Frau Jennie bei ihren Heileraufgaben geholfen hatte. Obwohl Caralyn bereits viel gelernt hatte, hatte sie Angst davor, allein arbeiten zu müssen, falls die Eindringlinge zurückkehrten. Jennie hatte dem entgegengesetzt, dass Maddies Dienstmädchen Alice ebenso helfen könnte.

Alex hatte sie heftig umarmt, als er wieder aufgebrochen war. „Es wird dir bald besser gehen, Jennie. Das verspreche ich dir. Und ich glaube, dein Aufenthalt hier wird dir helfen zu genesen."

Robbie und Brodie hatten sich nicht so verständnisvoll verabschiedet, aber sie wusste, dass ihre Brüder sie nicht verstanden. Sie waren nicht mitten in der Nacht bei ihr gewesen. Nur Alex wusste, wie die Träume sie plagten. Wenn sie es ihnen nur erklären könnte. Sie konnten nicht begreifen, wie sich jeder Schrei eines verwundeten Kriegers in ihre Seele einbrannte, wie jedes Jammern an ihrem Herzen zerrte. Sie hatte sich gewünscht, in die Fußstapfen ihrer Schwester und Mutter zu treten und Heilerin zu werden, aber jetzt bereute sie es. Das Wehklagen plagte sie nachts und es hatte sie sogar bereits tagsüber verfolgt.

Die einzige Schlussfolgerung, die sie ziehen konnte, war, dass sie nicht dazu bestimmt war, Menschen zu heilen. Ihre Berufung war falsch gewesen. Was sollte sie also tun? Was war der Sinn ihres Lebens? Sie wusste es nicht mehr.

Weglaufen war nicht die reifste Entscheidung, die sie je

getroffen hatte, aber sie war in der Hoffnung, das Jammern der gepeinigten Seelen in ihren Albträumen zu verbannen, in die Abtei von Lochluin gekommen. Alex hatte sie davon überzeugt, dass die schlimmsten Angriffe auf dem Land ihrer Nachbarn vorbei waren.

Lochluin Abbey war eine der letzten Doppelabteien, in der sowohl Mönche als auch Nonnen lebten, wenn auch in separaten Gebäuden. Das Gästehaus lag zwischen den beiden. Zu ihrer Überraschung ließ man sie fast völlig frei umherwandeln – ein Beweis für das Gewicht von Alexander Grants Worten. Ihr Bruder wurde von den Schotten so sehr respektiert, dass nur wenige seine Bitten ablehnten. Ein Teil von ihr fühlte sich schuldig, seinen Namen zu ihrem Vorteil genutzt zu haben, aber es gab keine Alternative. Die Äbtissin schien zu akzeptieren, dass Jennie in der Abtei als Heilerin half, solange die zu behandelnden Verletzungen ihre empfindliche Verfassung nicht verschlechterten. Die Tränen, die ihr über die Wangen gelaufen waren, als ihr Bruder sich verabschiedet hatte, waren Beweis genug für diese Sensibilität. Verlegen über ihre Gefühlsregung hatte Jennie ihr Gesicht bedeckt, bis ihr Bruder das Anwesen verlassen hatte.

Jetzt, wo sie hier war, würde sie das Beste daraus machen. Neben der Bibliothek liebte sie das Skriptorium, in dem die Schreiber ihre Arbeit verrichteten. Fasziniert von dem Prozess hatte sie einige Vormittage damit verbracht, sie ehrfürchtig zu beobachten, und sich gewünscht, die Mönche würden sie unterrichten. Dafür waren sie natürlich viel zu beschäftigt – Jennie wusste, dass sie hier ihren Lebenswerk vollendeten und nicht unterbrochen werden durften. Sie arbeiteten mühsam an ihren schrägen Schreibtischen, einen Federkiel in der einen Hand und ein Federmesser in der anderen, mit dem sie die Spitze oft schärften. Der Geruch der Tinte war so stark, dass sie nicht lange hierblieb.

Immer wenn sie die Bibliothek betrat, schloss sie als erstes die Augen und nahm die Schönheit der Bücher um sie herum auf, die Schätze, die einen in eine Fantasiewelt entführen konnten. Sie ging zu einem der vielen Regale und suchte nach einem bestimmten Buch. Ihre Finger strichen über die Ledereinbände der gesammelten Werke, bis sie das Gesuchte fand. Sie hob den alten Wälzer aus dem Regal und legte ihn ehrfürchtig auf den Tisch. So vorsichtig sie konnte öffnete sie das Buch und glättete die Seiten mit der Handfläche.

Sie holte tief Luft und genoss den Duft der Pergamentseiten, die in Lederhüllen gebunden waren und aufklären, belehren und inspirieren sollten. Das Lesen war solch ein Segen. Sie kam bei jeder Gelegenheit in die Bibliothek und die Gerüche und Anblicke überfluteten sie wie das kühle Wasser eines Gebirgsbaches, was ihr unglaubliches Vergnügen bereitete. Niemand sonst verstand ihr Bedürfnis, also behielt sie es für sich. Sie war so dankbar, dass ihre Mutter ihnen allen das Lesen beigebracht hatte.

Sobald sie die erste Seite zu lesen begann, öffnete sich die Tür und ein Diener erschien. „Bitte verzeiht, Lady Jennie. Es ist jemand hier, um Euch im Gästehaus zu sehen. Es ist Lady Morag Cameron und sie sieht ziemlich besorgt aus."

„Ich komme gleich. Vielen Dank." Jennie schloss das Buch mit einem schweren Seufzer und strich über die Buchstaben auf dem Titelblatt, bevor sie ihre Röcke raffte, um dem Diener aus der Tür und durch den Gang zu folgen. Die Bibliothek befand sich im Mönchsbereich der Abtei und Jennies Gästequartier befand sich auf der gegenüberliegenden Seite.

Die Abtei lag auf dem Land der Camerons, daher wäre es als mehr als unhöflich, die Lady des Landes zu ignorieren. Als Besucherin wusste sie, was von ihr erwartet wurde. Jennie zog ihr Plaid über die Schultern und eilte durch den zugigen Flur und in die Dunkelheit hinein. Sie fragte sich, was die Herrin dieses Landes so spät in die Abtei führte.

Sie öffnete die Tür zum Gästehaus und sah eine große, gutaussehende Frau, die auf sie wartete. Auf den ersten Blick wirkte sie ruhig und gelassen, aber Jennie hatte schon vor langer Zeit gelernt, hinter die Fassade zu schauen. Sie bemerkte die schnellen, flachen Atemzüge der Frau, den fast unsichtbaren Schweiß auf ihrer Stirn und die Angst in ihren Augen. Etwas stimmte nicht.

„Jennie Grant? Seid Ihr die bekannte Heilerin des Grant-Clans?" Ihre Worte waren gehetzt, aber es war ihr Gesichtsausdruck, der Jennie erschrak.

„Aye, das bin ich. Lady Cameron, nehme ich an?"

„Aye, verzeiht mir. Ich bin Lady Morag Cameron, und mein Sohn braucht Euch dringend. Bitte helft ihm. Er liegt im Sterben. Er wurde vor wenigen Tagen im Kampf durch einen Schwerthieb verletzt. Jetzt ist er dem Tode nahe, fürchte ich. Er wacht nicht auf, schwitzt stark und seine Atmung verlangsamt sich."

Ohne zu zögern eilte Jennie in ihre Kammer, um ihren Mantel und alles, was sie brauchte, einzupacken. Obwohl sie ihre Tasche mit Instrumenten und Heiltränken nicht hatte mitnehmen wollen, hatte ihr Bruder darauf bestanden, bevor er sie zur Abtei begleitet hatte. Und Alex hatte recht gehabt. Sie konnte ihre Hilfe nicht verweigern und die richtigen Hilfsmittel konnten über Leben und Tod entscheiden.

Als sie zu der Lady zurückkehrte, nickte Jennie ihr zu und sagte: „Geht voran." Vier Wachen warteten draußen mit zwei Pferden auf sie. In ihrer Eile, zum Gästehaus zurückzukehren, hatte Jennie sie kaum bemerkt. Sie stieg mit der Hilfe eines der Männer auf und ritt schweigend auf die Burg am Horizont zu.

Der Wind wirbelte ihr das Haar ums Gesicht und sie starrte auf den Halbmond, vor dem die Wolken vorbeizogen. Regen kündigte sich an und der Ruf einer Eule ließ ihr einen Schauer über den Rücken laufen, als sie durch das Fallgitter die Burg Cameron betraten. Lady Cameron ritt in halsbrecherischem Tempo und Jennie musste sich beeilen, um mit ihr Schritt zu halten. Schließlich hielten sie an und jemand half ihr vom Pferd, aber immer noch sprach niemand. Die Burg war wie unter einem Leichentuch begraben, was Jennie eine Vorahnung darauf gab, was sie erwartete.

Sie stapften die Treppe hinauf und eilten zu einer Kammer am Ende eines dunklen Ganges. Nur wenige Fackeln erhellten ihren Weg. Direkt vor der Tür blieb Lady Cameron abrupt stehen und umklammerte Jennies Hände. „Bitte rettet meinen Aedan. Ich habe gerade erst meinen Mann verloren. Ich könnte es nicht ertragen, auch noch meinen Sohn zu verlieren." Damit stieß sie die Tür auf und führte Jennie hinein, damit diese sich um den Laird der Camerons kümmern konnte. „Bitte sagt mir, was Ihr braucht", sagte sie und wartete draußen.

Ein Talglicht warf einen schwachen Schatten auf den Mann im Bett. Sie zündete zwei weitere Kerzen an, damit sie seinen

Zustand besser einschätzen konnte. Er lag auf der Seite, sein langes braunes Haar bedeckte sein Gesicht. Seine Atmung war flach und ungleichmäßig und blutgetränkte Laken waren über und um ihn drapiert. Der Geruch, den Jennie am meisten hasste, stieg ihr in die Nase – der faulige Geruch von Gift im Blut. Sie schloss die Augen, denn sie wusste, was sie finden würde, ohne auch nur hinzusehen. Es war etwas, das viele, viele Männer das Leben gekostet hatte.

Die Berührung ihrer Finger auf seiner Schulter erzählte ihr von dem Kampf, der in ihm tobte, derselbe Kampf, der Nicol vor kurzem geplagt hatte. Warum verursachten manche Wunden ein solches Eitern und Brennen im Inneren? Was machte die dicke, weiße, gelbe oder grüne Flüssigkeit, die die Wunden füllte? Was veranlasste den Körper, sich in einen so beängstigenden Zustand zu versetzen, von dem er sich nicht selbst heilen konnte?

Nachdem sie die blutgetränkten Laken entfernt hatte, steckte sie ihren Kopf durch die Türöffnung, um mit Lady Cameron zu sprechen. „Bitte lasst Eure Diener saubere Bettlaken und Schalen mit frischem Wasser bringen." Morag nickte und eilte davon. Jennie schloss die Tür, um sich wieder ihrer Arbeit zu widmen. Brenna hatte ihr die goldene Regel ihrer Mutter beigebracht. Schmutzige Wäsche und Kleidung schadeten mehr als sie nützten. Diesen Glauben teilten sie mit nur wenigen. Die meisten Heiler würden dasselbe tun wie die Person, die diesen Mann bisher gepflegt hatte. Sie ließen die Verletzten einfach in einer Pfütze aus Schmutz und altem Blut zurück.

Aber schon ihrer Nase zuliebe bestand sie darauf, den Dreck zu entfernen. Es gefiel ihr, das Bett und die Laken sauber zu halten und die Leinenstreifen auf den Wunden täglich zu wechseln. Sie und Brenna waren beide überzeugt von dieser Praxis. Als sie das blutdurchtränkte Plaid und die schmutzige Wäsche des Mannes auszog, dachte sie an alle, die die Sauberkeit der Grants belächelt hatten.

Alle außer Maddie, Alex' Frau. Maddie badete gern mindestens jeden zweiten Tag, etwas Unbekanntes in den Highlands. Jennie führte Maddies Bedürfnis, sauber zu sein, auf den Wunsch zurück, sich von allem zu reinigen, was sie durchgemacht hatte, bevor sie Teil des Grant-Clans geworden war. Nach ihrer Heirat mit Alex hatte man Maddie dafür ausgelacht, dass sie so reinlich war, bis Alex das Spotten gehört hatte. Er hatte eine neue Kammer bauen lassen, die Madelines Bedürfnissen gewidmet war, mit einer Vorrichtung, um die Wassereimer für sie an der Seite des Bergfrieds hinaufzutragen. Im Nu wollten alle anderen Maddies neue Badekammer auch benutzen.

Jennie würde Maddie sehr vermissen. Sie liebte die Frauen aller ihrer Brüder, aber Maddie war einfach etwas Besonderes. Sie war, nun ja … sie war eben Maddie. Sie war das Rückgrat des Grant-Clans, die Frau, zu der alle Kinder liefen, um sie zu umarmen, eine Mutterfigur für alle.

Jennie rollte den Laird der Camerons ein wenig herum, damit sie das schmutzige Plaid unter ihm hervorziehen und zum Reinigen in den Korb legen konnte. Sobald sie seine Tunika zerschnitten und ausgezogen hatte, entblößte sich die eiternde Wunde und Jennie musste für einen Moment den Kopf abwenden. Eine böse Schnittwunde klaffte vom unteren Teil seiner Rippen über seinen Bauch, seine Hüfte und bis zum oberen Ende seines Gesäßes. Als ihre Augen nach anderen Wunden suchten, hielt sie inne und fuhr mit dem Finger über eine Narbe an seinem Gesäß, um sicherzugehen, dass es sich nicht um eine frische Wunde handelte.

Sie erkannte, dass es eine Narbe von einer alten Wunde war, möglicherweise von einer Pfeilverletzung. Da schoss ihr plötzlich eine Erinnerung durch den Kopf. Der Pfeil! Sie streckte die Hand aus und strich ihm die Haare aus dem Gesicht, während sie das Talglicht näher rückte.

Die Erkenntnis dämmerte ihr und sie keuchte. Er war es. Der Mann, der vor ihr im Sterben lag, war derselbe, den sie vor einigen Jahren in Lothian mit einem Pfeil getroffen hatte. Ihre Hand zuckte von seinem Hintern fort, als sich die Tür öffnete und ein Dienstmädchen saubere Bettwäsche hereinbrachte.

Das Mädchen legte die Laken auf eine nahe Truhe. „Helft mir, ihn zu bewegen, damit wir die Laken wechseln können." Die Dienerin nickte und befolgte Jennies klare Anweisungen.

Jennies Gedanken schossen in so viele Richtungen, dass sie Schwierigkeiten hatte, sich auf ihre Aufgaben zu konzentrieren. Zuerst musste sie so viel Gift wie möglich aus der Wunde entleeren. Dies nahm eine beträchtliche Zeit in Anspruch, aber ihr Patient bewegte sich nicht. Sie legte einen Umschlag auf die offene Wunde und bedeckte ihn mit sauberen Leinenstreifen. Nachdem sie und das Dienstmädchen ihn gewaschen und die gesamte Bettwäsche gewechselt hatten, dankte Jennie ihr und schickte sie mit der Anweisung hinaus, alles Eitrige zu verbrennen.

Nun, da ihre Arbeit getan war, ließ Jennie frisches Wasser über ihr Gesicht und ihre Hände laufen. Lady Cameron kam herein und stellte sich mit schockiertem Gesicht ans Bettende.

„Oh, nein. Ich hatte nicht daran gedacht, dass … der andere Heiler …"

„Was Ihr getan habt, ist so üblich. Fühlt Euch nicht schlecht deshalb. Das hier ist der Umgang meiner Familie mit Krankheiten. Wir ziehen es vor, in einer sauberen Umgebung zu arbeiten."

„Warum?" Morag warf Jennie einen ehrfürchtigen Blick zu – einen Blick, an den sie sich mittlerweile gewöhnt hatte.

„Meine Mutter glaubte daran, alles zu waschen: Hände, Laken, Kleidung. Ich glaube, dass es hilft. Wir müssen noch eine Erklärung dafür finden, aber ich denke, dass sich eine Person besser fühlt, wenn sie nicht im Schmutz liegt. Glaubt Ihr das nicht auch? Ich würde es bestimmt vorziehen. Allein der frische Geruch würde reichen, damit ich mich besser fühle. Es kann auf jeden Fall nicht schaden."

Die Burgherrin sah ihren Sohn mit müden, aber hoffnungsvollen Augen an. „Er lebt noch. Was denkt Ihr, meine Liebe? Wird er sterben?"

Was Jennie am Heilen am meisten mochte, war den Menschen Hoffnung zu geben. „Das kann ich noch nicht beantworten. Der Körper kämpft schwer nach einer Wunde. Manche sind stark genug, andere nicht. Ich werde es nach einem weiteren Tag wissen. Ich muss sehen, in welche Richtung sich die Wunde entwickelt, und nach kriechenden Giftlinien in seinem Körper Ausschau halten. Er hat noch keine, was ein gutes Zeichen ist. Ich habe einen Umschlag auf seine Wunde gelegt, um ihm das Gift aus dem Körper zu ziehen."

Lady Cameron umarmte Jennie. „Habt vielen Dank. Ich lasse Euch von meinen Wachen zur Abtei zurückbegleiten. Kommt

Ihr morgen bitte wieder?"

„Nay, ich bleibe ein paar Tage hier."

„Dafür wäre ich Euch wirklich dankbar. Ich werde eine Kammer für Euch herrichten lassen."

Jennie nickte und Morag Cameron verließ den Raum. Vor dem Kamin stand ein großer Stuhl mit hoher Lehne. Nachdem sie den größten Teil der Talglichter ausgeblasen hatte, zog sie den Stuhl näher zum Bett und rollte sich mit einem Plaid um sich zusammen, Aedan zugewandt. Das sanfte Heben und Senken seiner Brust war die einzige Bewegung in der Kammer.

Sein braunes Haar war lang und an den Enden leicht gelockt, jetzt wo es sauber war. Er hatte hohe, kräftige Wangenknochen, aber im Moment waren sie hager und blass. Sie versuchte, das Bild dieses schwachen Mannes vor ihr mit dem starken Burschen in Einklang zu bringen, mit dem sie sich vor Jahren gestritten hatte. Wie unglaublich gutaussehend er gewesen war! Sie fragte sich, wie es sich anfühlen würde, seine Hände und Lippen auf ihrem Körper zu spüren.

Es war ihr peinlich, solche Gedanken über einen kranken Mann zu haben, und sie sagte sich, dass es sich um alte Gefühle handelte – eine Erinnerung daran, wie sie vor Jahren auf ihn reagiert hatte. Er war ihr in Erinnerung geblieben, aber sie war jung und nicht in der Lage gewesen, ihre Gefühle damals zu erkennen.

Lust. Schlicht und einfach. Es war eine neue Empfindung für sie gewesen. Alex behütete sie immer noch vor der Aufmerksamkeit der Männer und verbot es jedem, um sie zu werben, obwohl sie inzwischen siebzehn Jahre alt war. Er war blind für ihre Bedürfnisse, blind dafür, dass sie inzwischen eine Frau geworden war. So war sie gezwungen, sich auf die Geschichten der Dienstmädchen und Mägde zu verlassen, um mehr über das Zusammensein von Männern und Frauen zu erfahren. Obwohl sie Kinder zur Welt brachte, machte sich Alex immer noch Sorgen um ihre zarten Empfindungen.

Niemand war gut genug für die Schwester von Laird Alexander Grant. Er vergraulte jeden möglichen Verehrer. Robbie hatte gestanden, dass es im Laufe der Jahre einige gegeben hatte, sogar einige Söhne anderer Lairds. Jennie hat keinen von ihnen auch nur zu Gesicht bekommen.

Sie war noch nie geküsst worden, hatte noch nie die Hand eines Jungen gehalten, war noch nie von jemand anderem als ihrer Familie umarmt worden.

Obwohl sie Lady Cameron nicht hatte begleiten wollen, wusste sie nun, dass sie die richtige Wahl getroffen hatte. Sie würde alles in ihrer Macht stehende tun, um diesen Mann zu heilen.

Sie war es Aedan Cameron schuldig, nachdem sie ihn vor einigen Jahren mit ihrem Pfeil in den Hintern getroffen hatte. Ihre Augenlider fielen zu und sie träumte davon, wie sich Aedans Hände wohl auf ihrer Haut anfühlen würden.

KAPITEL VIER

TOT. DAS UNVERMEIDLICHE war endlich geschehen und er war tot. Es war der einzige Grund, der Aedan dafür einfiel, warum das schöne Mädchen, das ihm in Lothian in den Hintern geschossen hatte, jetzt unweit von seinem Bett schlief. Er versuchte sich zu bewegen, überlegte es sich aber schnell anders, als Schmerzen von seiner Seite durch seinen Körper strömten.

Aber er schrie nicht. Er wollte das Mädchen nicht wecken.

Zuerst hatte er sie für einen Traum gehalten. Sie hatte sich mit einer Effizienz und Zärtlichkeit um ihn gekümmert, die seine Seele wärmte. Sie hatte ihm den Schmutz und Staub der Schlacht fortgewaschen und ihm eine Gelassenheit gegeben, die er noch nie zuvor gefühlt hatte. Er mochte es, sie an seiner Seite zu haben, und fühlte sich zufrieden, als er zusah, wie sie ihre beruhigenden Dienste verrichtete. Aye, das Grant-Mädchen, das er in Lothian gesehen hatte, berührte ihn wie kein anderes. Aber das hier war kein Traum. Sie war tatsächlich hier in derselben Kammer mit ihm.

Er musste im Himmel sein, aber der Schmerz in seiner Seite sagte ihm etwas anderes. Es sollte im Himmel keinen Schmerz geben. Sein Kopf fiel wieder auf das Kissen, nachdem er vergeblich versucht hatte, aufzustehen. In seinem geschwächten Zustand würde er sich damit begnügen müssen, sie zu beobachten.

Er wünschte, sie wäre wach, damit er die Farbe ihrer Augen sehen konnte. Wenn er sich richtig erinnerte, waren sie sattbraun. Ihr Haar passte zu ihren Augen und zarte Sommersprossen liefen über ihren Nasenrücken. Er grinste und dachte, er könnte sie im trüben Talglicht fast zählen. Ein neues Lebensziel rückte in den Vordergrund – ihre Sommersprossen zählen.

Seine Augen fühlten sich schwer an, aber er kämpfte darum, wach zu bleiben, denn er hatte zu viel Angst, dass sie das nächste Mal, wenn er aufwachte, fort sein würde, ohne dass sie jemals einen Gedanken, eine Liebkosung oder irgendetwas teilten. Er kämpfte hart, verlor aber und Visionen von Sommersprossen und tiefbraunen Augen tanzten in seinen Träumen.

Als Jennie erwachte, war der erste Gedanke, der ihr durch den Kopf ging, dass es schon nach Morgendämmerung war. Sie setzte sich auf und dachte darüber nach, was diese Tageszeit zu bedeuten hatte. Es war früher Morgen und sie hatte die Nacht durchgeschlafen, ohne Albträume von verwundeten und vor Schmerzen schreienden Kriegern zu haben. Während sie in der Abtei den Albträumen bereits für einige Nächte entkommen war, hatte sie befürchtet, dass das Jammern zurückkehren würde, sobald sie wieder als Heilerin arbeitete, aber das war nicht der Fall.

Jennie hörte, wie die Tür aufgestoßen wurde, und sprang von ihrem Stuhl auf. Sie strich sich die losen Haarsträhnen aus dem Gesicht, verjagte die Schläfrigkeit und versuchte, sich an die Ereignisse der vergangenen Nacht zu erinnern.

Drei grinsende Männer standen vor ihr, doch während ihr einer von ihnen bekannt vorkam, erkannte sie die anderen beiden nicht. War der Erste damals in Lothian bei Cameron gewesen? Sie richtete ihre Aufmerksamkeit wieder auf ihren Patienten und sah überrascht, dass er sie anlächelte.

Seine Mutter kam hinter den Jungs herein und blieb abrupt stehen. „Aedan? Bei allen Heiligen, du bist wach?" Sie eilte zu seinem Bett, setzte sich und nahm seine Hände in ihre. „Geht es dir besser?"

„Aye, obwohl ich noch nicht sagen kann, dass es mir großartig geht." Endlich konnte er seinen Kopf heben und warf einen Blick über die Schulter seiner Mutter zu Jennie in ihrem Plaid. „Wem habe ich das zu verdanken? Zumindest liege ich nicht mehr in meinem eigenen Dreck. Mein klebriges Blut war ziemlich … eklig, muss ich sagen."

Lady Cameron stand auf und wirbelte herum, um Jennie anzusehen. „Gelobt sei Gott, Ihr seid eine bessere Heilerin als alle anderen, die ich kenne. Ihr habt meinem Sohn das Leben gerettet." Tränen traten in ihre Augen. „Ich bin Euch ewig zu Dank verpflichtet, Mylady."

„Mylady? Wer ist das? Mutter, ich sollte meiner Retterin

vorgestellt werden." Seine Augenbraue zuckte, als er auf eine Vorstellung wartete.

„Aedan, das ist Lady Jennie Grant. Sie ist in der Abtei untergebracht und ich bin zu ihr geeilt, um sie um Hilfe zu bitten. Sieh nur, was sie für dich getan hat." Sie nahm Jennies Gesicht in ihre Hände und küsste ihre Wange. „Vielen Dank, meine Liebe. Wie kann ich Euch das jemals bezahlen?"

Jennie räusperte sich. „Ich bin Heilerin. Ich erwarte keinen Lohn für meine Dienste." Jennie konnte es nicht lassen, über Lady Camerons Schulter zu dem Mann zu schauen, der dort im Bett lag. Hatte er sie erkannt? Erinnerte er sich an sie von ihrer Begegnung in Lothian? Erinnerte er sich daran, wie schlecht ihre Fähigkeiten mit Pfeil und Bogen waren? Leider gab sein Gesicht keine Hinweise auf seine Gedanken.

Lady Cameron ließ ihre Hände von Jennies Gesicht fallen, um nach ihren Röcken zu greifen, und ging dann zur Tür. „Ich lasse Euch etwas zu Essen heraufschicken."

„In meine Kammer, Mylady?", flüsterte Jennie, denn sie wollte den unzüchtigen Blicken von Aedans Freunden entkommen. Sie konnte bereits fühlen, wie ihre Wangen unter ihrer Musterung rot wurden.

„Aye, natürlich. Eure Kammer ist die nächste den Gang hinunter. Ich begleite Euch, sobald ich in der Küche war."

Die Tür schloss sich und Jennie wurde mit den vier jungen Männern zurückgelassen.

„Oh, Aedan. Du erkennst sie doch, nicht wahr?" Der ihr bekannte junge Mann grinste, als er in ihre Richtung nickte. „Ich bin mir sicher, das ist das Mädchen, das dich vor all den Jahren mit dem Pfeil getroffen hat."

Jennie errötete, aber sie hielt ihr Kinn hoch.

Mit einem Grinsen sagte Aedan: „Aye, Drew. Ich glaube, du hast recht."

Jennie warf Aedan einen Blick zu und versuchte, sein gutes Aussehen zu ignorieren. „Solltet Ihr mich Euren Bekannten nicht vorstellen?"

„Verzeiht mir, Mylady. Das sind Drew Menzie, Dermid MacLean und Hamish Henderson. Ihre Ländereien grenzen an meine."

Jennies Blick wanderte von einem zum anderen. „Eure Mutter hat mir erzählt, dass Eure Verletzung von einer Schlacht stammt. Wo habt Ihr gekämpft?"

Aedan versuchte mit aufrechtem Kopf zu sprechen, gab aber auf und legte ihn wieder auf sein Kissen, da seine Kräfte noch nicht ganz zurückgekehrt waren. „Unser Clan wurde von Unbekannten angegriffen."

Jennie fragte weiter, denn sie wollte so viel wie möglich erfahren. „Passiert das öfter? Wir hatten ähnliche Vorkommnisse, aber wir wissen nicht, wer die Eindringlinge anführt. Wer steckt dahinter?"

Drews Lächeln wurde zu einem Stirnrunzeln. „Wir wissen es nicht. Sie greifen jede Nacht einen anderen Ort an. Wir wissen nicht, wohin sie als Nächstes ziehen. Könnt Ihr uns etwas über sie erzählen? Seid Ihr nicht Teil des berühmten Grant-Clans?"

„Aye, ich bin eine Grant, und mein Bruder ist der Laird. Zwar wurden wir noch nicht angegriffen, aber unsere Nachbarn schon. Sie erzählen uns alle die gleiche Geschichte. Niemand kennt die Angreifer. Sie kommen, kämpfen und verschwinden dann. Wir leben nicht weit von hier. Ich vermute, dass die Eindringlinge alle vom selben Clan stammen."

„Aber sie tragen kein Plaid, also weiß niemand, wer sie sind", fügte Drew hinzu und musterte sie von Kopf bis Fuß. „Aber im Augenblick interessiere ich mich mehr für Euch als für die Angreifer. Habt Ihr einen Ehemann?"

Seine Augen hatten einen Glanz, der ihr Unbehagen bereitete. „Nay." Sie runzelte die Stirn und fragte sich, warum er sie so etwas fragen sollte.

„Ihr lebt in der Abtei? Erwägt Ihr, Eure Gelübde abzulegen?"

Entsetzt von dem Vorschlag schüttelte sie den Kopf. „Nay, ich bin dort, weil ich die sinnlose Gewalt der Kämpfe mit diesen unbekannten Angreifern nicht länger ertragen habe, noch konnte ich mit den vielen Grant-Kriegern umgehen, die verwundet wurden und Pflege benötigten."

Drew zog die Augenbrauen hoch, als er zwischen Jennie und Aedan hin und her schaute, und spitzte die Lippen, um seinem Freund eine wortlose Nachricht zu schicken.

Die Tür ging auf und Lady Cameron trat ein. „Haferbrei ist

unterwegs, zusammen mit Brot und Käse für alle."

„Vielen Dank, aber er hätte heute Morgen nichts anderes als Brühe trinken sollen", sagte Jennie.

„Ich glaube, ich kann selbst bestimmen, was ich esse, Mädchen", erklärte Aedan. „Ich brauche keine zweite Mutter."

Hamish und Dermid lachten beide bellend.

„Nein, gewiss nicht, Chief Cameron", flüsterte Jennie. Sie sah in seine Augen und konnte fast die Funken sehen, die aus ihnen schossen. Schließlich wandte sie sich Morag zu und sagte: „Bringt Ihr mich zu meiner Kammer, Mylady?"

Jennie raffte ihre Röcke und ging zur Tür hinaus. Sobald sich die Tür hinter ihr schloss, hörte sie einen Ausbruch von Fragen an Aedan. Ihre Wangen glühten und die Röte erreichte ihren Hals, als Hitze sie bei einigen ihrer Kommentare durchströmte.

Als hätte Lady Cameron ihre Gedanken gelesen, sagte sie verlegen: „Entschuldigt. Ich hätte Euch wecken sollen, aber ich wollte Euren friedlichen Schlaf nicht stören. Ich werde mit den Männern sprechen und sie an ihre gute Erziehung erinnern."

Aye, sie war in seiner Kammer eingeschlafen und hatte die Nacht allein mit ihm verbracht. Obwohl er schwer krank war, konnte das ihren Ruf ruinieren.

Sie hoffte, dass es eine Weile dauern würde, bis Alex davon erfuhr.

Aedan rollte sich auf den Rücken und keuchte, als ihn der Schmerz packte. Seine drei Freunde hatten weiterhin ihren Spaß auf Kosten von Jennie Grant und zum ersten Mal in seinem Leben bemerkte er, wie unreif sie klangen. Er wartete darauf, dass sie merkten, dass er nicht mehr mit ihnen lachte.

„Cameron, findest du diese Situation nicht amüsant?", fragte Hamish.

Aedan umklammerte die Laken, während er darauf wartete, dass der stechende Schmerz nachließ. „Nein, das tue ich nicht, Hamish. Und wenn einer von euch erzählt, dass ihr das Mädchen heute Morgen in meiner Kammer vorgefunden habt, werde ich persönlich dafür sorgen, dass er es bereut."

„Ach, Cameron. Sei doch nicht so säuerlich. Sie war die ganze Nacht hier, nicht wahr?", fragte Drew.

„Nein, sie wurde mitten in der Nacht hierhergebracht, weil ich dem Tod nahe war. Ich konnte meinen Kopf nicht vom Kissen heben. Ich habe sie das erste Mal nur wenige Augenblicke bevor ihr den Raum betratet gesehen. Das Letzte, woran ich mich erinnere, ist, dass meine Mutter mir erzählt hat, dass sie sie suchen gehen wird." Er umklammerte seine Laken und merkte schließlich, dass es ihm nicht so gut ging, wie er gedacht hatte. Schweiß trat auf seine Stirn. Es würde ihm schwerfallen, in seinem jetzigen Zustand sein Bett zu verlassen.

„Wenn sie sich um dich gekümmert hat, dann verdient sie es nicht, dass wir uns über sie lustig machen." Dermid ließ den Kopf hängen. „Was ist geschehen?"

„Ich bin vor ein paar Tagen von einem Schwert an der Seite verletzt worden." Er hob das Laken hoch, um seine blutigen Leinenstreifen zu zeigen. „Es scheint, als hätte das Wundgift eingesetzt." Er musterte die drei aufmerksam und sagte dann: „Versprecht mir, nicht zu erzählen, was ihr hier gesehen habt."

Mit ein wenig Gemurmel willigten sie schließlich ein.

„Nun, was könnt ihr mir über die Angriffe erzählen? Ich war eine Weile bewusstlos. Sind die Angreifer seitdem zurückgekehrt?"

Dermid nickte. „Aye, sie scheinen überall zu sein. Wir haben zwei meiner Wachen verloren und Hamishs Vater hat drei seiner Männer verloren."

„Hat sie jemand erkannt?"

„Wir wissen immer noch nichts darüber, wer sie sind oder woher sie kommen." Alle drei wechselten fragende Blicke und zuckten mit den Schultern.

„Drew, schick ein paar Späher aus. Wir müssen diese Angelegenheit ein für alle Mal klären." Sein Kopf fiel auf das Kissen zurück, als der Schmerz wieder seine Seite erfasste. „Kümmert euch darum, aye?", zischte er durch zusammengebissene Zähne.

Drew wurde blass und nickte. „Entschuldige, Cameron. Wir lassen dich nun allein. Ruh dich aus."

Ein paar Tage später wanderte Jennie durch die gewundenen Pfade in den Kräutergärten hinter der Abtei und blickte zu den herbstlich gefärbten Blättern empor, während ihr eine kühle Brise ins Gesicht blies. Ihre Gedanken wanderten zu Aedan Cameron, aber sie zwang sich stattdessen, über ihr Leben nachzudenken und wo sie hingehörte.

Hatte sie vielleicht einen Fehler gemacht? Vielleicht war sie doch dazu bestimmt, Heilerin zu werden. Dem Laird der Camerons zu helfen und das Glück im Gesicht seiner Mutter an diesem Morgen zu sehen, hatte ihr eine gewisse Genugtuung verschafft. Diese Dinge waren es doch, die ihre harte Arbeit lohnenswert machten, nicht wahr?

Aye, in gewisser Weise war es das. Sie genoss es, Menschen zu heilen, besonders Mitglieder ihres Clans. Aber die Schreie der verwundeten Grant-Krieger hallten in ihrem Kopf wider. Die derzeitigen Auseinandersetzungen in den Highlands hatten sie ausgelaugt. All das Blut, all das Leid hatten ihre Fähigkeit, das zu genießen, was sie tat, betäubt. Sie wollte so nicht weitermachen. Obwohl sie froh war zu sehen, dass ihre bösen Träume verschwunden waren, fürchtete sie, dass sie zurückkehren würden, sobald sie einen weiteren verwundeten Krieger, der frisch von der Schlacht kam, heilen müsste. Die Äbtissin trat neben sie und Jennie zuckte zusammen. Sie war so in Gedanken versunken gewesen, dass sie nicht gehört hatte, wie sich die Frau genähert hatte.

„Guten Morgen, Lady Jennie." Äbtissin Margaret wickelte ihren Schal gegen den Wind fester um sich.

Ihre Stimme war nur ein Flüstern, aber es war Balsam für ihre Seele.

Jennie zwang sich zu einem Lächeln, in der Hoffnung, ihr nicht die Wahrheit sagen zu müssen. „Aye, es ist ein schöner Morgen, Mutter Margaret." Ihr Kinn hob sich und sie blickte in die warmen grünen Augen der Äbtissin.

„Oh, Jennie Grant. Ihr dürft mich nicht anlügen. Das ist nicht nötig."

Jennie errötete und ließ ertappt den Kopf hängen. Wie hatte sie es nur erraten?

„Ihr seid verwirrt, mein Kind, nicht wahr?"

Jennie nickte und ihre Augen trübten sich darüber, wie passend dieses Wort war. Verwirrt. Und verloren. Sie hatte so viele Jahre darauf hingearbeitet, eine Heilerin zu werden, und nun hatte sie ihr Ziel endlich erreicht. Aber jetzt war ihr ganzes Wesen in völligem Aufruhr. Sie wusste nicht mehr, wer sie war und was sie als Nächstes anstreben sollte.

„Aye", seufzte Jennie und rang ihre Hände. „Verwirrt ist ein gutes Wort für meinen Gemütszustand."

„Erlaubt mir zu beschreiben, was ich sehe. Wollt Ihr einer alten Frau diesen Gefallen tun?" Ihr Finger fuhr unter Jennies Kinn, um ihren Blick zu ihrem zu heben.

Jennie nickte und widmete der Äbtissin ihre volle Aufmerksamkeit.

„Wie Ihr wünscht, Mutter Margaret. Ich würde gern Eure Gedanken hören und auch jeden Rat, den Ihr mir geben könnt."

„Ich sehe eine junge Frau, die ein bemerkenswertes Talent hat, das sich so viele wünschen und das doch nur so wenige erwerben können. Aber Ihr seid nicht zufrieden mit dem Talent, das Euch gegeben wurde, oder? Ich sehe jemanden, der gerade das Leben des Lairds der Camerons gerettet hat, aber Ihr kämpft damit, wo Ihr hingehört."

„Aye", ein bloßes Flüstern löste sich von ihren Lippen. Sie öffnete den Mund, um zu sprechen, aber die Äbtissin hob eine Hand, um sie aufzuhalten.

„Bitte lasst mich ausreden."

„Entschuldigt, Äbtissin."

„Ihr leidet an einer Last, die zu schwer zu tragen ist. Ihr liebt Eure Familie über alles und Eure ganze Familie erwartet von Euch, dass Ihr eine Heilerin für Euren Clan werdet. Eure Schwester ist für ihre Fähigkeiten bekannt und Ihr könntet den gleichen Ruf erlangen, aber Ihr wisst nicht, ob Ihr das wollt." Sie verschränkte die Arme und sah zu den Wolken hinauf.

„Aye", schniefte Jennie und wischte ihre Tränen fort.

„Ihr fühlt Euch, als hättet Ihr sie verraten, indem Ihr weggegangen seid. Die Strapazen der Kämpfe, die gegenwärtigen Clan-Scharmützel, die niemand versteht, haben Euch eine unermessliche Zahl von Verwundeten gebracht. Ihr könnt damit nicht umgehen, aber Eure Erziehung sagt Euch, dass Ihr Eure Pflicht gegenüber Eurem Clan verraten habt."

„Aye. Ihr habt eine gute Menschenkenntnis."

Die Äbtissin drehte sich zu ihr um und streckte eine Hand

aus, um über ihre Wange zu streichen. „Und wie wollt Ihr nun weitermachen?"

„Ich weiß es nicht", gab sie zu. Sie hob die Hände, um ihren Kopf zu stützen, nachdem die Äbtissin ihre Hand losgelassen hatte. „Ich weiß es nicht. Und das Schlimmste ist, ich weiß nicht, wohin ich mich wenden soll."

„Und?" Die Äbtissin verschränkte die Arme vor ihr und wartete geduldig darauf, dass Jennie weitersprach.

„Ich habe meine Familie im Stich gelassen. Was mache ich nun?"

„Habt Ihr versucht, Gott zu fragen? Ich gehe davon aus, dass er der Beste ist, um Euch in dieser Angelegenheit beizustehen."

„Ich habe es versucht, aber ohne Erfolg." Jennie ließ den Kopf hängen, beschämt, dass der Herr ihr nicht zu Hilfe gekommen war. Sie hatte Angst, die Äbtissin würde sie dafür verurteilen, dass sie von ihm ignoriert wurde.

Doch die Äbtissin griff nach Jennies Händen. „Dann habt Ihr nicht zugehört. Der Herr wird Euch führen, aber Ihr müsst Ihm gegenüber offen sein. Ist Euer Herz offen?"

Tränen strömten über Jennies Wangen. „Ich weiß es nicht. Ich weiß es einfach nicht. Meine Brüder sind verärgert ... Brenna ist sicher enttäuscht. Ich weiß, dass Robbie darauf gezählt hat, dass ich bleibe und die Mitglieder unseres Clans heile. Wer ist noch böse auf mich?"

„Sicher nicht Lady Cameron, mein Kind. Wärt Ihr nicht hier gewesen, wäre ihr Sohn vielleicht gestorben. Seit seiner Verletzung vor einigen Tagen hat er an der Schwelle zum Tod gestanden. Sie würde sagen, dass Ihr ein Segen Gottes seid und dass unser gütiger Herr Euch hierhergeschickt hat. Glaubt Ihr nicht, dass das möglich ist?"

Jennie hielt inne und ließ ihre Hände sinken.

„Fällt es Euch schwer zu begreifen, dass der Herr Euch diesen Aufruhr ins Herz gelegt haben könnte, um Euch hierherzuführen, um unseren Laird zu retten? Eure Familie hat Euch in den letzten Monaten genug beschäftigt. Aedan Cameron zu verlieren wäre zu viel für den Clan gewesen."

Jennie starrte die Äbtissin verblüfft an. Sagte sie die Wahrheit? War sie aus einem bestimmten Grund hierhergebracht worden?

Sie runzelte die Stirn so sehr, dass es schmerzte, und hob ihre Hand, um die Haut zwischen ihren Augen zu reiben.

„Ihr haltet das wirklich für möglich?" Ein Hoffnungsschimmer leuchtete in ihrem Herzen auf.

„Aye, ich sehe es so, Mädchen: Ein Clan wird angegriffen, ein Laird ist dem Tode nahe. Dieses Land wird von vielen Nonnen und Mönchen bewohnt, die das Werk des Herrn tun. Wir wären vielleicht vertrieben worden, wenn die Eindringlinge die Kontrolle gewonnen hätten. Ihr habt uns allen die Hoffnung zurückgegeben. Hoffnung darauf, dass Cameron uns bald wieder führen kann, dass er diesen Clan wieder zu dem macht, was er vor vielen Jahren war. Der Cameron-Clan war einst eine mächtige Kraft, die dieses Haus des Herrn beschützen konnte. Er muss diese Stärke und Macht wiedererlangen, damit wir unsere Arbeit fortsetzen können und nicht von Eindringlingen bedroht werden."

Jennie starrte die Äbtissin mit offenem Mund an. Dieser Gedanke war ihr noch nicht gekommen.

Die Äbtissin tätschelte ihre Hand. „Ich sehe, ich habe Euch viel zum Nachdenken gegeben. Aber aye, ich glaube, es war göttliche Fügung, die Euch in unsere Abtei geschickt hat." Sie küsste Jennies Wange. „Und ich danke Euch, dass Ihr Gottes Plan gefolgt seid. Ihr habt zugehört, meine Liebe, sonst wärt Ihr nicht gekommen. Manchmal kommen Gottes Worte in einer Wolke zu uns. Wir hören vielleicht nicht jedes Wort, aber es ist wichtig, dass wir ihre Bedeutung verstehen, und Ihr habt es getan. Vielleicht seid Ihr nicht so verloren, wie Ihr denkt."

Jennies Blick folgte der Äbtissin, als diese sich umdrehte und zurück zur Abtei ging.

Aye, sie musste über vieles nachdenken.

KAPITEL FÜNF

AEDAN ERWACHTE VON dem stechenden Schmerz in seiner Seite. Er blickte auf und sah Jennie Grant an seinem Bett sitzen, während sie sich um seine Wunde kümmerte.

„Oh, Mädchen, nicht so hastig", stöhnte er, als der Schmerz wieder durch seinen Körper schoss.

„Tue ich Euch weh? Verzeiht, das war nicht meine Absicht, obwohl es sicher ein bisschen wehtun wird. Aber ich kann etwas sanfter sein."

„Nay." Er bemerkte den Schmerz in ihren Augen und die Anspannung, die ihre Schultern niederdrückte. „So, wie Ihr Euch bewegt, scheint Ihr auf die ganze Welt wütend zu sein. Oder vielleicht nur auf mich?"

„Ich bin nicht wütend auf Euch, Laird Cameron. Ich habe Probleme mit diesen sinnlosen Angriffen, die so alltäglich geworden sind." Sie zupfte an einem Leinenstreifen, um ihn unter seiner Seite zu entfernen.

Aedan zuckte zusammen, bedeckte ihre Hand mit seiner und unterbrach ihre Bewegung. „Wenn Ihr mich bittet, kann ich mich gern etwas drehen, um Euch die Arbeit zu erleichtern."

Jennie lehnte sich zurück und tat ihr Bestes, um zu lächeln. Er merkte, dass es ihr nicht leichtfiel. Wie konnte ein so schönes Mädchen so aufgewühlt sein?

„Bitte dreht Euch auf die Seite, damit ich Eure Wunde reinigen und dann frische Salbe auftragen kann", antwortete Jennie, ohne ihn anzusehen.

Aedan tat, was ihm befohlen wurde, und drehte sich auf die Seite, um ihr einen besseren Zugang zu seiner Wunde zu ermöglichen. Ihre Berührung war jetzt zart und entspannter. Er griff nach dem Leinen, um seine Vorderseite so gut wie möglich zu bedecken.

„Ist Euch kalt?"

„Aye", log er. Verdammt, ihm war nicht kalt, aber er konnte kaum ignorieren, was diese zarte Liebkosung seiner Hand mit ihm machte. Sein Schmerz hatte durch ihre sanfte Fürsorge erheblich nachgelassen und seine Reaktion war in eine aufkeimende Erektion umgeschlagen. Ohne die Laken würde er sich total blamieren.

„Dann bedeckt Euch so gut wie möglich. Falls Ihr aber verschämt sein solltet, so versichere ich Euch, dass an Euch nichts ist, was ich nicht schon gesehen habe. Ich habe so viele verwundete Krieger behandelt, dass sie durch meine Albträume marschieren."

„Das Heilen verursacht Euch Albträume? Warum tut Ihr es dann?"

„Ich bin in die Abtei gekommen, um den Tragödien der Clankriege zu entfliehen. Ich hatte gehofft, dass mir die Zeit ohne meine Arbeit helfen würde, meinen Kopf frei davon zu bekommen, aber Eure Mutter hat darum gebeten, dass ich mich um Eure Verletzung kümmere."

„Dann behandelt mich nicht." Er hielt ihre Hand fest. „Ich bin am Leben und werde genesen. Es ist jetzt mehrere Tage her. Geht zurück und kümmert Euch um Eure eigenen Bedürfnisse."

Jennie zog ihre Hand zurück und fuhr fort. „Ich werde beenden, was ich begonnen habe."

Aedan griff schnell wieder nach ihrer Hand und Jennie erstarrte bei seiner Berührung. Er flüsterte: „Lasst mich, wenn es nicht Euer Wunsch ist, weiter zu heilen. Ihr habt genug getan. Lasst die Salbe hier und ich werde sie selbst auftragen. Ihr braucht mich nicht wieder zu besuchen." Aedan rollte sich weit genug auf seinen Rücken, um ihr in die Augen zu sehen. So viele Emotionen huschten über ihr Gesicht, dass er Schwierigkeiten hatte, ihnen zu folgen – Wut, Frustration, Traurigkeit und … war das Mitgefühl?

Er wünschte, er könnte ihre Gedanken lesen, aber er konnte es nicht. Sie bewegten sich zu schnell für ihn. Sie sah ihn an und erwiderte endlich seinen Blick. Ihre braunen Augen waren mit Gold gesprenkelt, stellte er fest, Gold, das zu den Strähnchen in ihrem kastanienbraunen Haar passte. Das Gold edelte sie wie eine Königin, doch sie hatte keinen Hauch von Arroganz an sich, sondern nur eine Traurigkeit, die er ihr nehmen wollte.

Seine Erinnerung an sie in Lothian zeigte ein anderes Mädchen – jung, naiv, selbstbewusst. Diese Zuversicht sah er heute nicht mehr, obwohl sie ihn von einem Ort zurückgeholt hatte, den er lieber vergessen würde. Er war noch nicht bereit, seinen Vater wiederzusehen. Warum war sie bei so viel Talent so verwirrt?

Vielleicht hatten sie mehr gemeinsam als er vermutet hatte. Offenbar war sie ebenso verwirrt über ihre Bestimmung wie er über seine gegenwärtige Situation. Fühlte sie sich dazu gezwungen, Heilerin zu werden, wie er es tat, Laird zu werden?

Er rieb mit seinem Daumen über ihren Handrücken, eine sanfte rhythmische Liebkosung, die sie beruhigen sollte. „Jennie, pflegt mich nicht weiter. Ihr müsst Euch um Euch selbst kümmern."

„Was meint Ihr damit?" Ihr Blick fiel kurz auf seine Hand auf ihrer, bevor sie sich wieder ihrer Arbeit zuwandte.

„Eure Unzufriedenheit zeigt sich in allem, was Ihr tut. Ihr müsst Euch damit abfinden, wer Ihr seid, bevor Ihr Euch um andere kümmern könnt."

„Das kann ich aber nicht."

„Dann kehrt in die Abtei zurück, um Frieden und Führung zu suchen. Ihr seid nicht mehr dasselbe Mädchen, das vor einiger Zeit einen Pfeil in den Wald geschossen hat und sich dann auf mich gestürzt hat wie eine beschützende Wolfsmutter. Es ist nicht der gleiche Blick, den ich in Euren Augen sehe."

Jennie entriss Aedan die Hand, erschrocken über seine Einschätzung. Wie konnte er sie so gut lesen? Sie drehte sich zu ihrer Tasche um, wirbelte dann aber wieder zu ihm herum. Sie gab einen Klecks Salbe auf seine Hüfte, erteilte ihm ein paar knappe Anweisungen, raffte ihre Röcke, griff nach ihrer Tasche und rannte aus dem Kammer.

An der Tür blieb sie stehen. „Ihr seid ein Narr, Cameron. Ihr sprecht zu freizügig." Sie drehte sich auf dem Absatz um und ging.

„Mädchen, Ihr könnt der Wahrheit nicht davonlaufen. Heilt Euch zuerst selbst", rief er ihr hinterher.

Nachdem sie gegangen war, machte er sich Vorwürfe, weil er sie aus der Kammer geschickt hatte. Offen gesagt, wollte er in

Jennie Grants Nähe sein. Aber sie hatte defensiv reagiert und Zerrissenheit und Anspannung lagen in ihrem Gesicht und in all ihren Bewegungen. Was war mit ihr passiert? Vielleicht war er zu hart mit ihr umgegangen, aber manchmal mussten Menschen die Wahrheit hören, ob sie es nun mochten oder nicht.

Er verstand, dass es schwer sein konnte, verwundete Krieger zu versorgen. Ihre Berufung versprach im Erfolgsfall Glück und Erfüllung, aber sie enthielt eben auch Momente kläglichen Scheiterns. Wie konnte ein Heiler diese seltsamen Extreme in Einklang bringen? Er könnte damit jedenfalls nicht umgehen.

Doch Jennie Grant hatte nach wie vor etwas an sich, das er nicht verleugnen konnte. Sie faszinierte ihn und die Anziehung, die er zu ihr empfand, war mit nichts zu vergleichen, was er je erlebt hatte. Die goldene Aura, die sie umgab, schien wie vom Himmel gefallen zu sein, und sie lockte ihn, drohte, ihn in ihren Bann zu ziehen und nie mehr loszulassen. Vielleicht hatte Jennie bereits den ganzen männlichen Körper gesehen, aber er war sich ziemlich sicher, dass sie noch nie erlebt hatte, was er in seinen Gedanken gern mit ihr tun wollte.

Sein Verstand sagte ihm, dass er jetzt keine Zeit dafür hatte, dass eine Frau die Dinge nur verkomplizieren und ihn dabei behindern würde, was er für seinen Clan tun musste.

Aber sein Bauchgefühl sagte ihm etwas anderes. Dies war nicht das letzte Mal gewesen, dass er Jennie Grant sah. Für ihn hatte ihre Beziehung gerade erst begonnen. Doch er musste ihr erlauben, zu dem gleichen Schluss zu kommen. Zusammen könnten sie Großes erreichen. Sie hatte ihm die Hoffnung zurückgegeben, die er seit dem frühen Tod seines Vaters verloren hatte. Jennie Grant war seine Hoffnung.

Und er hatte vor, sie ins Visier zu nehmen, so wie sie ihn vor vielen Monden in einem Wald in Lothian unabsichtlich ins Visier genommen und mit ihrem Pfeil getroffen hatte.

Jennie ging, da sie sich von diesem ungehobelten Laird nicht länger beschämen lassen wollte. Sie hasste es, wie ihr flau im Magen wurde, wenn sie in seiner Gegenwart war. Aber was noch wichtiger war: Sie hasste seine Fähigkeit, ihre Gedanken zu lesen. Sie hatte sich so sehr bemüht, die Tatsache zu verbergen, dass sie ihre Heilkünste nicht einsetzen wollte, und doch hatte er es sofort erkannt. Es war, als wäre er in ihrem Kopf, in ihrem Herzen.

Nun, wenn er ihre Fähigkeiten nicht brauchte, würde sie in die Abtei zurückkehren. Sie eilte den Korridor und die Treppe hinunter, in der Hoffnung zu entkommen, ohne Lady Cameron zu begegnen. Sie atmete erleichtert auf, als sie durch den großen Saal gegangen war und die Stufen ins Freie hinabstieg.

In der Burg herrschte geschäftiges Treiben und Clanmitglieder tummelten sich an verschiedenen Stellen, als ob etwas Ungewöhnliches passiert wäre. Männer brüllten und Frauen wuselten mit ihren Kindern umher. Aber es war ihr egal, was hier los war. Sie würde gehen, bevor sie den Verstand verlor. Sie ging an der Schmiede vorbei und nahm dann einen Umweg zu den Ställen, um sich zurück zur Abtei begleiten zu lassen. Wenn sie den direkten Weg durch die Vorburg genommen hätte, wäre sie vielleicht von den vielen Leuten überrannt worden.

Als sie endlich im Stall ankam, war sie schockiert, Aedan neben seinem Pferd stehen zu sehen, während der Stallbursche ihm half.

„Was macht Ihr hier? Ihr dürft nicht hier sein. Ihr werdet alle Fäden ziehen und Eure Wunde wird wieder aufplatzen." Sie trat hinter ihn und griff nach seiner Hand, ohne zu bemerken, dass sie einen Laird herumkommandierte.

Aedan wirbelte herum. „Ihr seid noch hier? Dann macht kehrt. Ihr könnt jetzt nicht aufbrechen. Es gibt ein weiteres Gefecht an unseren Grenzen, und wer weiß, ob es weiter voranrückt. Ihr müsst innerhalb der Burgmauern bleiben. Diese Aasfresser schrecken nicht davor zurück, selbst eine Abtei anzugreifen. Bleibt hier."

„Ihr dürft nicht reiten. Ihr werdet alle Fortschritte der letzten Tage zunichtemachen."

Aedan trat so dicht an sie heran, dass sein Gesicht nur wenige Zentimeter von ihrem entfernt war, obwohl er sich dazu bücken musste. „Soweit ich Euch verstanden habe, Mylady, war es Euch eben noch egal, was mit mir passiert. Das Heilen interessiert Euch nicht mehr, also hört auf, Euch wie eine Heilerin zu benehmen." Seine letzten Worte waren nicht mehr als ein Flüstern.

Jennie konnte ihren Blick nicht von seinem losreißen. Sein

braunes Haar kräuselte sich im Nacken und der Ausdruck seiner blauen Augen drang direkt in ihr Innerstes vor und verursachte dort ein Kribbeln, das sich in ihrem ganzen Körper ausbreitete. Er war so nah, dass sie die Hitze seines Atems spüren konnte, und ihre Sinne zitterten als Antwort. Sie sehnte sich danach, ihn zu berühren, aber das wäre äußerst unangemessen. Benommen von seiner Gegenwart konnte sie sich kaum daran erinnern, was sie ihm gerade gesagt hatte. Er war genauso in sie versunken wie sie in ihn und die Welt um sie herum löste sich auf und ließ nur sie beide zurück, verwirrt, aber nicht in der Lage, sich voneinander zu lösen.

Völlig verstört räusperte sie sich. „Ihr müsst auf Euch aufpassen, wenn Ihr reitet. Natürlich solltet Ihr überhaupt kein Pferd besteigen, aber Ihr seid ein Dickkopf."

Er beugte sich zu ihr vor, nah genug, dass sich ihre Lippen fast berührten. Jennie wollte die letzte Distanz überbrücken und seine Lippen schmecken. Der Geruch von Minzblättern lockte sie, aber sie beherrschte ihre Impulse, hauptsächlich, weil sie sie verwirrten.

„Jennie, ich weiß zu schätzen, was Ihr getan habt, aber die Eindringlinge sind wieder hier, und ich muss meinen Clan anführen, auch wenn es nicht mein Wunsch ist. Ich habe es meinem Vater versprochen und nichts kann mich aufhalten." Sein eindringlicher Blick schickte ihr eine verborgene Botschaft in einer Sprache, die sie gerade erst zu verstehen begann.

Schritte hallten in der Nähe wider und wenige Augenblicke später stand Dermid an seiner Seite. „Cameron, hör auf, mit dem Mädchen zu plänkeln, und beeil dich. Es sieht nicht gut aus. Es sind zu viele von ihnen."

„Hüte deine Zunge, Dermid. Vertrau mir, das Mädchen und ich plänkeln nicht." Aedan wandte sich ab, blieb dann aber stehen, um sie anzusehen. „Ihr werdet die Burg bis zu unserer Rückkehr nicht verlassen, habt Ihr verstanden?"

Jennie biss sich auf die Lippe, weil sie es nicht mochte, herumkommandiert zu werden, aber sie nickte. „Aye." Sie gehorchte nur, weil sie um sein Wohl besorgt war. „Ich werde hier sein, um Euch wieder zu flicken. Mit Gewissheit werdet Ihr bei Eurer Rückkehr in einer viel schlechteren Verfassung sein."

Aedan folgte Dermid, aber kurz darauf kehrte er atemlos zurück. Er zog sie an sich und flüsterte ihr ins Ohr: „Ich freue mich schon darauf, Mädchen." Sie dachte, er würde sie küssen, aber er zog sich stattdessen zurück. Mit einem Grinsen und einem Augenzwinkern verließ er wieder den Stall und stieg auf sein Pferd.

Die Art und Weise, wie er die Zügel umklammerte, war der einzige Hinweis auf den Schmerz, den er empfand. Aedan war nicht anders als Alex und kämpfte stur weiter, wenn er es nicht sollte. Er riskierte sein Wohlergehen, indem er die Reiter anführte, aber er ließ sich nicht beirren. Die Highlander waren wilde Krieger, wenn auch töricht. Da kam ihr ein Gedanke, den sie am liebsten gleich wieder verdrängen wollte. Hatte sie den Grant-Clan wegen der Kämpfe verlassen oder war der wahre Grund womöglich ein anderer?

Ihr Bruder war nicht anders als zuvor. Er kämpfte, um seinen Clan und seine Nachbarn zu beschützen, genau wie Aedan es tat. Vielleicht war ihre Bitte an ihren Bruder töricht und naiv gewesen.

„Cameron, ich weiß, dass Ihr fort müsst. Schwingt Euer Schwert mit dem anderen Arm und versucht, es nicht über den Kopf zu heben." Sie folgte ihm zu Fuß zum Fallgitter und beobachtete, wie er sich der Schar von Kriegern anschloss, die ihm den Weg freimachten. Er stieß den Kampfschrei des Clans aus und spornte sein Pferd an. Die anderen Männer folgten ihm.

Er sollte hinten reiten, nicht an der Spitze. Warum war er nur willentlich so waghalsig?

Sie berührte ihre Lippen mit den Fingern. Es war, als hätte die Möglichkeit eines Kusses sie gebrandmarkt. Obwohl sie ahnungslos in Liebessachen war, konnte sie nicht aufhören, sich zu fragen, was ein Kuss bedeutet hätte. Widerwillig gab sie zu, dass es angenehm gewesen wäre, seine warmen Lippen zu spüren, aber vielleicht war es töricht zu glauben, dass er sie auf diese Weise sah. Sie errötete, als sie merkte, dass andere sie beobachteten, also verschränkte sie die Arme gegen den kalten Wind, schlang ihren Mantel fester um ihre Schultern und ging zurück in den großen Saal.

Sie hatte plötzlich mehr als nur ein vorübergehendes Interesse an Aedans sicherer Rückkehr.

Aedan zügelte seine törichten Gedanken. Aye, er hätte das Mädchen fast geküsst, aber was für eine dumme Tat wäre das gewesen! Jennie Grant, die berühmte Heilerin der Schotten und Schwester des Lairds des größten Clans in den Highlands, war für ihn unerreichbar. Sein Clan war klein und sein Fortbestand konnte nur der Doppelabtei auf seinem Land zugeschrieben werden. Sie zu beschützen war eine gewaltige Herausforderung, aber glücklicherweise waren die Zeiten bis jetzt ruhig gewesen und es hatte kaum größere Auseinandersetzungen gegeben. Nun, Räuber gab es immer, aber sie belästigten die Camerons selten, weil sie befürchteten, dass sie von Gott niedergestreckt würden, wenn sie sein Land angriffen.

Doch plötzlich hatten sich die Dinge verändert. Diese neuen Feinde fürchteten weder Gott noch die Menschen. „Dermid, wie viele sind es?" Sein Pferd galoppierte über die Wiese, wobei jeder Aufprall seine Wunde erschütterte und Schmerzen durch seinen Körper jagte. Er entschied sich, das Gefühl zu ignorieren.

„Ungefähr fünfzig Männer. Cameron, du solltest nicht hier sein. Du siehst nicht gut genug aus, um zu kämpfen. Ein einziger Schwung deines Schwertes wird alles rückgängig machen und dich zu deiner Heilerin zurückschicken."

„Ich weiß, wie riskant das für mich ist, aber ich werde tun, was ich kann. Ich werde den Angriff nicht anführen, aber ich werde als Laird dabei sein. Das ist meine Pflicht." Irgendwie kam ihm das falsch vor. Jennies Rat ging ihm nicht aus dem Kopf. Er wusste, dass das Kämpfen alles gefährden würde, was er in den zwei Wochen seit seiner Verletzung geschafft hatte, aber als Laird war es seine Aufgabe, die Führung zu übernehmen. Er betete, dass sein Vater seinen Zwiespalt verstand und nicht schlecht von ihm dachte, wenn er sich in den hinteren Reihen hielt.

„Als Laird ist es deine Pflicht, auf dich aufzupassen. Dein Clan kann es sich nicht leisten, in so kurzer Zeit einen weiteren Laird zu verlieren. Ruari ist noch nicht volljährig."

Neil, der Anführer seiner Wachen, ritt neben ihn. Neil war ein vertrauenswürdiger Krieger der Camerons gewesen, solange er denken konnte. Er war seinem Vater treu ergeben gewesen und

Aedan würde diese Loyalität nie vergessen.

Neil sagte: „Ich werde den Angriff anführen, Aedan. Dermid hat recht. Wir können in so kurzer Zeit keinen zweiten Laird verlieren. Ihr seid hier, was sehr ehrenhaft ist, aber ich sehe, wie sehr es Euch schmerzt, Euch zu bewegen. Den Angriff zu führen wäre, als würdet Ihr Euch selbst zur Schlachtbank führen. Wenn Euer Vater noch am Leben wäre, würde er mir in den Hintern treten, weil ich Euch überhaupt mitreiten lasse."

Aedan runzelte die Stirn, als er Neil ansah.

„Nichts für Ungut, mein Laird. Ich weiß, wie sehr Ihr Euch bemüht, und Eure Bemühungen werden belohnt werden, aber nur, wenn Ihr am Leben bleibt. Deshalb bitte ich Euch respektvoll, den Angriff anführen zu dürfen, wie ich es schon unter Eurem Vater getan habe. Unsere Männer haben seit Beginn der Überfälle hart geübt."

Er erwog den Rat seiner Wache und kam dann zu seinem Schluss. „Aye, ich bleibe hinten, aber nur, weil ich so die Angreifer und ihre Bewegungen besser beobachten kann. Mit etwas Glück hilft es mir, sie zu identifizieren." Er warf einen Blick nach vorn und sah die Gruppe von Plünderern direkt auf sie zusteuern, die Schwerter in die Luft gerissen, um sie alle zu töten.

Aedan erhob sein Schwert so gut er konnte und stieß den Cameron-Kriegsschrei aus. Seine Männer stimmten in den Schrei ein, während Aedan sein Pferd verlangsamte und zuließ, dass die anderen ihn überholten. Allein davon, sein Schwert zu heben, spürte er schon eine warme Flüssigkeit seinen Bauch hinablaufen, genau wie Jennie ihn gewarnt hatte. Er würde aufpassen müssen, aber er würde nicht fliehen. Er hatte es seinem Vater versprochen und so sehr er den Kampf auch verabscheute, er würde durchhalten. Seine Ehre erlaubte ihm nichts anderes.

Das Klirren der Schwerter hallte in der warmen Mittagssonne des Frühherbstes wider und Aedan war stolz darauf, wie hart seine Männer kämpften. Wie üblich trugen die Plünderer keine Plaids und es gab keine Wappen oder ähnliches, um sie zu identifizieren. Er entdeckte jedoch einen anderen wichtigen Hinweis.

Einige der Angreifer riefen ohne Akzent Befehle. Sie waren Engländer. Dies erklärte, warum niemand sie erkannte. Sie stammten nicht aus dieser Gegend.

Wer schickte diese Gruppe? Was war ihre Mission? Er ritt mit gezogenem Schwert in die Horde hinein und hoffte, dass die Kraft seines Schwertarms ausreichen würde, um die Tatsache zu kompensieren, dass er nicht die Kraft seines ganzen Körpers in jeden Schwung legen konnte.

Aber das Mädchen hatte mit seiner Einschätzung recht gehabt. Er war noch nicht lange im Kampf, da wurde ihm schwindelig. Er konnte die Schmerzen zwar ignorieren, aber er konnte sich nicht zwingen, den Schwindel zu unterdrücken. Ein Nebel bildete sich in seinem Gehirn, der seine Bewegungen verlangsamte. Ein schneller Blick über das Schlachtfeld sagte ihm, dass seine Krieger stärker als ihre Gegner waren und siegen würden. Es gab nur wenige Verletzte auf ihrer Seite und alle saßen weiter auf ihren Pferden, was man von der anderen Seite nicht behaupten konnte.

Wenn er sich nur ein paar Augenblicke zurückgehalten hätte, wäre alles gut geworden. Aber er war stur. Er kämpfte sich weiter durch den Dunst in seinem Gehirn und hielt sein Schwert mit einem schwächer werdenden Griff umklammert. Er preschte auf den nächsten Angreifer zu und spießte ihn mit seinem Schwert auf – ein sicherer Todesstoß. Doch dem anderen Krieger gelang es noch, sein Schwert zu schwingen und Aedan von seinem Pferd zu werfen.

KAPITEL SECHS

DIE NACHRICHT VON Aedans Sturz hatte die Burg erreicht. Jennie rannte in den großen Saal, um Lady Cameron zu finden, die ungeduldig auf die Rückkehr ihres Sohnes wartete.

„Lady Jennie", sagte die ältere Frau mit gedämpfter Stimme. „Werdet Ihr Euch um Aedans Verletzungen kümmern, wenn er zurückkehrt?"

„Natürlich, Lady Cameron. Bitte schickt mir ein Dienstmädchen, damit ich alles bekomme, was ich brauche."

„Aye, das werde ich tun." Sie umfasste ihren Arm mit beiden Händen. „Bitte heilt ihn. Ich könnte es nicht ertragen, ihn zu verlieren. Bitte?" Tränen stiegen in ihre Augen.

„Ich werde mein Bestes tun, aber ich muss erst seinen Zustand beurteilen, bevor ich Versprechungen machen kann. Er ist ein starker Mann, Mylady. Er wird kämpfen, um zu leben."

Lady Cameron ging vor ihr auf und ab und umklammerte ihre Röcke. „Ich verstehe, aber lasst mich bitte wissen, wenn ich noch etwas tun kann."

Ruari platzte durch die Tür.

„Gibt es viele Verletzte? Was hast du gehört?", fragte Jennie.

„Es gibt ein paar, aber nur Aedan geht es schlecht", antwortete Ruari. „*Ich* hätte an seiner Stelle gehen sollen."

Lady Cameron ging auf und ab. „Lady Jennie, das ist mein jüngster Sohn Ruari. Vielleicht habt Ihr ihn noch nicht kennengelernt. Aedan hätte nicht gehen sollen, aber er ist ein sturer Junge, ähnlich wie sein Vater. Oh, er bringt mich noch um den Verstand."

„Es wäre hilfreich, wenn Ihr die verletzten Krieger im großen Saal behandeln lasst. Jemand soll allen sichtbaren Schmutz aus ihren Wunden reinigen und haltet viel Wasser und saubere Leinenstreifen bereit. Habt Ihr jemanden, der sich um sie kümmern kann?"

„Aye, ich werde alles vorbereiten. Aber ich muss zuerst etwas anderes tun." Sie rang den Stoff ihres Rocks in ihren Händen. „Entschuldigt, aber ich muss in die Kapelle gehen, um für das Wohl unseres Clans zu beten. Dann werde ich zurückkehren, um Euren Bitten nachzukommen."

Ruari führte seine Mutter aus der Tür. „Ich werde mich um alles kümmern, Mama. Geh in die Kapelle." Als sich die Tür geschlossen hatte, wandte sich Ruari an Jennie. „Ich bin schon groß, obwohl mich niemand ernstnimmt. Ich werde Eure Bitten erfüllen, Lady Jennie. Wir haben Heiler, die sich um die kleineren Verletzungen kümmern können, und den Berichten zufolge sind alle Verletzungen geringfügig. Aedan ist unsere einzige Sorge."

Jennie nickte Ruari zu. „Ich weiß, wie schwer es ist, der Jüngste in der Familie zu sein, obwohl ich kein Junge bin. Deine Zeit wird kommen."

„Ich habe geduldig gewartet", sagte Ruari und straffte die Schultern. „Ich habe alles getan, was von mir verlangt wird und noch mehr, aber sowohl meine Mutter als auch mein Bruder ignorieren mich. Ich kann mich nützlich machen sein, Lady Jennie. Ich hoffe, dass sie eines Tages auf meine Fähigkeiten aufmerksam werden."

„Das werden sie, mein Junge. Arbeite fleißig weiter und achte auf alles, was um dich herum passiert. In unserer Burg gibt es einen jungen Burschen, der sein Können immer wieder bewiesen hat, aber manchmal sind seine Methoden nicht die besten." Jennie lächelte, als sie an den jungen Loki, Brodies Adoptivsohn, und an alles dachte, was er für ihren Clan getan hatte.

„Wirklich?" Sein Gesicht hellte sich auf.

„Aye. Loki weiß alles und er kommt zu Hilfe, wenn es niemand erwartet. Sei wachsam und weise, und du wirst belohnt werden."

„Habt Dank, Lady Jennie. Es sind schwierige Zeiten, und ich mache mir Sorgen um meine Familie."

Sie raffte ihre Röcke und ging die Treppe hinauf, um Aedans Kammer vorzubereiten.

Als sie den Gang entlangging, ordnete sie in Gedanken ihre notwendigen Werkzeuge. Heute ärgerte es sie nicht, dass ihre Talente benötigt wurden. Es war nur richtig so. Sie hatte sich um

Aedans erste Wunde gekümmert und musste sehen, wie schlimm seine neuen Verletzungen waren.

Warum? Was hatte sich geändert? Sie verwarf schnell die Möglichkeit, dass er ihr mehr bedeuten könnte. Alle Mitglieder ihres Clans waren ihr wichtig gewesen, aber sie hatte ihre Heilarbeit dort nicht fortsetzen wollen. Das Dienstmädchen öffnete die Tür und wartete darauf, dass Jennie sie ansprach.

„Mylady? Wie kann ich helfen?"

„Bringt ein paar Leinenstreifen und ein paar Eimer mit frischem Wasser, bitte, Aggie."

Aggie senkte den Kopf und verließ die Kammer. Augenblicke später sprang die Tür auf und ein verärgerter Aedan trat ein, der Neils Hände abwehrte. „Lasst mich. Ich kann allein gehen."

Er hielt inne, als er bemerkte, dass Jennie im Raum neben der Truhe stand, auf der sie ihre Instrumente bereitgelegt hatte. Auf einen Blick bemerkte Jennie seine blutbefleckte Tunika und sein Plaid, das Hinken in seinem Gang und die Art, wie er sich beim Gehen die Seite hielt. Sie sah den Schmerz in seinem Blick, bevor er ihn verstecken konnte, offensichtlich darauf bedacht, das Ausmaß seiner Verletzungen vor ihr zu verbergen.

„Mylady." Er nickte und ließ sich auf den Stuhl fallen, der vor dem Kamin stand.

„Bitte erlaubt mir, Euch dabei zu helfen, Euer Plaid und die anderen blutbefleckten Kleidungsstücke auszuziehen. Gibt es eine neue Wunde oder ist es dieselbe?"

Er seufzte und ließ sich Zeit, bevor er antwortete. „Ich glaube, es ist die gleiche Verletzung, aber ich werde es erst wissen, wenn ich hinschaue." Er stand auf und ließ sein Plaid auf den Boden fallen, bevor er seine Tunika auszog und nur in seiner Hose vor ihr stand. „Neil, seht nach den anderen Kriegern und erstattet mir Bericht." Neil nickte und ging.

Jennies Mund wurde beim Anblick von Aedans nackter Brust trocken. Hunderte von Männerkörpern waren im Laufe der Jahre an ihr vorbeigezogen. Warum reagierte sie so anders auf seinen? Ihr Gesicht wurde leuchtend rot, aber er schenkte ihr keine Beachtung. Er schien zu sehr damit beschäftigt zu sein, die Wunde zu untersuchen, um Jennies Reaktion auf seinen Körper zu bemerken.

Schließlich löste sie ihren Blick von seiner schönen Brust mit dem sprießenden Brusthaar und zwang sich, sich mit der vorliegenden Situation zu befassen – mit seiner Wunde. Die gezackten Ränder seiner alten Wunde waren dieselben, aber an einem Ende klaffte eine neue Wunde.

Aggie kam mit den Wasserbecken und den Leinenstreifen. Sobald sie Aedan erblickte, rief sie: „Oh, mein Laird! Was habt Ihr getan?" Errötend fügte sie schnell hinzu: „Verzeiht meine Unhöflichkeit." Sie wollte wieder aus der Tür eilen, hielt aber inne. „Braucht Ihr noch etwas, Mylady?"

„Nay, aber bitte kehrt später zurück, um nachzusehen. Und nehmt seine Kleider zum Waschen mit." Sie reichte Aggie das Plaid und die Tunika und die Frau verschwand.

Neil kam zurück in die Kammer, die Hände in die Hüften gestemmt. „Wie schlimm ist es?"

„Ich werde ihn mir gleich ansehen, sobald ich ihn ins Bett bringen kann", antwortete Jennie.

Aedan legte sich vorsichtig aufs Bett und drehte sich dann auf die Seite, damit Jennie seine Verletzung vollständig im Blick hatte.

Sie verbarg ihre unmittelbare Reaktion und zwang sich, so zu tun, als ob sie nichts Ungewöhnliches vor sich hätte.

„Und?", fragte Neil.

„Es ist die gleiche Verletzung wie zuvor, nur schlimmer. Alle vorherigen Stiche sind aufgeplatzt und die Wunde ist tiefer und etwas länger geworden. Ich muss zwei Schichten nähen, diesmal mit einer viel feineren Nadel. Und …"

„Und was?", fragte Aedan.

„Und Ihr müsst versprechen, vierzehn Tage lang nicht in die Schlacht zu reiten." Sie sah zuerst ihn an, dann Neil, um ihre Reaktionen abzuschätzen.

„Das kann ich nicht versprechen." Aedans verärgerter Blick sagte ihr, dass er in dieser Angelegenheit nicht nachgeben würde.

„Ihr müsst es tun, sonst bringt Ihr Euch um." Neil ging in der großen Kammer auf und ab. „Tut Eurem Clan einen Gefallen und hört auf Eure Heilerin. Ihr könnt uns führen, ohne auf dem Schlachtfeld zu sein. Wir brauchen Euch am Leben."

„Es macht keinen Sinn, meine Energie darauf zu verschwenden, Euch zuzunähen, wenn Ihr vorhabt, Eure Wunde wieder aufzureißen", antwortete Jennie und hoffte, dass das ausreichen würde, um ihn zur Vernunft zu bringen. Wenn er seine Verletzung weiterhin ignorierte, wollte sie sich gar nicht vorstellen, was passieren konnte.

„Neil, was habt Ihr über die Angreifer herausgefunden?" Aedan warf einen Blick auf den Hauptmann seiner Wachen und bedeutete Jennie, ihre Arbeit fortzusetzen. „Macht weiter, Mädchen. Ich freue mich nicht auf die kleinen Stiche, die Ihr mir versprochen habt."

Frustriert darüber, dass er ihrer Bitte nicht nachkommen wollte, fuhr sie einfach fort, weil sie schlecht weggehen und ihn verbluten lassen konnte. Die Stiche, die er benötigte, würden mühsam und zeitaufwendig sein, da hatte sie nicht übertrieben.

Jennie bedeckte seinen Schambereich, so gut sie konnte, und begann mit der Behandlung, wie sie sie von ihrer Mutter gelernt hatte. Sie säuberte den Schmutz und das getrocknete Blut von seiner Haut, bevor sie sich daran machte, die Wundränder zusammenzunähen. Die Reinigung half ihr, die Wundränder besser zu sehen, und um ehrlich zu sein war das der Teil des Heilens, den sie liebte. Sie lernte gerne Neues über den menschlichen Körper und darüber, wie das Blut ihn funktionieren ließ. Sie fragte sich oft, wie es durch den Körper floss, was für ein Netzwerk es so stark in dünne Bereiche wie das Gesicht fließen ließ. Sie gab zu, dass sie jedes Mal fasziniert war, wenn sie das Innere einer Leiche sah. Eines Tages wollte sie das Innere des Bauches und das Innere des Halses zeichnen. Es würde ihr und anderen Heilern helfen, Wunden besser zu vernähen.

Sie hörte den Männern dabei zu, wie sie über den Kampf diskutierten, während sie arbeitete.

Neil schüttelte den Kopf und ging auf und ab. „Verflucht, ich habe noch nie einen dieser Männer gesehen. Ich dachte, ich hätte jemanden mit englischem Akzent sprechen hören."

„Aye, mir ist das gleiche aufgefallen. Die meisten waren Engländer. Warum sollten die Engländer willkürliche Angriffe so weit hier draußen durchführen? Es wundert mich, dass es keinen klaren Anführer gibt. Wer steuert die Gruppe? Es scheint keinen Laird oder Chief zu geben, aber warum sollten sie aus reiner Lust töten? Soweit wir wissen, stehlen sie keine Schafe oder Getreide.

Ich weiß nicht, was sie wollen." Aedan zuckte zusammen und warf Jennie einen schnellen Blick zu. „Seid Ihr heute so wütend auf mich, Mädchen, dass Ihr mir selbst die Haut abreißen wollt?"

Jennie grinste. „Es tut mir leid, aber mir wurde schon oft gesagt, dass ich etwas unsanft bin, wenn ich Wunden reinige."

Aggie kam mit mehr Wasser in den Raum.

„Danke, Aggie."

Aedan winkte Neil zu. „Geht jetzt. Findet heraus, wie es den Männern geht und wer noch genäht werden muss. Und seht, ob jemand die Angreifer erkannt hat."

Neil verließ den Raum und Aggie folgte ihm und ließ die beiden allein.

Aedan warf Jennie einen Blick zu. „Könnt Ihr nicht bald mit den Stichen beginnen, damit wir es hinter uns bringen?"

„Aye, ich fange gleich an. Seid Ihr bereit?"

„Werdet einfach damit fertig, Mädchen. Es ist ja nicht mein erstes Mal. Ich werde es schon aushalten." Er legte seinen Kopf auf das Kissen und starrte ins Leere.

Jennie fing an zu nähen, platzierte jeden einzelnen Stich sorgfältig und summte dabei.

„Ihr klingt nicht mehr, als würdet Ihr die Heilarbeit verabscheuen."

„Es ist keine Arbeit, es ist eine Kunst. Und dieser Teil gefällt mir."

Er blickte erst zu ihr und dann nach unten, um genau zu sehen, was sie mit ihm machte. „Mädchen, Ihr seht aus wie ich in den dunkelsten Nächten."

„Was meint Ihr damit?" Sie lenkte ihre Aufmerksamkeit wieder auf ihre Nähte, war aber an seiner Antwort interessiert.

Er legte seinen Kopf zurück auf das Kissen und starrte an die Wand. „Am meisten liebe ich dunkle Sternennächte."

„Ihr seid also nicht in der Schlacht am glücklichsten wie die meisten Highlander?"

Seine Augen weiteten sich. „Nein, ich mag das Kämpfen überhaupt nicht. Ich tue es nur, weil ich muss. Ich bin als Laird verpflichtet, meinen Clan, zu dem auch die Abtei gehört, zu schützen. Wer weiß, was mit meinem Vater im Himmel passiert, wenn ich den Kampf verliere."

„Ihr seid ein ehrenwerter Mann", sagte sie leise. „Ich glaube nicht, dass Ihr Euch Sorgen um den Platz Eures Vaters im Himmel machen müsst."

„Vielleicht nicht. Aber fragt Ihr Euch nie, was die Sterne in der Nacht bedeuten? Wusstet Ihr, dass es Männer gibt, die sie studieren? Die Muster am Himmel sind im Grunde gleich und diese Männer haben einige der Muster benannt."

Sie runzelte die Stirn. „Hm. Ich glaube, ich habe noch nicht viel darüber nachgedacht. Und ich habe nicht wirklich viel Zeit damit verbracht, sie mir anzusehen."

„Mädchen", sagte er seufzend. „Ihr wisst nicht, was Euch entgeht. Sie sind so schön, so aufregend. Ich habe mich immer gefragt, woraus sie bestehen. Sind es Feuerbälle? Warum sind manche Sterne gruppiert, fast so, als ob sie Formen bilden würden? Warum leuchten sie nicht immer gleich stark? Und fragt Ihr Euch in einer dunklen, stürmischen Nacht nicht, woraus die Blitze bestehen? Sie sind so hell und überall in unserem Land gibt es Geschichten von Feuerbällen, die auf den Boden schlagen. Warum kostet ein Blitzeinschlag einen Mann das Leben?"

Sie lachte. „Das sind aber viele Fragen. Ich sehe, dass wir doch etwas gemeinsam haben."

Er griff nach oben und fuhr mit dem Daumen über ihre Wange. „Da stimme ich Euch zu, aber was haben wir Eurer Meinung nach gemeinsam?"

Sie errötete unter seinem Blick. „Die Neugierde."

„Und was macht Euch neugierig, Jennie Grant?"

„Der menschliche Körper." Ihre leicht geröteten Wangen färbten sich dunkler, als er seine Augenbraue hochzog. „Ich kenne Euch gut genug, um zu erraten, was Ihr meint, aber Ihr solltet vorsichtig sein, wem Ihr das erzählt. Ich weiß nicht, ob die Nonnen eine solche Aussage gutheißen würden."

Jennie kicherte. „Nay, so meinte ich das nicht. Seht Euch das Innere Eurer Wunde an. Seht Ihr das nicht?" Sie zeigte auf das zerrissene Fleisch. „Fragt Ihr Euch nicht, wo es hingeht? Wohin führen all die Blutlinien? Wie reist das Blut so schnell durch den Körper? Es geht durchs Herz, aber wie kommt es zu den anderen Organen?" Sie unterbrach das Nähen für einen Moment, begeistert von ihren Gedanken. „Wusstet Ihr, dass die Organe im

Bauch mit einer dünnen Schicht bedeckt sind? Sie ist komplett durchsichtig! Ich bin mir nicht sicher, wofür sie da ist, außer dafür, alles drinnen zu halten. Und was passiert, wenn ich die verschiedenen Teile zusammennähe? Übersehe ich manchmal etwas? Es gibt so viele Fleischstücke, die sich mit so vielen anderen verbinden, alle sind Teil eines komplizierten Netzwerks, das den Körper funktionieren lässt, aber ich weiß nicht wie. Habt Ihr schon einmal daran gedacht?"

Sie hob ihren Blick von seiner Wunde zu seinem Gesicht und erwischte ihn dabei, wie er sie musterte. „Was?"

Seine Augen funkelten. „Hört nicht auf. Erzählt mir mehr."

„Ich habe mir oft gewünscht, ein Diagramm des Körpers zu zeichnen. Es gibt einfach so viel zu lernen. Und wenn eine Frau ein Kind zur Welt bringt, gibt es so viele Teile …" Sie errötete, sah ihn an und verstummte. Vielleicht wollte er nichts vom Körper einer Frau hören. „Warum seht Ihr mich so an?"

„Ich weiß es nicht. Ihr habt etwas an Euch." Seine Stimme wurde heiser und tief und das Geräusch jagte ihr einen Schauer über den Rücken. Seine Hand griff nach ihrer. „Wir sind uns ähnlicher, als ich dachte."

„Inwiefern?"

„Obwohl ich sehe, dass Ihr neugierig auf den Körper seid, mögt Ihr das Heilen nicht."

„Aye, das ist wahr. Und warum macht uns das einander ähnlich?" Sie sah ihn an, wollte ihn anstarren, wusste aber, dass sie es nicht sollte.

„Weil ich lieber die Sterne studieren würde als ein Laird zu sein. Ihr würdet lieber den Körper studieren, anstatt Heilerin zu sein. Aber ich glaube nicht, dass Ihr mir alles erzählt. Ich glaube, Ihr liebt das Heilen. Es gibt etwas, das Euch beunruhigt, und es sind nicht nur die jüngsten Kämpfe."

Jennie hielt inne. Sie war überrascht, dass er das bemerkt hatte, und dass er diese Dinge über sich selbst zugab.

„Erzählt es mir, Mädchen. Es wird Euch besser gehen, wenn Ihr mit jemandem darüber sprecht."

Seine Stimme war wie eine sanfte Liebkosung, die sie beruhigte, also beschloss sie, es ihm zu sagen. „Ich habe Albträume, Träume von klagenden Männern, die gequält werden, von Männern, die vor Schmerzen schreien. In der Burg haben sie mich jede Nacht geplagt. Deshalb hat mich mein Bruder hierher-gebracht. Ich musste weg, sonst fürchtete ich, den Verstand zu verlieren."

„Und seitdem?"

Sie hielt kurz inne, bevor sie antwortete. „Seit ich in der Abtei bin, hatte ich nur einen Albtraum."

„In der ersten Nacht?"

„Aye." Woher wusste er das? Es schien, dass ihr Problem gelöst werden konnte, aber das würde bedeuten, dass sie nie wieder nach Hause zurückkehren konnte. Das konnte sie nicht hinneh-men.

„Kein schlimmer Traum, nachdem Ihr mich das erste Mal geheilt habt?"

Sie verlangsamte ihre Stiche, um nachzudenken. „Nay."

„Dann hat sich Euer Problem bereits gelöst."

„Nay, so einfach ist das nicht."

„Warum nicht?"

„Weil die Antwort wäre, niemals nach Hause zu gehen. Das kann ich nicht aushalten. Ich liebe meine Familie und meinen Clan."

„Vielleicht ist die Ursache etwas anderes. Habt Ihr Angst zu versagen oder jemanden nicht heilen zu können?"

Sie runzelte die Stirn. „Darüber habe ich noch nicht nach-gedacht." Sie beschloss, das Gespräch auf seine Probleme zu lenken. „Ihr wollt Euren Clan also nicht anführen?"

Er spitzte die Lippen, bevor er antwortete, was darauf hindeu-tete, dass er ihre Taktik erkannte. „Nay. Ich glaube nicht, dass ich die Fähigkeit dazu habe. Ich bin weder ein Krieger, wie mein Vater es war, oder wie es der Hauptmann meiner Wachen ist. Aber ich muss führen. Das ist Teil meines Schicksals."

Jennie fragte sich, ob Alex jemals dasselbe gefühlt hatte. „Ihr seid ein guter Krieger."

Aedan kicherte. „Und deswegen bin ich schon wieder ver-wundet? Meine Vergangenheit spricht für sich."

Sie zog einen Faden durch und dachte über seine Situation nach. „Ein Fehler ist noch kein Scheitern."

Sein Finger griff nach ihrem Kinn und er hob ihren Blick zu

seinem. „Ein böser Traum macht auch noch kein Scheitern. Ihr seid zu streng mit Euch, genauso wie ich. Wir sind uns ähnlicher als Ihr denkt."

Jennie stammelte: „Ich muss … muss …" Sie riss ihre Hand weg und konzentrierte sich wieder auf seine Wunde. „Meine Stiche. Ich muss Euch fertig nähen, damit ich den anderen helfen kann."

Er legte seinen Kopf zurück auf das Kissen. „Macht weiter, aber macht Euch keine Sorgen um die anderen. Wir haben einen anderen Heiler, einen Mönch, der oft kommt, um unseren Verwundeten zu helfen. Ich kann mir vorstellen, dass er schon hier ist. Denkt darüber nach, Mädchen. Wir sind uns ähnlich, und Ihr seid nicht gescheitert."

Jennie beendete ihre Arbeit, nähte sorgfältig beide Schichten und war sich des Schmerzes bewusst, den sie dem Laird dabei zufügte. Sie hasste es, ihren Patienten wehzutun, aber er lehnte ihre Tränke ab und zog es vor, einen klaren Kopf zu bewahren.

Auf halbem Weg warf sie ihm einen Blick zu und bemerkte, dass seine Augen geschlossen und sein Kiefer zusammengepresst waren. Wenn er die Augen öffnete, um sie anzusehen, würde sich ihr Herzschlag beschleunigen und ihre Hände würden schwitzen, also war sie froh, dass er es nicht tat.

„So." Sie vollendete ihren letzten Stich und band den Faden ab, dann griff sie nach der Salbe und trug sie auf seine Wunde auf.

„Wenn Ihr meine Haut noch viel länger reibt, Mädchen, werdet Ihr eine unerwartete Reaktion hervorrufen." Er sah sie durch zusammengekniffene Augen an.

Der Klang seiner Stimme wärmte ihr Innerstes. Sie blickte in seine tiefblauen Augen, die die Farbe des nächtlichen Himmels hatten, aber dann riss sie ihren Blick fort, zu verwirrt von ihrer Reaktion auf diesen Mann. Als sie mit ihrer Aufgabe fertig war, sprang sie auf und eilte hinüber zu ihren Instrumenten auf der nahegelegenen Truhe.

„Laird Cameron, wenn Ihr etwas braucht, schickt bitte jemanden in die Abtei. Ich werde etwas von der Salbe hierlassen, damit Ihr sie täglich auftragen könnt. Sie sollte Euch helfen, ein weiteres Fieber abzuwehren." Sie räusperte sich und verließ die Kammer.

Dies war eine völlig neue Erfahrung für sie und sie wusste nicht,
wie sie mit dem Aufwallen dieser stürmischen Gefühle umgehen
sollte. Er verunsicherte sie, wann immer er in der Nähe war, und
sie hatte keine Erfahrung darin, die Reaktion ihres Körpers auf
diesen Mann, diesen Laird mit dem hitzigen Blick zu bändigen.
Sie lehnte sich gegen die Wand, um das Rauschen ihres Blutes zu
verlangsamen, aber ohne Erfolg. Allein diese Tatsache bereitete
ihr Angst.

Sie wusste, dass die Art, wie ihr Herz wild hämmerte, wenn sie
in seiner Nähe war, nur gefährlich sein konnte.

KAPITEL SIEBEN

ZWEI TAGE SPÄTER machte sich Aedan auf den Weg in das Solar. Seine Wunde fühlte sich besser an, aber sie war immer noch frisch genug, um ihn in seiner Bewegungsfreiheit einzuschränken. Der durch die Verletzung bedingte ungleichmäßige Gang ließ ihn sich wie einen Krüppel fühlen.

In der Kammer angekommen, begrüßte er Ruari, Neil und seine vier Freunde – Dermid MacLean, Hamish Henderson, Irvine Fletcher und Drew Menzie. Er bemerkte, dass die versammelten Männer verstummten, sobald er durch die Tür trat.

„Cameron, du heilst diesmal langsam", sagte Drew. Er war Aedans engster Freund, aber er war damit beschäftigt gewesen, Angriffe auf seinem eigenen Land abzuwehren.

„Aye, er hofft, dass die Grant-Heilerin zurückkehrt, um seinen traurigen Hintern zu versorgen", lachte Dermid.

Hamish stimmte mit ein. „Aye, ich möchte auch von ihr gepflegt werden, wenn sie hier fertig ist, Cameron."

Irvine sah in die Runde. „Habe ich etwas verpasst? Es gibt ein Mädchen, das dich heilt? Was genau hat sie mit dir gemacht?"

Aedan setzte sich auf seinen Stuhl hinter dem Tisch und streckte sein Bein gerade vor sich aus. Er wartete, bis die Gruppe sich beruhigte. Als er ihre Aufmerksamkeit hatte, flüsterte er: „Der Nächste, der Jennie Grant nicht respektiert, bekommt meine Faust ins Gesicht."

Es wurde still und die Männer machten betretene Mienen. Er fuhr fort: „Wer kann mich nun über die Lage informieren? Warum habt ihr dieses Treffen einberufen?"

Drew räusperte sich. „Aedan, ich bin gekommen, um zu sehen, wie es dir geht, aber auch, um dich über Gerüchte zu informieren, die in unserem Land kursieren. Ich kenne die Quelle nicht, aber es scheint, dass die Plünderer einen groß angelegten Angriff planen."

„Mit welchem Ziel?"

„Es heißt, dass sie dein Land erobern wollen. Sie glauben nicht, dass du nach dem Tod deines Vaters stark genug bist, um die Ländereien länger halten zu können. Sie wollen die Reichtümer aus der Abtei." Drew warf den anderen einen Blick zu, damit sie seine Einschätzung bestätigen konnten.

„Welche Reichtümer aus der Abtei? Ich verdiene nichts damit, dass sie auf meinem Land steht."

„Es heißt, Lochluin Abbey habe volle Kassen, und die Bande hofft, die Kontrolle über sie zu erlangen", erklärte Dermid. „Ich habe das gleiche Gerücht gehört."

„Sie wollen die Abtei bestehlen? Wer sind sie? Weiß jemand etwas über ihre Herkunft?" Aedan war von der bloßen Andeutung schockiert.

Hamish meldete sich zu Wort: „Nein, aber viele sagen, dass sie Engländer sind."

Aedan rieb sich die Stirn. „Aye, ich kann bestätigen, dass viele der Männer in der Gruppe, die uns angegriffen haben, einen englischen Akzent hatten."

Neil sah in die Runde. „Wer wurde in letzter Zeit noch angegriffen?"

„Wir wurden zwei Tage vor dir angegriffen", antwortete Drew.

„Meine Männer haben vor drei Tagen gegen sie gekämpft", sagte Hamish.

Dermid schüttelte den Kopf. „Das ist nicht das, was ich zu hören gehofft hatte. Diese Eindringlinge geben nicht so schnell auf. Wir wurden gestern angegriffen, obwohl es nur eine kleine Schlacht war."

„Was ist der Sinn dieser kleinen Attacken? Warum konzentrieren sie sich nicht einfach auf einen Großangriff und bringen es hinter sich?" Neil ging hinter den anderen auf und ab.

Ruari sprang von seinem Sitz auf. „Schickt mich zum Spionieren! Ich werde es herausfinden."

Aedan seufzte. „Junge, ich werde dich nicht losschicken, damit dich unbekannte Eindringlinge aufspießen."

Ruari runzelte die Stirn und setzte sich verärgert wieder hin.

„Es scheint, dass sie nicht sehr organisiert sind, wenn sie weiterhin nur kleine Angriffe durchführen", bemerkte Hamish. „So werden sie keinen Erfolg haben. Sie ziehen sich schnell zurück."

Neil stockte. „Vielleicht ist das alles Teil einer Strategie. Gibt es einen besseren Weg, unser Land und die Fähigkeiten unserer Kämpfer kennenzulernen? Vielleicht machen sie auf diese Weise weiter, um uns zu verwirren und uns daran zu hindern, uns zusammenzuschließen, um sie zu bekämpfen."

Aedan strich mit den Händen über die Bartstoppeln an seinem Kinn. „Ich glaube, du bist auf der richtigen Fährte, Neil. Ich habe ähnliche Vermutungen. Wir können uns nicht zu einer großen Streitmacht zusammenschließen, wenn wir alle mit kleinen, unvorhersehbaren Angriffen auf unser Land abgelenkt sind."

„Wir müssen entscheiden, was wir tun wollen", sagte Drew. „Mein Späher hat gehört, dass sie planen, Aedan innerhalb eines Monats anzugreifen. Sie halten ihn für schwach und rechnen mit seiner Niederlage. Nichts für ungut, Aedan."

„Du brauchst dich nicht zu entschuldigen. Ich bin froh zu wissen, was diese Leute denken." Er dachte kurz nach, bevor er fortfuhr. „Und ist es deinem Späher auch gelungen, mehr über ihren Anführer herauszufinden?"

„Nay, niemand weiß etwas über den Anführer. Diese Informationen sind gut verborgen."

„Es müssen die Engländer dahinterstecken", vermutete Dermid. „Ein Schotte würde es nicht auf eine Abtei absehen. Die Mönche werden hier sehr respektiert."

Aedan fügte hinzu: „Aye, aber Reichtum wird noch mehr respektiert."

Nachdem die Männer gegangen waren, blieb Aedan auf seinem Stuhl sitzen und verschränkte grüblerisch seine Finger vor sich. Ruari war der Letzte im Raum.

„Ruari?"

„Aye, mein Laird?" Aedan konnte nicht anders, als über den Eifer des Jungen zu lächeln.

„Ich möchte eine Idee mit dir besprechen." Aedan hielt inne und bedeutete seinem Bruder, sich auf den Stuhl neben ihm zu setzen. „Wenn du einverstanden bist, möchte ich dich gern aussenden, um für uns die Lage auszukundschaften."

Ruari sprang von seinem Sitz auf. „Ich soll jemanden ausspionieren? Aye. Ich werde es tun!"

Aedan winkte Ruari mit der Hand zu, in der Hoffnung, ihn zu beruhigen. „Warum nennen wir es nicht lieber *Auskundschaften*? Die anderen Clans haben Späher, aber wir haben nichts. Ich denke, in diesen verwirrenden Zeiten müssen wir unsere eigenen Informationen einholen. Glaubst du, du bist dieser Herausforderung gewachsen, Junge?"

„Aye." Er setzte sich wieder auf den Stuhl und legte seine Hände vor sich in den Schoß. „Sag mir, was ich tun soll, mein Laird."

„Ich möchte, dass du jedem aufmerksam zuhörst. Hör zu, was die Küchenmädchen und die Stallburschen reden, auch unsere Nachbarn, wenn sie hier sind, und unsere Krieger – alle. Reite über die Felder und sieh, ob du auf kleine Gruppen außerhalb der Burg triffst. Die Leute des Clans reden gern, also hoffe ich, dass sie etwas gehört haben, das sie mir nicht sagen wollen. Es ist deine Aufgabe, diese Informationen aufzuspüren, ohne dass jemand von deinem Auftrag ahnt."

„Mit Vergnügen, Aedan. Ich werde dich stolz machen."

„Und kannst du auch das Wichtigste von allem tun? Du darfst niemandem ein Wort von deinem Auftrag sagen. Niemand außer mir darf es wissen. Weder Mutter, Neil, noch sonst jemand. Du musst es für dich behalten. Kannst du das tun, Ruari? Kann ich dir vertrauen?"

„Aye, Aedan. Natürlich."

Aedan stand auf, humpelte an die Seite seines Bruders und drückte seine Schulter. „Dann mach mich stolz, Junge."

Ein paar Abende später, kurz nach Einbruch der Dunkelheit, kam eine Nonne zu Jennies Tür. „Meine Liebe, der Laird der Camerons ist gekommen, um mit Euch zu sprechen. Er erwartet Euch am Eingang."

Jennies Augen weiteten sich. „Danke, Schwester. Bitte sagt ihm, dass ich gleich da sein werde."

Sie hastete durch die Kammer, putzte sich die Zähne mit einem Tuch, strich ihr Haar glatt und warf ihr Plaid um die Schultern. Als sie fertig war, eilte sie den Gang hinunter.

Er hatte das Fell vom vorderen Fenster gezogen, um die Nachtluft hereinzulassen. Wenn er nicht auf einem Bett lag, sah Aedan stark und kräftig aus. Sein dunkles Haar kräuselte sich im Nacken und seine Schultern waren stark und breit. Er hatte seinen Bart seit ein paar Tagen nicht mehr rasiert und die dunklen Stoppeln auf seinen Wangen verliehen ihm einen Hauch von Geheimnis. Sein starker Kiefer war zusammengebissen. Als er hörte, wie sie den Raum betrat, wirbelte er herum und lächelte strahlend. Seine Zähne waren so weiß, dass sie aufblitzten.

Jennie näherte sich ihm, blieb aber ein paar Meter entfernt stehen. „Gibt es Probleme, Laird Cameron?"

„Nay, ich erhole mich gut. Ich habe mich gefragt, ob Ihr mit mir spazieren gehen würdet. Ich wollte Euch etwas mehr über meine Neugierde erklären. Es ist eine schöne Nacht mit einem klaren Himmel voller Sterne."

Er grinste sie an und seine Aufregung war ansteckend.

„Aye, das würde mir gefallen."

Die Nonne, die sie gerufen hatte, stand in der Nähe und wartete, also drehte sich Jennie zu ihr um und sagte: „Ich komme gleich wieder."

„Ich habe ein paar Wachen mitgebracht, die uns begleiten werden, Schwester. Ich verspreche, gut auf sie aufzupassen."

Die Schwester nickte und zog sich zurück. Aedan hielt die Tür auf und sagte: „Nach Euch, Mylady."

Jennie runzelte die Stirn. „Oh, auf einmal nennt Ihr mich *Mylady?* Was ist geschehen?"

„Meine Mutter hat mir beigebracht, respektvoll zu sein, besonders in der Nähe von Nonnen. Mein Vater sagte mir immer, dass mir die Nonnen sonst den Hintern versohlen würden, und ich habe derzeit schon genug Stellen an meinem Körper, die mir wehtun." Grinsend ergriff er ihre Hand und zog sie hinter sich her. „Kommt, ich möchte, dass Ihr die Sterne und ihre Formationen seht. Es gibt selten eine so schöne Nacht, um in die Sterne zu blicken."

Hand in Hand gingen sie langsam über die Wiese, seine Wachen in sicherer Entfernung hinter ihnen. Auf halbem Weg zeigte Aedan nach vorn. „Ich hatte gehofft, wir könnten diesen Hügel erklimmen. Das ist mein Lieblingsplatz, um die Sterne zu studieren."

Ihr Aufstieg kam nur langsam voran und als sie den Hang erreichten, erkannte sie, dass seine Verletzung ihn definitiv immer noch behinderte. Aber sein Gesicht glänzte vor Aufregung bei der Aussicht, eine seiner Leidenschaften mit ihr zu teilen. Jennie genoss diese Zeit mit ihm, fort von seinen Pflichten als Laird und ihren Pflichten als Heilerin. Als sie endlich den Gipfel des Hügels erreichten, legte er den Kopf zurück und sagte: „Schaut." Er legte den Kopf in den Nacken, um in den dunklen Himmel über ihnen zu blicken, der von Hunderten kleiner Fackeln erleuchtet zu sein schien. „Könnt Ihr fassen, wie viele Sterne es gibt?"

Jennie stand an einer Stelle, aber Aedan ging über die Spitze des Hügels und zeigte jedes Mal auf, wenn er etwas Neues bemerkte. „Jennie, wusstet Ihr, dass schon die Griechen festgestellt haben, dass die Bahn der Sonne und der Planeten nicht kreisförmig, sondern eher elliptisch verläuft?"

Jennie lächelte und schüttelte den Kopf. „Nay, das habe ich noch nie gehört, aber ich weiß nicht viel über die Sterne und den Himmel."

„Astrologie." Sein Blick traf ihren. „So nennt man das Studium der Sterne. Und die Griechen haben schon vor langer Zeit erkannt, dass die Sonne im Laufe des Jahres verschiedene Wege nimmt. Sie haben sogar die Pfade benannt. Einer ist ein Stier und einer ist ein Löwe. Es hat alles mit der Himmelssphäre zu tun. Ich liebe diesen Begriff, weil er so passend ist." Er zeigte zu einer Seite. „Seht Ihr dort die Form der Sterne? Diese Form ändert sich nie, aber dort drüben", er zeigte auf einen anderen Teil des Himmels, „das ist einer der fünf Planeten, die sich bewegen."

Jennie starrte ihn an, beobachtete seinen Überschwang und liebte diese Seite an ihm. „Planeten?"

„Aye, die Griechen sagen, es gibt Planeten, die sich bewegen. Sie sind helle Lichter am Himmel, die ihren Standort ändern. Bei jedem Mond stehen sie an einer anderen Stelle am Himmel."

„Woher wisst Ihr so viel darüber?" Jennies Neugier war definitiv geweckt.

„Vom Mönch Joseph. Es gibt einige reisende Mönche, die in die Abtei kommen, um ihr Wissen zu teilen. Ich habe Joseph gebeten, mir ein Buch darüber zu bringen, irgendein Buch, aber er hat noch keines finden können. Er bringt mir, was er finden kann, und ich verschlinge alles. Es heißt, es gibt ein Buch mit Zeichnungen der Sternenmuster, alle mit zugewiesenen Namen."

Jennie starrte auf all die funkelnden Sterne über sich. Sie musste zugeben, dass sie magisch waren, besonders vor dem tiefen Blau des Nachthimmels.

„Man sagt, dass es zwölf Tierkreiszeichen gibt, die von manchen *Ellipsen* genannt werden. Ein Mann namens Ptolemaios schrieb Bücher über die Sterne, die Sonne und die Ellipsen. Ich finde das alles so faszinierend."

Er drehte sich zu ihr um und umfasste ihr Gesicht mit einer starken Hand. „Findet Ihr nicht auch? Ist das nicht magisch?"

„Aye." Sie sah in seine blauen Augen, nicht fasziniert vom Funkeln am Himmel, sondern vom Funkeln in seinen Augen. Aus dem Augenwinkel sah sie etwas. Sie drehte sich um, um es besser erkennen zu können, und schnappte nach Luft. „Das ist wirklich magisch. Wie nennt man das?"

Aedan legte den Kopf zurück und spähte in die Richtung, in die sie gezeigt hatte. Er nahm ihre Hand in seine und sein Gesicht formte das schönste Lächeln, das sie je gesehen hatte. „Das ist eine Sternschnuppe. So nenne ich es. Ihr werdet nicht sehr oft eine sehen." Seine Aufmerksamkeit kehrte zu ihr zurück und seine Stimme wurde tiefer und hatte diesen heiseren Ton, den sie liebte.

„Das ist magisch, weil Ihr magisch seid. Die Sternschnuppe sagt mir, dass ich recht habe." Er senkte seinen Mund auf ihren.

Jennie wollte vor Freude zu den Sternen aufschreien, entschied sich aber stattdessen, sich auf diesen Augenblick zu konzentrieren. Sie schlang ihre Arme um den Hals des Mannes vor ihr und erwiderte den Kuss, um seinen Geschmack zu kosten. Die Wachen waren weit hinter ihnen, und sie waren ungestört genug, um diese vertrauliche Begegnung zu genießen. Er schmeckte nach Äpfeln, Ale und nach Aedan, etwas, das sie sehr mochte. Seine Zunge drückte gegen ihre Lippen und sie öffnete sie und ließ ihn ein, damit sie ihn noch mehr schmecken konnte.

Seine Zunge strich über ihren Mund, also begegnete sie ihm zögernd mit ihrer Zunge, ängstlich, was er tun würde. Er stöhnte als Antwort und zog sie fest an sich, seine Arme um ihre Taille geschlungen. Er begann, rhythmisch ihre Lippen zu liebkosen, und ihr wären beinahe die Knie eingeknickt, aber seine starken Arme hielten sie fest.

Er löste sich von ihr und sah in ihre Augen. Sein Blick flehte sie an, noch näher zu kommen, damit er in ihren saphirblauen Tiefen ertrinken konnte.

Aedan schnappte sich das Plaid, das er über der Schulter trug, und legte es vor ihnen auf den Boden. „Hier", sagte er und ergriff ihre Hand, „ich zeige Euch den besten Weg, um die Sterne oben zu sehen."

Er half ihr, sich niederzulassen, obwohl Jennie sich plötzlich unsicher fühlte. Sie hatte viele Geschichten von Mägden gehört, die in den Ställen oder in der schottischen Heide zu Boden geworfen wurden, aber auf einem Hügel? Sie hoffte, dass es nicht das war, was er geplant hatte, denn dafür war sie noch nicht bereit.

Sobald sie beide flach auf dem Rücken auf dem Boden lagen, wartete sie auf ein Zeichen von dem, was er beabsichtigte.

Er ergriff wieder ihre Hand und zeigte in den Himmel. „Da, seht", sagte er und grinste von einem Ohr zum anderen. „Seht, ob Ihr zählen könnt, wie viele Sterne es gibt."

Jennie keuchte vor Ehrfurcht. Der gesamte Himmel war voller funkelnder Lichter. Es gab nicht Hunderte, sondern Tausende von leuchtenden Sternen.

„Und da hinten", zeigte er. „Ich denke, diese Gruppe ist eine Schlange. Und die da drüben? Für mich sieht sie aus wie ein Bär. Was seht Ihr?"

Völlig gefangen in seiner Aufregung starrte sie auf die Gestalten und zeigte auf einen Bereich über ihnen. „Das sieht aus wie eine Tasse mit einem langen Henkel."

Er beugte sich zu ihr vor und sein Atem wärmte ihr Ohr. „Aye, diese Gruppe ist fast die ganze Zeit da. Und da drüben ist noch eine kleine. Und die da drüben halte ich für einen Krieger."

„Ein Krieger? Hmmm ... ich sehe ihn nicht."

Aedan bewegte seinen Kopf, sodass er direkt neben ihrem lag. „Seht nochmal hin. Ich glaube, er kniet und sein Schwert liegt vor ihm."

„Ich denke, jetzt erkenne ich, was Ihr meint."

Er zeigte ihr die verschiedenen Formen, die er sah, und sie zeigte ihm, was ihr auffiel. Sie lachten und kicherten wie ein junger Bursche und ein Mädchen, die sonst keine Sorgen auf der Welt hatten. Jennie liebte diese Seite an ihm, die sie von den schrecklichen Tragödien der Welt in das Land der Hoffnung und Aufregung geführt hatte.

„Jennie?" Er stützte sich auf seinen Ellenbogen und sah sie an. „Ich will Euch noch einmal küssen. War ich vorher zu voreilig?"

„Nein. Küsst mich. Ich mochte es."

Sein Mund verschmolz mit ihrem und sie schlang ihre Arme wieder um ihn, aber diesmal fuhr ihre Hand durch sein Haar und streichelte seine Haut. Er verlagerte einen Teil seines Gewichts auf sie, aber sie konnte sich keinen Ort vorstellen, an dem sie lieber wäre.

KAPITEL ACHT

AEDAN DACHTE, ER sei gestorben und in den Himmel gekommen. Sein Bein schmerzte ihn ein wenig, aber sobald er spürte, wie leidenschaftlich Jennie Grant in seinen Armen war, ließ der Schmerz nach. Er wollte sie ganz für sich haben, aber er wusste, dass es falsch war. Ihr Gesichtsausdruck, die Art, wie sie seine Begeisterung geteilt und nicht über ihn gelacht hatte, hatte seine Sehnsucht nach ihr nur verstärkt.

Er wollte sie zu seiner Frau machen. Er wollte Jennie Grant, aber würde der mächtige Laird Alexander Grant ihn für einen geeigneten Ehemann für seine Schwester erachten? Alle klaren Gedanken verließen ihn, als er in der Blase schwebte, in der nur Jennie und er existierten, verloren für den Rest der Welt.

Er hob seine Lippen von ihren und küsste ihren Hals, während seine Hände über ihre Hüften strichen. Er wollte sie, und er wollte sie jetzt. Seine Erektion drohte aus seiner Hose zu platzen, aber er erinnerte sich daran, wer sie war, und mehr noch, dass seine Wachen in der Nähe hinter Lochluin Abbey waren, obwohl sie keine direkte Sichtlinie zum Gipfel des Hügels hatten.

Ein leises Stöhnen entfuhr ihr und brachte ihn endgültig um den Verstand. Alle klaren Gedanken verschwanden. Seine Hände wanderten von ihren Hüften zu ihren vollen Brüsten und umschlossen sie durch den dünnen Stoff ihres Kleides. Er küsste die Spitzen der weichen Hügel und lockerte ihre Schnüre, um eine von ihnen zu befreien. Er sah die weiche Rundung und flüsterte: „Perfektion. Du bist pure Perfektion, Jennie Grant."

Sie keuchte, legte ihre Hand in seinen Nacken und zog seinen Kopf an ihre Brustwarze. Er stöhnte, als ihr Duft und ihre Inbrunst ihn einhüllten und ihn anflehten, weiterzumachen. Aedan nahm die süße Knospe in den Mund und saugte daran, bis sie aufschrie, dann bahnte er sich einen Weg ins Tal zwischen ihren Brüsten und atmete ihren Duft mit einer Sehnsucht ein, wie er sie noch nie gefühlt hatte.

Er brachte seinen Mund wieder zu ihrem und knabberte an ihrer Unterlippe, wobei sie fast genug keuchte, um ihn die Kontrolle verlieren zu lassen. Er küsste sie leidenschaftlich und ihre üppigen Lippen ließen seine harte Länge vor Verlangen pulsieren. Er wollte ihre Hitze spüren, um zu sehen, ob sie heiß und feucht für ihn war, griff nach ihren Röcken und zog sie hoch. Doch sobald seine Hand über die weiche Haut ihres Beines glitt, geschah das Einzige, was den Dunst seiner Begierde durchbrechen konnte.

Ein Blitz zuckte genau in dem Moment durch den Himmel und ein Donnergrollen hallte über das Land, fast so, als ob sie direkt getroffen worden wären. Aedan sah Jennie an und zog sie mit sich hoch, bis sie auf dem Boden saßen. Sie starrte ihn wie gebannt an, in einem Zustand sexueller Erregung, den er nur zu ungern unterbrach, aber die Götter hatten gerade zu ihm gesprochen und ihm gesagt, er solle aufhören, die schöne Frau in seinen Armen zu verführen.

„Jennie, es tut mir leid", sagte er, während er die Schnüre ihres Kleides zuzog und ihre süße Haut vor seinem Blick verbarg.

Sie griff nach oben und spielte mit den Haaren in seinem Nacken. „Mir nicht", flüsterte sie.

„Wir wurden fast vom Blitz getroffen, und es ist meine Schuld." Als ihr Kleid wieder richtig saß, packte er ihre Hand und half ihr auf die Beine, bevor er sie zurück zur Abtei führte. Der Himmel erhellte sich wieder, als Blitze über den Himmel schossen und ihnen den Weg wiesen.

Sie zog an seiner Hand, um ihn aufzuhalten. „Warte bitte." Sie blickte zu den Sternen auf, legte ihren Kopf an seine Schulter und flüsterte: „Es ist so schön, Aedan. Bitte beende es noch nicht."

Aedan grinste bei ihrem Gesichtsausdruck und küsste sie auf die Wange. „Früher habe ich es geliebt, die Gewitter draußen zu beobachten, aber mein Vater hat mich immer angewiesen, in die Burg zu kommen. Er hatte Angst, ich würde vom Blitz getroffen. Aber die einzige Möglichkeit, die Macht des Sturms wirklich zu schätzen, besteht darin, ihn draußen zu beobachten. Wenn wir uns nicht beeilen, Mädchen, werden wir durchnässt, sobald der

Regen einsetzt." Er legte seinen Arm um ihre Taille und zog sie an sich.

„Aber das hier sind wir." Sie blickte zufrieden in den Himmel, ihr Kopf lehnte immer noch an seiner Schulter.

Er war sich der Bedeutung ihrer Worte nicht sicher und sagte: „Ich verstehe nicht."

Sie hob den Kopf, um ihm in die Augen zu sehen. „Der Sturm ist wie wir. Du und ich sind zusammen mächtig, und wir sind anders als alle anderen. Meinst du nicht?"

Er umfasste ihr Gesicht und küsste ihre köstlichen Lippen. „Ja, das gefällt mir. Anders, aber mächtig."

„Das Seltsame daran ist, dass ich mich bei dir nie anders fühle, Aedan. Ich fühle mich vollkommen und in Frieden."

Er nickte und fuhr mit seinem Daumen über ihre Unterlippe, unfähig, ihr zu widersprechen. Genau so fühlte er sich mit ihr, vollkommen. Er hatte nicht gedacht, dass er jemals wieder Frieden finden würde, nachdem er gezwungen war, Laird seines Clans zu sein, aber bei ihr war es, wie er es sich immer gewünscht hatte, nur anders. Jennie Grant vervollständigte ihn auf seltsame Weise. Sie verstand die Funktionsweise seines Geistes, verstand seine Pflicht gegenüber seinem Clan, aber auch sein Bedürfnis, seinem Herzen und seinem Streben nach Wissen zu folgen. Jennie verstand ihn, weil sie eine ähnliche Suche teilte, und er respektierte das.

Sie waren anders, aber stark.

Am nächsten Tag zwang sich Aedan, in die Abtei zurückzukehren. Schuldgefühle darüber plagten ihn, wie er Alex Grants Schwester hinter der Abtei behandelt hatte. Aber egal, wie oft er auch gedanklich durchlebte, was passiert war, er kam immer zum gleichen Schluss: Er bedauerte nichts an seiner Nacht mit Jennie Grant.

Sie in seinen Armen zu halten war unglaublich gewesen. Er hoffte, dass es ihr genauso ging, aber er hatte beschlossen, ihre Gefühle zu verstehen, indem er ihr eine Entschuldigung angeboten hatte.

Als er vom Pferd stieg, erblickte er eine Gestalt allein im Garten. Sein Herzschlag beschleunigte sich, als er erkannte, dass es

Jennie war. Sie stand auf und zog ihre Handschuhe aus, dann versuchte sie – vergeblich – ihr Haar zu glätten. Es war ihm egal. Sie war wunderschön.

Er schritt hinüber und verbeugte sich kurz. „Mylady."

„Aedan." Sie keuchte von der anstrengenden Gartenarbeit, obwohl das verlockende Geräusch andere Gedanken in seinem Kopf auslöste. „Ich bin völlig zerzaust. Du brauchst mich nicht so förmlich anzusprechen."

Er kicherte und griff hinüber, um einen Schmutzfleck von ihrer Wange zu entfernen. „Du bist ein Mädchen mit vielen Talenten, wie ich sehe. Verrichtest du oft schwere Arbeit?"

„Ich helfe den Nonnen. Sie waren so nett zu mir, dass ich dachte, das Mindeste, was ich tun könnte, wäre, im Garten zu helfen."

Sein Grinsen wurde breiter. Verdammt, sie war nicht nur schön, sondern auch liebenswert.

„Was? Stimmt etwas nicht?" Sie ließ ihr Werkzeug und ihre Handschuhe auf den Boden fallen und strich sich mit der Hand über Gesicht und Haar.

„Nay. Es ist nichts. Du bist reizend, sogar zerzaust." Er griff nach ihrer Hand. „Ich bin gekommen, um mich zu entschuldigen. Es war falsch von mir, dich auf dem Hügel zu verführen."

Sie runzelte die Stirn. „Ich habe dir gestern Abend schon gesagt, dass es mir nicht leidtut."

„Das freut mich. Darf ich dir eine unhöfliche Frage stellen?" Er wollte fragen, hatte aber Angst, die Antwort zu hören.

„Frag nur geradeheraus. Ich werde antworten, wenn ich es für angemessen halte."

Er nickte. „Einverstanden. Warum bist du nicht verheiratet?"

Sie schnaubte und verschränkte die Arme vor der Brust. „Ich bin nicht verheiratet, weil mein Bruder zufrieden damit ist, mich an seiner Seite zu haben. Abgesehen von den Besuchen bei meiner Schwester in Lothian, war ich in unserer Burg gut behütet. Die meisten Jungs haben wegen meiner Brüder Angst, mich auch nur anzusehen."

Er legte den Kopf zur Seite. „Heißt das, du wurdest noch nie geküsst?"

„Jetzt schon." Sie hob das Kinn, als würde sie ihn herausfordern.

Er beschloss, die Herausforderung anzunehmen. Verdammt, er liebte ihre Frechheit, ihr Selbstbewusstsein. Aedan ergriff ihre Hand und sah sich um, um sich zu vergewissern, dass sie allein waren. Seine Wachen saßen noch zu Pferd, also zog er sie hinter die Abtei, bis er einen abgelegenen Platz fand. Er lehnte sie gegen einen Baum und sagte: „Ich glaube, du brauchst noch eine Lektion."

Jennie erschauderte, als seine Lippen ihre fanden. Er fuhr mit seinen Händen durch ihr Haar, eroberte ihren Mund und neckte sie mit seiner Zunge, bis sie zur Antwort aufstöhnte. Das Blut raste durch ihn hindurch bei ihrem Geschmack, aber er wusste, dass ihr bloßer Geschmack niemals ausreichen würde. Er konnte die Leidenschaft in ihr spüren, das wohlige Zittern, das als Reaktion auf ihn durch ihren Körper lief. Sie erwiderte seine Gefühle. Nichts konnte für ihn aufregender sein, als zu spüren, wie sie alles, was er ihr gab, mit einer Leidenschaft zurückgab, die er noch nie bei einer Frau erlebt hatte.

Aber sie war unschuldig, also zog er sich zurück, da er nicht wollte, dass sich die Ereignisse der letzten Nacht wiederholten. Das Mädchen ließ ihn alle Sinne verlieren. Bei allen Heiligen, sie passten großartig zusammen. Er verschränkte seine Finger mit ihren, küsste ihre Nasenspitze und trat einen Schritt zurück.

„Ich habe eine weitere Frage an dich. Welche Ausbildung durchlaufen die Grants auf dem Kampfplatz? Ich habe viele Geschichten über ihre strengen Übungseinheiten gehört. Gehst du manchmal dort spazieren und siehst, wie sie kämpfen?"

Noch immer benommen murmelte sie: „Nay, ich achte wenig darauf."

„Ich habe mich gefragt, ob deine Brüder es in Erwägung ziehen würden, mit mir in eurer Burg zu üben."

Sie erwachte aus ihrem Dunst. „Mit dir? Aber warum?"

„Weil ich es brauche." Er lehnte sich an einen anderen Baum. „Wenn ich meine Aufgabe als Laird gut erfüllen will, muss ich meine Fähigkeiten als Schwertkämpfer verbessern. Ich muss auch die Fähigkeiten meiner Wachen verbessern. Wenn Neil und ich mit den Männern deines Bruders üben würden, könnten wir neue Fähigkeiten erlernen und sie mit hierherbringen, um uns besser auf die neuen Angriffe vorzubereiten. Wer könnte mir besser helfen als der Mann, der als einer der besten Schwertkämpfer der Highlands gilt? Glaubst du, er wäre dazu bereit?"

„Aye, natürlich." Sie lehnte sich an ihn und schmiegte ihren Körper an seinen.

Als sie ihre weichen Brüste an seine Brust drückte, wurde er sofort hart. Er konnte seine Reaktion nicht unterdrücken, aber diesmal würde er die Kontrolle behalten. Er küsste sie zärtlich und sagte dann: „So gern ich das hier fortsetzen würde, bin ich hergekommen, um mich dafür zu entschuldigen, dass ich gestern Abend die Kontrolle verloren habe. Es wäre nicht angebracht, dass ich heute dasselbe tue."

Jennie lächelte ihn unschuldig an, aber sie schmiegte ihren Körper weiter in einem langsamen Rhythmus an seinen.

„Ich muss mich verabschieden, meine Süße." Er drückte ihr einen keuschen Kuss auf die Lippen, nahm ihre Hand und führte sie zurück zur Vorderseite der Abtei. „Ich werde zu einer Besprechung erwartet und du hast mich schon aufgehalten."

Statt ihm zu antworten, leckte sie sich die Lippen. Zur Hölle, er hatte sich eine kluge Frau ausgesucht. Sie hatte bereits gelernt, ihn zu provozieren.

Jennie durchlebte in Gedanken ihre Begegnungen mit Aedan und versuchte, zu begreifen, was zwischen einem Mann und einer Frau vor sich ging. Die einzige Schlussfolgerung, die sie bislang gezogen hatte, war, dass ihre Brüder sie zu gut beschützt hatten. Jetzt wollte sie mehr, und sie wollte es mit Aedan Cameron.

Ein paar Tage später erreichte sie am Nachmittag die Nachricht, dass eine große Gruppe von Wachen an der Burg Cameron eingetroffen war. Jennie bestieg ihr Pferd vor den Ställen in der Nähe der Abtei und wartete darauf, dass die beiden Wachen ihr zur Burg folgten. Sie hatte nichts von Alex gehört, seit sie in der Abtei angekommen war – könnten es Grant-Männer sein? Sie befürchtete, dass sie gekommen sein könnten, um sie zu holen.

Sie war nicht bereit, Aedan zu verlassen.

Jennie hatte ihn seit seinem kurzen Besuch zwei Tage zuvor nicht mehr gesehen. Zweimal hatte Aedan ihre Haut in Brand gesetzt und nichts konnte ihr lustvolles Verlangen wegwaschen. Obwohl die Wucht ihrer Reaktion sie erschreckte und verwirrte, ließ der Funke, den sie bei Aedan fühlte, sie erahnen, wie alle ihre Brüder von ihren Frauen in die Knie gezwungen worden waren. Was sie bislang über die Fortpflanzung wusste, stammte aus ihrer Beobachtung von Tieren und dem wenigen, was sie über die Geburt von Babys wusste.

Sie wollte mehr. Irgendwie wusste sie, dass das, was sie mit Aedan erlebt hatte, noch nicht alles war. Es gab mehr und sie wollte es. Jennie hatte eine störrische Ader, ähnlich wie ihr Bruder Alex, und sie würde ihren Willen bekommen.

Als sie ankam, hob sich das Fallgitter und sie ritt direkt zu den Ställen, wo das Pferd ihres Bruders, Midnight, von den Stallburschen sorgfältig gestriegelt wurde. Das bedeutete, dass die Grants hier waren. Sie eilte zum Bergfried und betete, dass Alex nicht gekommen war, um sie über irgendwelche Tragödien in ihrem Clan zu informieren.

Sobald sie die Stufen in den großen Saal hinaufstieg, verstummten alle Gespräche darinnen abrupt. Jennie sah zu Alex, Brodie und Nicol auf.

„Was gibt es?", fragte sie, als sie zu dem Tisch eilte, an dem sie saßen. Warum sah Aedan sie nicht an?

Die Männer standen alle auf, sobald sie ankam. „Wir sind hier, um dich nach Hause zu holen, Mädchen", sagte Brodie und schlang seine Arme um sie.

„Warum? Ich bin noch nicht bereit, nach Hause zu kommen. Ich mag es in der Abtei. Ich …" Sie hatte Mühe, einen Grund für ihr Bleiben zu finden – einen anderen Grund als die Tatsache, dass sie sich in den Laird der Camerons verliebte.

Alex unterbrach sie. „Das ist egal, Jennie. Wir haben erfahren, dass die Ländereien der Camerons bald das Ziel der Plünderer sein werden. Wir sind hier, um dich nach Hause zu bringen. Ich kann dir nicht erlauben, an einem Ort zu bleiben, der bald angegriffen wird."

Sie sah Aedan fragend an, aber sein Blick verriet nichts. „Aedan, warum hast du mir nicht von diesem Problem erzählt? Sagt Alex die Wahrheit? Wie lange hast du das schon gewusst? Warum sollten sie dich ins Visier nehmen?"

Aedan hob die Hand, um sie zu unterbrechen. „Oh, eine Frage nach der anderen, Mädchen. Vor einer Woche traf ich mich mit den benachbarten Lairds und da erreichte mich die Nachricht von einem geplanten Angriff innerhalb eines Monats. Aber wir wussten nicht, ob das Gerücht der Wahrheit entsprach. Ich habe deinem Bruder eine Nachricht geschickt, in der ich ihn über die Möglichkeit eines weiteren Angriffs informiert habe, und dies ist seine Antwort."

Sie starrte Alex mit großen Augen an. „Du bist also hier, um mich zurückzuholen, und wirst diesen Clan verlassen, ohne ihm zu helfen?"

„Nay." Alex funkelte sie an.

Sie wusste, dass er es nicht mochte, wenn seine Entscheidungen infrage gestellt wurden, aber das war ihr egal. Wichtigere Dinge standen auf dem Spiel.

„Sei vorsichtig, Mädchen." Brodie rieb ihr die Schulter, um sie an ihre Pflicht zu erinnern, aber sie schüttelte ihn ab.

„Du kannst diesen Clan nicht schutzlos zurücklassen. Die Doppelabtei Lochluin ist in der Nähe."

„Jennie, du beleidigst mich." Alex verschränkte die Arme und starrte sie finster an.

„Wie? Du beleidigst mich, indem du dich nicht mit mir besprichst und mich bei allem, was ich tue, herumkommandierst." Sie hob trotzig ihr Kinn.

Brodie sprang ein. „Jennie, das Letzte, was wir von dir gehört haben, ist, dass wir mit dem Kämpfen aufhören sollten. Jetzt willst du auf einmal, dass wir bleiben und mit den Camerons Seite an Seite kämpfen? Hast du deine Meinung geändert?"

Jennie dachte nach und erkannte, dass ihr Bruder recht hatte. Auf dem Land der Grants hatte sie ihn gebeten, sich nicht einzumischen. Jetzt wollte sie plötzlich, dass er es doch tat?

Alex runzelte die Stirn. „Was willst du, Schwester?"

Jennie suchte nach Worten und kratzte sich an der Stirn. Was wollte sie?

Aedan trat an ihre Seite und ergriff ihre Hand. „Mädchen, du weißt nicht, was du sagst."

Jennie sah zu Aedan, sah in seine klaren blauen Augen, die sie so liebte, und reagierte sofort auf seine Nähe. Sie senkte den

Kopf und verstummte, da sie nicht wollte, dass Aedan sie in ihrer schlimmsten Verfassung sah. Seine Nähe beruhigte sie und zwang sie, ihre Worte zu überdenken, bevor sie sie wahllos herausfeuerte. Sie drückte seine Hand, um ihm zu zeigen, wie sehr sie seine Unterstützung schätzte.

Alex verschränkte die Arme und lehnte sich gegen den Tisch. „Darf ich dich daran erinnern, dass *ich* als Laird des Grant-Clans die Entscheidungen treffe? Und ich entscheide, hundert Wachen hierzulassen, um die Camerons zu unterstützen, und meine Schwester nach Hause zu holen, weg vom Zentrum der Schlacht." Seine zusammengepressten Lippen sagten Jennie, dass er nicht mit sich diskutieren lassen würde. „Ich dachte, du wolltest den Kämpfen fern sein. Aber vielleicht verstehe ich dich immer noch nicht. Meine Entscheidung steht jedenfalls fest."

Aedan fügte hinzu: „Ich habe mich bei deinem Bruder für seine Freundlichkeit und Unterstützung bedankt. Die Abtei ist ein Ziel der Angreifer, und ich bin das andere. Es wäre töricht, dir zu erlauben, in der Abtei zu bleiben. Ich würde es vorziehen, mir keine Sorgen um dich machen zu müssen."

Sie flüsterte: „Also habe ich in dieser Angelegenheit nichts zu sagen?"

Alex antwortete ohne zu zögern: „Nay. Ich habe dir viel Zeit gegeben, hier allein zu sein und über deine Probleme nachzudenken, aber ich werde dich nicht zwischen den Fronten lassen."

„Aber ich wohne doch in der Abtei, nicht hier."

„Die Abtei wird ebenso Ziel des Angriffs sein, wenn unsere Späher recht haben."

„Aber warum? Warum sollten Schotten die Abtei angreifen? Sie wissen es doch besser."

Aedan führte sie zurück an den Tisch und bedeutete Jennie, sich ebenfalls zu setzen. Erst jetzt bemerkte sie, dass seine Mutter bereits am Tisch saß. Jennie schenkte ihr ein gezwungenes Lächeln und setzte sich. „Die Abtei soll volle Geldtruhen besitzen", erklärte Aedan, „also ist sie das Ziel der Angreifer. Die meisten von ihnen sind Engländer, keine Schotten, und sie haben einen anderen Ehrenkodex."

Jennies Blick wanderte von Aedan zu Alex und dann zu Brodie. Alle machten gleich finstere Mienen. „Aber …"

„Wir werden hier übernachten und im Morgengrauen aufbrechen, Jennie. Pack deine Sachen und bring sie hierher. Du wirst diese Nacht hierbleiben, wo wir auf dich aufpassen können, nicht in der Abtei." Alex wandte sich wieder Aedan zu. „Mir würde ein Ale guttun, bitte."

Lady Cameron sprang von ihrem Stuhl auf, raffte ihre Röcke und eilte in Richtung Küche. „Vergebt mir. Ich kümmere mich sofort darum", sagte sie über die Schulter.

Jennie ging zögernd zur Tür.

„Jennie?"

„Ich werde in die Abtei gehen, um meine Sachen zu holen, wie es mir aufgetragen wurde." Sie blieb stehen, ohne sich umzudrehen, und ließ den Kopf hängen.

Aedan stand auf und wandte sich an Alex. „Ich bringe sie in die Abtei, um ihre Sachen zu holen. Bitte fühlt Euch wie Zuhause. Meine Mutter wird dafür sorgen, dass Ihr gut zu essen bekommt, und Eure Kammer für die Nacht herrichten. Eure Männer können gern drinnen auf den Binsen schlafen und wir werden auch ihnen Essen bringen."

Aus dem Augenwinkel heraus sah sie, wie Alex mit einem seltsamen Gesichtsausdruck nickte.

Jennie sprach nicht mit Aedan, als sie zu den Ställen stapfte. Sobald sie beide auf ihren Pferden und ein gutes Stück von der Burg entfernt waren, ritt Aedan neben sie und griff nach ihren Zügeln, um sie anzuhalten.

„Jennie. Bitte warte und hör mir zu."

Jennie zügelte ihr Pferd und drehte sich zu ihm um. „Was soll ich noch hören? Wieder einmal kommandieren mich Männer herum und bestimmen über mich. Meine Bedenken interessieren niemanden. Ich dachte, du wärst anders, aber du bist meinem Bruder sehr ähnlich. Ihr beide habt diese Entscheidung für mich getroffen, ohne nach meiner Meinung zu fragen."

„Deine Sicherheit ist von größter Bedeutung, sowohl für mich als auch für deine Brüder. Wir können kein Risiko eingehen. Jennie, eine große Gruppe von Kriegern versammelt sich, um mein Land anzugreifen. Beunruhigt dich das nicht?"

Sie starrte über die Wiese, während sich Tränen in ihren Wimpern sammelten.

Er rückte sein Pferd näher und griff nach ihrer Hand. „Natürlich. Ich verstehe jetzt."

Sie richtete ihre Aufmerksamkeit wieder auf ihn. „Du bist ein
Mann. Du kannst dir nicht vorstellen, wie es ist, wenn jemand
anderes all deine Entscheidungen an deiner statt trifft. Wie kannst
du verstehen, wie es sich anfühlt, ignoriert zu werden?"

„Ich verstehe, dass du dein ganzes Leben als Grant verbracht
hast. Du bist die Schwester des unbesiegbaren Alex Grant, des
berühmten Kriegers, der viele Norweger niedergestreckt und sie
zurück zu ihren Schiffen geschickt hat. Alle Schotten im Land
zusammen hätten sie nicht besiegt, hätten die Grants nicht mit
voller Kraft eingegriffen. Erst dann ist der Feind geflohen, wie
ein Hund mit eingezogenem Schwanz. Alex Grant, sein gepanzertes Pferd Midnight und seine Brüder Brodie und Robbie, der
Hauptmann seiner Wache."

Sie starrte ihn finster an. „Was hat das alles hiermit zu tun?"

„Ganz einfach. Du brauchtest noch nie einen Angriff zu
fürchten, oder? Das letzte Gefecht, das dich dazu getrieben hat,
hierherzukommen, fand auf dem Land eurer Nachbarn statt,
habe ich nicht recht? Gab es jemals eine Zeit, in der dein Clan
direkt angegriffen wurde? Hat jemals jemand gewagt, eure Mauern zu stürmen? Hat jemand je versucht, sich durch eure Vorburg
zu kämpfen? Wenn sie es getan hätten, würdest du, glaube ich,
nicht so sorglos sein, dass mein Land das Ziel unbekannter Eindringlinge ist."

„Aye, ich habe so etwas schon erlebt. Mein Bruder kämpfte
gegen Madelines Verlobten. Es war ein Schwertkampf auf Leben
und Tod mitten in unserer Burg. Ich wurde im Inneren verborgen gehalten und hatte keine Ahnung, ob der Mensch, den ich
mehr liebte als alle anderen, tot oder lebendig war. Ich weiß, wie
es ist, wenn das eigene Zuhause und die eigene Familie angegriffen werden."

„Du liebst deinen Bruder mehr als jeden anderen Menschen?"
Seine Stimme war leiser geworden.

„Aye. Alex hat mich großgezogen. Alex und Brenna. Ich erinnere mich kaum noch an meine Eltern. Und jetzt kommandiert
er mich nur herum."

„Jennie, er ist dein Laird. Für ihn ist das keine leichte Aufgabe."

Tränen strömten über ihre Wangen. „Ich weiß das. Glaubst du, ich weiß nicht, was er für unseren Clan tut? Aber muss er mich denn ignorieren, als ob ich nur irgendeines seiner Clanmitglieder wäre? Warum bedeute ich ihm nicht mehr als andere? Er behandelt mich, als wäre ich wertlos."

„Jennie, nay. Dein Bruder liebt dich. Warum denkst du, ist er den ganzen Weg hierhergekommen? Er wollte dich selbst nach Hause begleiten. Allein diese Tat spricht von seiner Liebe zu dir."

„Und was ist mit dir? Ich dachte, was wir haben, ist etwas Besonderes. Es bedeutet dir jetzt nichts mehr? Du schickst mich einfach mit einem Winken fort?"

„Jennie, nay." Er griff nach den Zügeln ihres Pferdes, um sie aufzuhalten, bevor er abstieg. Nachdem er sie zu sich nach unten gezogen hatte, setzte er sie auf seinem Schoß auf einen nahegelegenen Felsen. „Mädchen, ich wünsche mir nichts sehnlicher, als dich an meiner Seite zu haben, aber ich muss meinen Clan beschützen. Meine Ehre verpflichtet mich, die Abtei zu beschützen. Kannst du das nicht verstehen? Und weil ich mich um dich sorge, möchte ich dich mit deinem Bruder von hier fortschicken."

Sie schmiegte ihren Kopf an seine Schulter und schluchzte. Sie konnte seinen warmen Atem in ihrem Haar spüren. „Aedan, ich will nicht gehen. Bitte erlaube mir zu bleiben. Bitte?"

Er seufzte und umarmte sie fest. „Das kann ich nicht, Mädchen. Du musst mit deinem Bruder nach Hause gehen. Ich verspreche, dich zu holen, sobald es hier wieder sicher ist." Er umfasste ihr Gesicht und küsste sie, dass ihr der Atem stockte. Als er sich von ihr löste, küsste er ihre Tränen von ihren Wangen. „Ich habe eine Verantwortung zu tragen: meinem Clan, meiner Familie, meinem Vater und deinem Clan gegenüber. Ich hoffe, du verzeihst mir."

Jennie stemmte sich gegen seine Brust, packte die Zügel ihres Pferdes und ging den Rest des kurzen Weges zur Abtei.

Er sollte verdammt sein. Nicht nur er, sie alle! Warum ignorierten sie sie immer? Die Albträume hatten endlich aufgehört. Was, wenn sie nach ihrer Rückkehr wieder anfingen? Sie fühlte sich hier stark, ausgeruht. Wenn es zu einem Angriff käme, könnte sie als Heilerin helfen. Wie viele Männer würden verletzt werden?

Aber egal, wie viele Gründe sie hatte, um auf dem Land der Camerons zu bleiben, wusste sie in ihrem Herzen, dass sie nur aus einem einzigen Grund bleiben wollte.

Und dieser Grund hieß Aedan Cameron.

KAPITEL NEUN

FRÜH AM NÄCHSTEN Morgen versammelten sich die Wachen des Grant-Clans vor der Mauer. Jennie hatte der Äbtissin und den Mönchen gedankt, bevor sie gegangen war. Lady Cameron stand winkend auf den Stufen des Bergfrieds, doch Jennie achtete kaum darauf, als sie wütend auf ihr Pferd stieg. Sie hatte immer noch kein Wort mit Alex gesprochen.

Brodie ritt neben ihr, als sie gen Norden reisten, tiefer in die Highlands. Nach einer Weile sprach er. „Du wirst deine Haltung noch bereuen, Mädchen."

„Nay, das werde ich nicht." Sie hielt ihren Blick geradeaus gerichtet.

„Aye, das wirst du, aber du bist noch jung. Du wirst es eines Tages verstehen." Brodie grinste.

Sie drehte ihren Kopf so weit, dass sie ihn finster anstarren konnte. „Und was ist mit meinen Albträumen? Hat jemand nach ihnen gefragt? Nay. Nun, ich will es dir sagen. Ich habe nach der ersten Nacht hier keinen einzigen bösen Traum gehabt. Sobald ich zurückkomme, könnten sie zurückkehren. Ich bin ausgeruht. Ich möchte nicht zu den klagenden Seelen meiner Träume zurückkehren."

Brodie seufzte laut genug, dass er zwei Pferde entfernt zu hören war. „Es tut mir leid, aber deine Sicherheit ist von größter Bedeutung und kommt vor deinen Träumen. Du musst doch einsehen, dass das so richtig ist. Vielleicht verstehst du die Ursache deiner Träume jetzt besser. Bist du dir sicher, dass sie zurückkehren werden? Vielleicht tun sie es ja nicht." Brodie tat sein Bestes, um sie zu überzeugen, aber es half nichts.

Jennie spitzte die Lippen und sprach das Thema an, das ihr Bruder sicher nicht diskutieren wollte. „Hast du schon einmal über mein Alter nachgedacht? Nay. Du, Robbie und Brenna haben alle glückliche Familien und Kinder. Und ich? Wie wäre es dir als Schwester von Alex Grant ergangen? Jeder Mann in den Highlands hat Angst, mit mir zu reden, und würde nie in Erwägung ziehen, um meine Hand anzuhalten. Weißt du, dass das Land der Camerons der erste Ort ist, an den ich je gegangen bin, wo ich als jemand anderes behandelt wurde?"

„Anderes inwiefern?" fragte Brodie und musterte sie mit zusammengekniffenen Augen.

„Zum ersten Mal war ich Jennie und nicht nur Alex Grants Schwester. In der Abtei hat man mich wie seine Schwester behandelt, aber nicht in der Burg der Camerons. Ich wurde nach meinen eigenen Verdiensten beurteilt und nicht nach denen meines Bruders oder nach denen Brennas. Manchmal habe ich mich besonders gefühlt. Alex sieht mich nicht so. Er sieht mich nur als seine kleine Schwester und nicht als erwachsene Frau."

„Oh, da hast du recht. Aber ich glaube, dass Alex jemanden für dich finden wird. Du musst nur etwas geduldig sein. Wenn du möchtest, werde ich, sobald das hier vorbei ist, Alex mit dir gemeinsam darum bitten, einige Anwärter in Betracht zu ziehen. Doch jetzt ist nicht der richtige Zeitpunkt."

„Wann ist dann der richtige Zeitpunkt? Dieser Konflikt könnte viele Monate andauern. Und was passiert, wenn ich meine Wahl bereits getroffen habe? Er respektiert meine Meinung jetzt nicht, wird er sie dann berücksichtigen, wenn es um meinen zukünftigen Gemahl geht?"

„Jennie, sei nicht albern. Natürlich wird er das. Das hat er unserer Mutter versprochen. Mach dir keine Sorgen."

Brodie war davon fest überzeugt, Jennie jedoch war es nicht. Was wäre, wenn Aedan um ihre Hand anhielt? Würde Alex ihn akzeptieren?

Sie ritten bis zur Dämmerung und hielten nur an, wenn es sich nicht vermeiden ließ. Dann fand Brodie eine Lichtung und baute für Jennie ein Zelt aus Pelzen auf. Nachdem sie gebratenes Kaninchen gegessen hatten, ging Jennie mit etwas Leinenstoff zum Bach, um ihr Gesicht zu waschen und ihre Notdurft zu verrichten.

Kaum war sie drei Meter entfernt, hallte eine dröhnende Stimme hinter ihr wider. „Jennie!"

Sie drehte sich um und sah Alex an. „Aye, mein Laird?", erwiderte sie durch zusammengebissene Zähne. Er gab ihr nicht eine Minute allein.

„Geh nicht zu weit. Im Wald ist es nicht sicher, bis wir auf Grant-Land sind."

Ihre Augen verengten sich zu schmalen Schlitzen. „Alex, ich brauche meine Privatsphäre."

„Du hast meine Befehle gehört. Tu, was dir gesagt wird."

„Natürlich, mein Laird", sagte sie, als sie sich abwandte, „was immer du sagst. Ich tue immer, was mir gesagt wird. Ich bin ein gutes Mädchen. Aye, mein Laird." Sie versuchte nicht, ihren Sarkasmus zu verbergen.

„Jennie ...", knurrte Alex. „Reize mich nicht. Dies ist eine gefährliche Gegend. Ich sehe Spuren anderer Leute hier. Hör auf mich, sonst komme ich mit dir und behalte dich im Auge."

Sie wirbelte herum. „Das würdest du nicht tun!"

„Aye, das würde ich, um zu verhindern, dass du entführt wirst. Es gibt viele Landstreicher hier, und die Schwester eines Lairds ist wertvoll. Sei also vorsichtig." Er drehte sich um und stapfte davon.

Alex konnte ihren finsteren Blick von hinten nicht sehen, also hörte sie auf, ihm nachzustarren, und ging zu der Stelle, die sie zuvor gesehen hatte. Er würde sie nicht herumkommandieren wie einen seiner Wachmänner.

Ein paar Minuten später kehrte sie vom Bach zurück. Sie ließ den Kopf hängen, unfähig zu vergessen, dass sie fern von Aedan war – von ihrer einzigen Gelegenheit, sich wirklich zu verlieben. Und jetzt war er in Gefahr. Sie dachte an den Abend auf dem Hügel, daran, wie besonders sie sich in seinen Armen gefühlt hatte. Zumindest hatte sie einen Kuss und so viel mehr erlebt. Sie lächelte bei den schönen Erinnerungen.

Eine Sekunde später hallte das Hufstampfen durch die Bäume und ein Warnruf drang an ihre Ohren, aber ohne Erfolg. Ein starker Arm packte sie um die Hüfte und warf sie über einen Pferdesattel, während der Reiter zufrieden über seinen Fang aufschrie. Er zügelte sein Pferd und stürmte in die entgegengesetzte Richtung davon. Es ging alles so schnell, dass sie nichts tun konnte, um sich zu wehren oder zu fliehen. Sie war entführt worden.

Jennies Rippen prallten gegen das Pferd, was ihr die Fähig-keit zu sprechen nahm und ihre Atmung beeinträchtigte. Der Gestank des Mannes drang in ihre Nasenlöcher und sie kämpfte darum, nicht zu würgen. Sie stemmte sich gegen das Pferd, um sich zu bewegen, und warf einen kurzen Blick auf den Mann hinter ihr. Sein Haar und sein langer Bart waren strähnig und schmutzig und ihm fehlte die Hälfte seiner Zähne. Als er grinste, überkam sie Schwindel und sie dachte, dass sie sich nun sicher übergeben müsste. Sie wollte verzweifelt fliehen, egal wie schwer sie sich dabei verletzte, und so versuchte sie, sich vom Pferd zu stürzen, erstarrte aber, als er ihr auf den Hintern schlug. „Bleib da, kleiner Dummkopf. Du gehörst jetzt mir und du wirst tun, was ich sage."

Jennie schloss die Augen und betete schnell, dass Alex sie holen möge, obwohl er wahrscheinlich wütend war. Die Hand rieb jetzt ihren Hintern und sie schlug mit der Faust auf das Bein des Mannes, doch er schien es kaum zu bemerken. Er packte ihr Kinn mit seiner Hand und sagte: „Du bist wahrlich eine Schönheit. Meine Freunde werden sich um den Rest von euch kümmern, aber ich habe mir den Hauptpreis geschnappt."

Jennie hörte Gebrüll und Rufe in der Ferne, ein guter Hinweis darauf, wie schnell sie ritten. Zuerst konnte sie jedes Geräusch hören, als Schwerter aufeinandertrafen. Schreie hallten wider, und sie betete, dass ihre Brüder siegen würden.

Sie riss den Kopf weg, hörte den Schlachtruf ihres Bruders in der Ferne und schon Sekunden später flog ihr Entführer von seinem Pferd. Jennie schaffte es, hochzuklettern und die Zügel zu ergreifen, obwohl die Angst ihren Magen verkrampfte.

Alex packte die Zügel des Pferdes und wendete es, um es zurück zur Lichtung zu führen. Sobald sie das Pferd unter Kon-trolle hatte, nickte Alex ihr zu und ritt zurück in Richtung des Kampfes, den er verlassen hatte. Er zeigte zur Seite und brüllte: „Steig ab und versteck dich hier an der Seite."

Diesmal widersprach sie nicht. Tränen rannen über ihre Wan-gen, als die Ungeheuerlichkeit dessen, was beinahe passiert war, sie überwältigte. Sie war entführt worden, genau wie Alex es gesagt hatte. Wäre er weiter weg gewesen, wäre es dem schreck-lichen Mann vielleicht gelungen, sie fortzubringen. Sie stieg ab und schlug dem Pferd auf das Gesäß, um es fortzujagen.

Nachdem sie ein Versteck im Gebüsch gefunden hatte, setzte sie sich hin und umarmte ihre Knie, um ihr Zittern zu unterdrücken. Hinter ihrer flachen Deckung klirrte der Stahl, und die Schmerzensschreie und der Tod gingen weiter. Ein Mann nach dem anderen fiel und sie konnte ihren Blick nicht vom Kampf abwenden. Alex kämpfte wie ein Besessener. Er ritt Midnight, als wären die beiden eins, und sein Schwertarm schlug einen Räuber nach dem anderen nieder. Sie hörte schrille Schreie und erkannte erst dann, dass es ihre eigenen waren. Die Schreie kamen jedes Mal, wenn ein Schwert in die Nähe ihres Bruders zuschlug. Doch er war für alle zu schnell, duckte sich leicht und wich jedem Schlag aus. Wenn ihren Brüdern etwas zustieß, würde sie sich das nie verzeihen. All diese Kämpfe waren zu viel für sie, aber sie begann zu erkennen, wie wichtig es war, jemanden zu haben, der sie um jeden Preis verteidigte und beschützte.

Alex war mit Schweiß und Blut bedeckt, als er wütend um sich schlug. Sein Haar hatte sich aus dem Band gelöst und fiel lang und wellig herab. Beruhigt, dass er vorerst in Sicherheit war, suchte sie die Gegend nach Brodie ab und atmete erleichtert auf, als sie ihn am gegenüberliegenden Rand des Gefechts entdeckte. Sein Schwert lieferte ebenso häufig Todesstöße wie das von Alex.

Aber Alex war anders: besessen, mächtig, unerbittlich, bis auch die letzten Eindringlinge erkannten, dass ihre Schlacht verloren war, und die Flucht ergriffen. Die Grant-Männer lächelten, als sie merkten, dass sie die Sieger waren. Sie reckten die Schwerter zum Himmel und der Schlachtruf der Grants hallte wieder. Alle feierten, bis auf einen Reiter.

Alex. Alex trieb Midnight weiter an, folgte auch dem letzten Angreifer und stieß den längsten und tiefsten Grant-Kriegsschrei aus, den Jennie je gehört hatte. Ihr Herz hämmerte in ihrer Brust, als sie sich fragte, wohin er ritt. Würde er zurückkommen und sie bestrafen? War es ihre Schuld, weil sie nicht getan hatte, was er verlangt hatte? Würde er sie an sein Pferd binden, damit sie nie wieder zu weit fortgehen konnte?

Schließlich drehte er Midnight um und ritt in vollem Galopp zurück zu ihrem Lager, wobei er nur einmal langsamer wurde, damit sich sein Ross zur Feier des Sieges auf den Hinterbeinen aufrichten konnte. Alex' Arm schien bis zum Himmel zu reichen, bevor Midnight sich beruhigte und wieder zu Boden kam. Ihr Bruder führte das Tier direkt zum Bach, um zu trinken. Es gab einen Unterschied zwischen Alex und den anderen Männern, bemerkte Jennie. Er lächelte nicht.

Ihn im Kampf zu beobachten hatte sie etwas gelehrt. Vielleicht mochte er es doch nicht so sehr, wie sie gedacht hatte, und er verdiente mehr Anerkennung, als sie ihm hatte zugestehen wollen.

Ihr Blick folgte ihm durch den Wald. Dann stieg er ab und streckte seine Hand nach ihr aus. Sie warf einen Blick auf den Schweiß auf seinem Körper und seinen Gesichtsausdruck und rannte zu ihm. Sie schlang ihre Arme um ihn und schluchzte an seiner Brust. Sie stammelte eine Entschuldigung, die sich so unangemessen anfühlte. „Alex, es tut mir leid. Es tut mir so leid. Bitte vergib mir."

Alex schlang seine Arme um sie und sagte: „Es ist nicht deine Schuld, Mädchen."

„Aye, ich habe nicht getan, was du mir befohlen hast. Ich bin zu weit fortgegangen." Sie schluchzte so heftig, dass ihr der Atem stockte.

„Jennie, diese Männer hätten uns sowieso angegriffen. Du warst eine zusätzliche Belohnung."

„Aber wo wäre ich jetzt, wenn du mir nicht gefolgt wärst?"

„Ganz ruhig, Mädchen, es ist ja vorbei. Sie sind weg und werden nicht zurückkehren. Vielleicht verstehst du jetzt, warum ich dich nicht zurücklassen konnte, bei all den Männern, die zum Land der Camerons unterwegs sind. Dies war eine kleine Gruppe von Räubern, mehr nicht. Was den Camerons droht, ist viel mehr als das, was wir gerade erlebt haben."

Sie schluchzte weiter, als Alex sie, einen Arm um ihre Taille geschlungen, zurück zur Lichtung führte. Aedans Worte kamen ihr wieder in den Sinn, als er gesagt hatte, dass sie bis jetzt gut geschützt gelebt hatte und nicht wusste, was wirkliche Gefahr war. Aye, er hatte recht gehabt, sie hatte ihre Brüder noch nie zuvor kämpfen sehen.

Erst jetzt verstand sie vollkommen, was Alex gerade gesagt hatte. Wenn dies nur Räuber gewesen waren, dann erwartete

Aedan etwas viel Schlimmeres, als sie geglaubt hatte. Vielleicht war es besser, wenn sie ihm nicht zur Last fiel. Vielleicht sollte sie in diesen turbulenten Zeiten besser tun, was ihr gesagt wurde. „Danke, Alex, dass du mich beschützt und deine Männer bei Aedan zurückgelassen hast."

„Jennie, du bist meine Schwester, aber du bist fast wie eine Tochter für mich. Ich werde dich immer beschützen. Du magst vielleicht nicht alles, was ich tue, aber ich tue es aus Liebe."

„Ich weiß, Alex. Es tut mir leid. Ich habe mich wie ein verwöhntes Mädchen benommen."

„Nein, du bist eine Frau, die versucht, ihren Platz in der Welt zu finden. Das ist nicht einfach." Er küsste sie auf die Stirn und setzte sie auf einen Baumstamm, bevor er sich umdrehte, um nach dem Rest seiner Männer zu sehen.

Als sie ankamen, begrüßte Jennie ihre Familie mit einem Lächeln im Gesicht, obwohl ihr Herz in Wahrheit gebrochen war. Je weiter sie sich vom Land der Camerons entfernte, desto trauriger wurde sie. Endlich hatte sie jemanden gefunden, bei dem sie sich besonders und verstanden fühlte, und sie war von ihm weggerissen worden. Schlimmer noch, sie wusste nicht, ob sie ihn jemals wiedersehen würde.

An ihrem ersten Morgen zu Hause saß sie an einem Tisch, aß Haferbrei und beantwortete die Fragen ihrer Schwägerinnen und der kleineren Kinder. Die Männer waren bereits auf dem Übungsplatz. Alex hatte darauf bestanden, dass sie vorbereitet sein mussten, falls sich der Kampf bis hierher ausweiten sollte. Sie lächelte Gracie, Ashlyn und Kyla an, die mit ihren kleinen Puppen in der Ecke spielten.

„Wie hat es dir gefallen, in einer Abtei zu leben, Jennie?", fragte Caralyn.

„Die Abtei Lochluin ist wunderschön. Meine Lieblingsräume waren das Skriptorium und die Bibliothek. Es gibt dort mehr Bücher, als ich in meinem ganzen Leben lesen könnte. Ich könnte mir nicht vorstellen, täglich so viele zur Auswahl zu haben. Es war schwierig, nur eines zu nehmen."

„Ich hätte gern eine solche Bibliothek hier. Maddie, können wir nicht unsere eigene Bibliothek einrichten?", fragte Celestina, den kleinen Braden auf ihrem Schoß, während er seinen Brei aß. Er machte sich mit gereizter Miene an seinem Essen zu schaffen.

„Ich kann mich nicht erinnern, dass er so leicht zu verärgern war. Was stört ihn?", fragte Jennie.

Celestina hielt ihm den Löffel hin, aber er schlug ihn weg und seine kleine Stimme überraschte sie alle. „Nay. Loki."

Celestina grinste. „Braden liebt seinen älteren Bruder sehr. Und ich muss zugeben, Loki ist wunderbar zu ihm." Sie wandte ihre Aufmerksamkeit ihrem Baby zu. „Braden, Loki muss mit den Männern trainieren. Er wird erwachsen und er muss bereit sein, zu kämpfen."

„Papa!" Als Antwort zog er einen Schmollmund und schob die Unterlippe vor.

„Nay, Papa ist mit Loki und Onkel Robbie und Laird Alex auf dem Kampfplatz. Du musst heute auf sie verzichten." Sie wandte sich wieder Jennie zu. „Loki hat sich sehr gefreut, endlich üben zu dürfen." Dann wischte sie das Chaos auf, das Braden angerichtet hatte. „Du kannst stattdessen mit deinem Cousin Roddy spielen."

Jenny lachte. „Ich kann nicht glauben, wie groß Rodric und Braden geworden sind, während ich fort war."

„Aye", antwortete Caralyn. „Und sie haben beide die Sturheit der Grants geerbt."

Maddie streckte Braden die Arme entgegen. „Kommst du zu Tante Maddie? Ich bringe dich in die Küche und suche dir etwas anderes zu essen." Er griff nach ihr und lächelte, als sie ihn aus dem Schoß seiner Mama hob.

Roddy wimmerte sofort, also sagte Maddie: „Ich bringe dir auch etwas Leckeres mit, Roddy. Wir kommen gleich wieder."

„Warst du nicht einsam in der Abtei, Jennie?", fragte Caralyn. „Ich war schon einmal in einer Abtei und habe mich dort ziemlich einsam gefühlt. Es gibt nur Frauen. Hast du die Männer nicht vermisst?"

Jennies Augen weiteten sich, bevor sie sich erholte. „Ähm, doch, ich glaube schon."

Celestina klatschte in die Hände, senkte dann den Kopf und flüsterte. „Du hast jemanden kennengelernt. Ich kenne diesen Blick. Wer ist es? Sag es uns", flüsterte sie. „Wir versprechen, dein

Geheimnisse nicht deinen Brüdern zu verraten."

Caralyn setzte sich in ihrem Stuhl auf und hielt Roddy fest, der ungeduldig auf seine Belohnung von Tante Maddie wartete. „Aye. Erzähl es uns. Es wurde ja auch Zeit! Alex beschützt dich zu sehr."

In diesem Moment kam Maddie mit schwingenden Röcken zurück. „Was macht Alex?"

Caralyn antwortete. „Alex beschützt Jennie zu sehr. Sie muss jemanden kennenlernen. Es ist Zeit für sie zu heiraten. Jennie …", sie tätschelte ihre Hand, „… wenn du verheiratet wärst, würde dir das Heilen nichts mehr ausmachen. Dein Mann würde dich mit anderen Dingen ablenken."

Jennie verdrehte die Augen und hörte zu, wie die Frauen ihrer Brüder über ihre Situation sprachen. Sie hoffte, sie würden rasch ein anderes Thema finden, aber Maddie ließ nicht locker.

„Du hast jemanden kennengelernt, Jennie?" Maddie sah sie über Bradens Kopf hinweg an.

„Aye, Aedan, den Laird der Camerons. Ich weiß nicht, ob wir zueinander passen, aber wir haben uns getroffen." Sie starrte auf ihre Hände in ihrem Schoß.

„Nay." Caralyn sah von Celestina zu Maddie hinüber. „Bitte sag uns nicht, dass du ihn magst und er deine Gefühle nicht erwidert." Sie presste ihre Lippen zu einer dünnen Linie zusammen. „Manchmal hasse ich Männer."

„Ganz ruhig, Caralyn", sagte Celestina. „Jeder würde Jennie lieben. Sieh doch nur, wie schön sie ist."

Jennie sah Celestina an, die als das schönste Mädchen in ganz Ayrshire galt. Die Männer in ganz Schottland sprachen von ihrer Schönheit. Wie konnte Celestina sie nur schön finden?

„Jennie?", fragte Caralyn.

Jennie errötete vom Kopf bis zu den Zehen. „Ich weiß nicht, ob er meine Gefühle erwidert, und ich weiß nicht genau, wie ich mich fühle. Aber er ist … nett."

„Hast du ihn geküsst?" Caralyns Gesicht hellte sich auf.

Zum Glück hob Maddie die Hand, um das Gespräch zu beenden. Jennie war so verlegen, dass sie unter den Tisch kriechen und sich verstecken wollte.

„Das ist ihre Sache. Aber ich möchte, dass du weißt, dass ich mit Alex darüber gesprochen habe, eine Heirat für dich zu arrangieren …"

Jennie wäre fast von ihrem Sitz gesprungen. „Was?"

„Jennie, entspann dich", sagte Maddie mit ruhigem Ton. „Ich stimme unseren Schwestern zu. Es ist Zeit, jemanden für dich zu finden."

„Aber es gibt niemanden, mit dem Alex einverstanden wäre." Sie setzte sich, obwohl sie am liebsten weglaufen wollte, den ganzen Weg zurück nach Lochluin Abbey.

Maddie nickte. „Ich verstehe ihn, Jennie. Du bist für Alex wie eine Tochter." Sie zeigte auf Caralyn und Celestina. „Wir werden alle dafür sorgen, dass deine Brüder das Richtige für dich tun."

„Wenn es nach ihnen ginge, würde ich mein ganzes Leben lang allein bleiben. Niemand kann ihren Erwartungen gerecht werden." Ihre Augen füllten sich mit Tränen. Jetzt hatten sie endlich den Kern des Problems erreicht.

Celestina schlang ihren Arm um Jennie. „Wir werden dafür sorgen, dass sie jemanden für dich finden."

„Aye, das werden wir. Und zwei potenzielle Kandidaten werden schon morgen hier sein."

Diesmal sprang Jennie von ihrem Sitz auf und warf dabei den Hocker um. „Welche Kandidaten?"

„Ich habe darauf bestanden, dass Alex jemanden für dich findet, und er hat zugestimmt, deine Gefühle zu berücksichtigen. Alex hat in der Vergangenheit viele Männer abgewiesen, die um deine Hand angehalten haben, aber es gibt zwei Männer, die er für akzeptabel hält. Er hat sie hierher eingeladen."

Jennie setzte sich und legte ihren Kopf in ihre Hände. „Nay", flüsterte sie.

Maddie warf ihr einen verwirrten Blick zu. „Ich dachte, das würde dich freuen. Du sagtest, du seist dir nicht sicher, was du für diesen Cameron empfindest. Warst du ehrlich?"

„Aye, ich war ehrlich. Wir haben uns gerade erst kennengelernt."

Drei Augenpaare beobachteten sie aufmerksam.

„Jennie?", bohrte Maddie nach.

Sie konnte die Wahrheit nicht vor Maddie verbergen. „Aye, ich interessiere mich für Aedan. Er hat versprochen, mich zu holen, wenn die Kämpfe vorbei sind. Er hat nicht versprochen, um meine Hand zu bitten, aber er sagte, er würde mich holen kommen." Sie warf einen Blick auf die drei wichtigsten Frauen in ihrem Leben. Wie würden sie auf ihr Geständnis reagieren?

Alle drei Gesichter leuchteten auf. „Jennie, ich freue mich so für dich." Celestina ergriff ihre Hand.

Maddie fügte hinzu: „Aye, wir freuen uns alle. Du verdienst es, glücklich zu sein. Ich bin sicher, du hast eine gute Wahl getroffen. Erzähl uns mehr über die Kämpfe. Haben sie mit den Kämpfen zu tun, die hier vor deiner Abreise stattfanden?"

„Aye, sie vermuten, dass sie alle von derselben Gruppe geplant wurden, aber sie wissen nicht, wer dahintersteckt. Sobald es vorbei ist, werdet ihr ihn kennenlernen."

„Erzähl uns von ihm!" Caralyns Aufregung zog die jungen Mädchen an.

„Von wem redet ihr?", fragte Gracie.

Ashlyns Gesicht erhellte sich genauso wie das ihrer Mutter. „Hast du einen Freund, Jennie?"

Jennie runzelte die Stirn. „Es gibt nicht viel zu erzählen. Und ich bin mir nicht sicher, ob ich sagen würde, dass er mein Freund ist oder nicht." Diese ganze Unterhaltung bereitete ihr Unbehagen.

Maddie klopfte auf den Tisch. „Lasst Jennie in Ruhe. Sie ist gerade zurückgekehrt und muss vom Reisen müde sein."

Die drei Mädchen huschten zurück in die Ecke neben dem Feuer.

„Maddie, was ist mit den Kandidaten, die du erwähnt hast? Ich glaube nicht, dass ich sie treffen möchte. Wäre es unhöflich, sie fortzuschicken?"

„Aye, das wäre es. Du bist bislang so wenigen Männern begegnet, dass ich vorschlagen würde, dass du sie kennenlernst. Es kann dir helfen, dich in deiner Entscheidung sicherer zu fühlen, wenn du andere Männer kennst."

„Vielleicht", antwortete Jennie. „Aber weder du noch Celestina kannten andere Männer und habt trotzdem geheiratet."

Celestina sah von Maddie zu Jennie. „Aye, wir haben beide andere Männer kennengelernt, Jennie. Und es hilft zu wissen, was man nicht will. Ich schätze meinen Mann viel mehr aufgrund meiner Erfahrung mit anderen Männern.“

Sie dachte einen Moment nach und nickte dann. „Ich denke, es kann nicht schaden. Sie müssen ja nicht lange bleiben, oder?“

„Nay. Sobald du dir sicher bist, dass sie nicht zu dir passen, sprichst du mit Alex.“

Jennie musterte die drei, war aber unfähig, ihre wahren Gefühle zu gestehen. Sie war in Aedan Cameron verliebt und hatte keinerlei Interesse daran, andere Männer kennenzulernen. Leider wusste sie nicht, wie lange es dauern würde, bis sie ihn wiedersah. Würde er sie mit der Zeit vergessen?

Zu ihrem Unglück vermisste sie ihn immer mehr, je länger sie von ihm fort war, und desto mehr dachte sie an ihn. Andere Männer zu treffen würde sich als schwierig erweisen. Es musste doch einen Ausweg geben.

„Es gibt noch einen wichtigen Grund, sie nicht von vornherein abzulehnen“, erklärte Maddie.

Jennie sah sie verwirrt an. „Was meinst du?“

„Du müsstest sonst deinen Brüdern deine Gefühle für Aedan gestehen.“

Jennie verzog das Gesicht. Sie war dem Untergang geweiht.

KAPITEL ZEHN

AEDAN SASS IN seinem Solar, nippte an einem Ale und wartete darauf, dass seine Männer eintrafen. Es hatte einen weiteren Überfall gegeben. Es war ihnen gelungen, den Feind in die Flucht zu schlagen, aber es war ein weiterer kleiner, verwirrender Angriff gewesen, nicht die große Offensive, die sie erwartet hatten. Es war, als würde der Feind mit ihnen spielen und versuchen, sie etwas glauben zu machen, das nicht stimmte.

Aber warum? Er ging im Raum auf und ab und rieb sich die Stirn. Er fand keine Antworten, aber in seinem Kopf schwirrten auch Visionen von braunen Augen und Sommersprossen. Verdammt, er vermisste Jennie Grant. Wie sehr er sich wünschte, sie hätte bleiben können. Trotzdem verstand er, warum Grant darauf bestanden hatte, sie mitzunehmen. Mehrere Geschichten über den bevorstehenden Angriff hatten Alex Grants Ohren erreicht und er hatte sich so verhalten, wie auch Aedan es an seiner Stelle getan hätte.

Neil kam herein, gefolgt von Ruari und zwei Wachen des Grant-Kontingents. Aedan kehrte er zu seinem Stuhl hinter seinem Schreibtisch zurück. „Neil? Was denkt Ihr?"

„Ich habe einen der Verletzten zum Sprechen zwingen können, bevor er starb, aber er behauptete, nicht zu wissen, wer für die Angriffe verantwortlich ist. Nur eines hat ihn motiviert."

„Was?"

„Bares", erklärte Neil, die Beine schulterbreit auseinander gestellt, als wartete er darauf, dass der Feind jeden Moment eintraf.

„Bares? Wer kämpft gegen Bezahlung?" Cameron hatte noch nie von so etwas gehört. Die Schotten kämpften um Rache, um Nahrung, um die Kontrolle über das Land ihrer Nachbarn, aber um nichts anderes. „Münzen? Ist das der einzige Grund, warum sie kämpfen? Seid Ihr sicher?"

„Aedan, ich muss …", begann Ruari, aber Aedan brachte ihn mit einer Handbewegung zum Schweigen. Aus dem Augenwinkel konnte er den Schmollmund seines Bruders sehen und für einen Moment trafen ihn Schuldgefühle, aber er sagte sich, dass Ruari nur ein Junge war. Er würde warten müssen, bis die anderen fertig waren.

Einer von Grants Kriegern, Tomas, trat vor. „Die Engländer kämpfen um Reichtum, Laird. Es gelang mir, ein paar Worte aus einem anderen sterbenden Engländer herauszubekommen. Ein Ausrufer ist von Stadt zu Stadt gegangen und hat denjenigen gute Bezahlung versprochen, die sich der Sache anschließen."

„Gegen mich? Gegen die Abtei? Warum helfen die Leute ihnen?"

„Sie versprechen einen guten Lohn und lügen darüber, dass die Highlander einen groß angelegten Angriff auf die Engländer planen. Sie ziehen meistens durch arme Gegenden, um Männer zu rekrutieren."

„Aedan, darf ich …"

Aedan winkte seinen Bruder wieder ab. War ihm nicht klar, dass er seine Informationen für sich behalten und warten musste, um sie mit Aedan zu teilen? Vielleicht hätte er ihn nicht zu einem so wichtigen Treffen kommen lassen sollen, aber wenn er in einer der kommenden Schlachten starb, musste sein Bruder die Führung übernehmen, ob er nun nur ein Junge war oder nicht.

„Wer holt ihre Toten? Habt ihr darauf irgendwelche Hinweise?" Aedan kratzte sich am Kopf, immer noch nicht in der Lage, die Situation zu verstehen.

„Andere Engländer", antwortete Tomas. „Wir haben nur wenige Informationen, aber ich habe Kundschafter in die Grenzgebiete geschickt und Alex hat Logan Ramsay um Hilfe gebeten. Er ist bekannt dafür, die schwierigsten Rätsel in ganz England aufzuklären."

Aedan runzelte die Stirn. „Logan Ramsay. Ich habe den Namen schon einmal gehört." Sein Gesicht hellte sich auf. „Ist das nicht der Mann, der als der beste Bogenschütze des Landes bekannt ist?"

„Aye, das ist er. Er wird herausfinden, was wir wissen müssen."

„Aber Aedan …", drängte Ruari.

„Was ist denn, Ruari?" Aedan warf seinem Bruder einen Blick zu und gab ihm endlich die Gelegenheit zu sprechen. Welche Informationen er auch hatte, sie mussten wichtig sein. Er entschied, dass er Neil und den Grant-Wachen vertrauen konnte. Er musste es tun, wenn er seine Feinde besiegen wollte. „Sprich schon. Sag uns, was du gehört hast."

„Ich kenne das Problem. Du hast einen Verräter in deinen Reihen." Seine Brust blähte sich jetzt, da er endlich vor der Versammlung sprechen durfte.

Dieses eine Wort ließ ihn sofort ganz Ohr sein. „Einen Verräter? Woher willst du das wissen?"

„Ich habe ihn belauscht." Ruari verschränkte die Arme und reckte die Unterlippe vor, während er auf Aedans Antwort wartete.

„Wer ist es?"

„Ich konnte die Männer nicht identifizieren. Ich wollte gerade die Schlucht hinunterklettern, als ich hinter einer Baumgruppe gedämpfte Stimmen flüstern hörte. Ich war nah genug dran, um einige Worte zu hören, aber nicht alles. Es sprachen zwei Schotten miteinander, beide auf Gälisch."

„Und was haben sie besprochen?"

„Sie sind hinter den Reichtümern der Abtei her, aber sie wollen dich zuerst zu Fall bringen."

Aedan war fassungslos. Was zum Teufel sollte er jetzt tun? Wenn er das Ziel seiner Landsleute war, bräuchte er mehr Hilfe, als er im Moment hatte. Er hoffte, dass Logan Ramsay bald eintreffen würde.

Jennie kam mit einem flauen Gefühl im Bauch zum Abendessen in den großen Saal herunter. Sie hatte Todesangst davor, die beiden Männer kennenzulernen, die hergebracht worden waren, damit sie sie in Augenschein nahm. Wie stellte man fest, ob ein Fremder ein geeigneter Ehemann war? Sollte sie die beiden befragen? Einen nach dem anderen oder zusammen?

Sie unterdrückte ihren Wunsch zu kichern. Vielleicht sollte sie Alex fragen, ob sie jeden von ihnen küssen und dann entscheiden sollte, wer besser war? Was genau war sein Plan für dieses alberne Unterfangen? Sie hatte es fast bis zu den Stufen des großen Saals geschafft, als Alex hinter sie trat und sie in sein Solar führte. Er war frisch gewaschen und trug seinen roten Plaid. Er hatte sein Haar zurückgebunden, aber ihr Bruder war immer noch eine imposante Figur. Viele Mädchen machten ihm schöne Augen, obwohl alle im Clan wussten, dass er niemals von Maddies Seite weichen würde.

Sie warf ihm einen fragenden Blick zu, als sie bemerkte, dass sie allein im Raum waren. „Was gibt es, Alex?", fragte sie, nachdem er die Tür hinter ihnen geschlossen hatte.

Alex ging zweimal in der Kammer auf und ab, bevor er innehielt. „Maddie hat mir gesagt, dass sie dir von den beiden Männern erzählt hat, die ich in unsere Burg eingeladen habe." Er legte seine Hände auf ihre Schultern.

„Aye, aber warum hast du Pläne gemacht, mich mit jemandem bekanntzumachen, ohne mich zu fragen?" Sie liebte ihren Bruder, hatte ihn immer geliebt, aber seine kommandierende Art stellte ihre Geduld zu oft auf die Probe.

„Es ist meine Pflicht, dich zu verheiraten, Mädchen. Ich habe unseren Eltern ein Versprechen gegeben. Obwohl ich nicht zugeben wollte, dass es an der Zeit ist, über eine Heirat nachzudenken, hat Maddie mich daran erinnert, dass du volljährig bist."

„Aber Alex …"

„Lass mich ausreden, Jennie, und dann kannst du mich schimpfen. Ich weiß, dass du es tun wirst."

Sie nickte und er führte sie zu einem Stuhl vor dem Kamin, während er sich auf den Kaminsims stützte. „Ich weiß, es war nicht leicht für dich, unsere Eltern so jung zu verlieren, aber ich habe mein Bestes versucht, dich gut zu erziehen. Ich war anfangs nicht so gut darin, aber mit Maddies Hilfe habe ich mich verbessert. Brenna war auch eine große Hilfe und ich gebe zu, dass ich mich verloren fühlte, als sie uns verließ. Ich bin dankbar, dass sie dich so oft in ihre Burg eingeladen hat."

Jennie starrte ihren Bruder an. Laird Alexander Grant, ein großartiger Schwertkämpfer und bekannt dafür, die schlimmsten Feinde abzuwehren, hatte Mühe, die richtigen Worte zu finden.

Er verschränkte die Arme vor der Brust. „Ich habe dir das nicht gesagt, weil ich es nicht für nötig hielt, aber es gab schon mehrere, die um deine Hand angehalten haben. Ich habe sie alle abgelehnt."

„Aber warum?" Sie wollte wissen, warum er ihr das vorenthalten hatte, warum er ihre Bedürfnisse so völlig ignoriert hatte.

„Warum habe ich sie abgelehnt oder warum habe ich es dir nicht gesagt?" Er zupfte an seinem Ohr und begann vor ihr auf und ab zu gehen.

„Beides."

„Du warst noch nicht volljährig. Du warst nicht bereit."

„Aye, ich bin bereit." Nun, sie war alt genug, um zu heiraten, aber ihr Herz hatte sich bereits für einen anderen entschieden.

Alex blieb vor ihr stehen und verschränkte die Hände hinter dem Rücken. „In Ordnung, du wirst mich zwingen, es zuzugeben. *Ich* bin noch nicht so weit. Ich habe das kleine Mädchen, das all die Jahre auf meinem Schoß gesessen hat, sehr lieb gewonnen, und jetzt, da du alt genug bist, um zu gehen, bin ich nicht bereit, dich zu verlieren." Er wandte seinen Blick von ihr ab. In seinem Gesicht lag ein Ausdruck, den Jennie noch nie zuvor gesehen hatte. War er verlegen? Traurig?

„Und wer hat um meine Hand angehalten?" Sie hasste es, ihn zu bedrängen, aber sie musste die Antwort kennen. Sie fand es nur gerecht so.

Er ließ den Kopf hängen, die Arme immer noch verschränkt. Die Art und Weise, wie er sich bewegte, sagte ihr, dass ihm dieses Gespräch unangenehm war. Aber sie fühlte sich noch unwohler dabei, und es war schließlich ihr Leben, um das es hier ging.

Alex blieb vor dem Kamin stehen und verdeckte ihn fast vollständig. Seine Armmuskeln waren vom ständigen Üben mit seinem mächtigen Schwert breit. Endlich atmete er frustriert aus. „Mädchen, siehst du es nicht? Keiner von ihnen war gut genug für dich. Du bist wie meine Erstgeborene. Du hattest es so schwer, nachdem wir unsere Eltern verloren haben. Du hast mit fast neun Jahren immer noch manchmal am Daumen gelutscht."

„Das habe ich nicht! Du denkst dir Geschichten aus, damit du dich besser fühlst, Alex." Sie verschränkte verärgert die Arme, unfähig zu glauben, was er ihr gerade gesagt hatte. Es stimmte, sie hatte ihren älteren Bruder öfter dazu getrickst, ihren Willen zu bekommen, aber am Daumen lutschen? Niemals.

Er runzelte die Stirn. „Du hast es nie länger als ein paar Augenblicke getan, aber aye, du hast es getan. Wir haben unsere Eltern innerhalb kurzer Zeit verloren. Es war tragisch für dich, um es gelinde auszudrücken."

Sie fuhr sich mit der Hand über das Gesicht, als Erinnerungen an diese schwierige Zeit ihre Gedanken durchfluteten. Aye, es war schwer gewesen – fast unerträglich –, aber sie weigerte sich zu glauben, dass sie am Daumen gelutscht hatte.

„Alex, es war eine schwierige Zeit für uns alle, dich eingeschlossen."

„Aber ich war alt genug, um Laird zu werden, und du warst noch ein Kind. Wenn ich mir meine Kinder ansehe, kann ich mir nicht vorstellen, wie es ihnen ergehen würde, wenn sie einen von uns in so einem zarten Alter verlieren würden. Die Zwillinge wären ohne ihre Mutter verloren, und ich bin stolz darauf, wie wild sie sind."

Totenstille breitete sich aus. Alex rieb sich das Kinn und flüsterte dann. „Der Punkt ist der … ich habe die Wahrheit akzeptiert. Maddie hat mich gezwungen zu akzeptieren, dass ich dich gehen lassen muss, so sehr ich dich auch hierbehalten möchte."

Jennie war überrascht, dass ihre Augen bei Alex' Worten feucht wurden.

„Also bitte ich dich um Entschuldigung, wenn ich zu lange gewartet habe, aber ich habe dafür gesorgt, dass zwei der Männer, die vorher Interesse an dir bekundet haben, in unsere Burg kommen, um dich kennenzulernen. Fühle dich dadurch nicht unter Druck gesetzt. Lass dir kein Ultimatum setzen. Wenn du an einem von ihnen interessiert bist, dann soll es so sein. Wenn nicht, dann soll es auch so sein. Diese Angelegenheit liegt ganz bei dir. Ich habe mich mit ihren Hintergründen befasst und wenn sie sich hier nicht völlig anders verhalten, gehe ich davon aus, dass sie für mich akzeptabel sind. Aber du musst mit ihnen einverstanden sein. Das habe ich unserer Mutter versprochen."

Jennie konnte sehen, wie schwer das für ihn war. Sie ging zu ihrem Bruder hinüber und schlang ihre Arme um ihn, obwohl sie seinen großen Körper nicht ganz umfassen konnte. „Alex, ich danke dir dafür, dass du mich so liebst. Aber ich weiß auch nicht, ob ich bereit bin."

Er küsste ihre Stirn und sagte: „Du gibst mir einfach Bescheid, nachdem du die beiden Männer kennengelernt hast. Sie werden weniger als eine Woche hier sein, aber bitte halte mich auf dem Laufenden."

„Das werde ich. Danke. Sollen wir jetzt gehen?"

Alex legte seinen Arm um sie und führte sie zur Tür. Bevor er sie öffnete, blieb er stehen und drehte sich zu ihr um. „Aedan Cameron. Habe ich da etwas zwischen euch beiden bemerkt? Oder habe ich mir das nur eingebildet?"

Jennie hustete. „Aye, naja … ich interessiere mich für ihn. Er sagte, er würde nach Beendigung der Kämpfe kommen, aber ich bin mir nicht sicher, ob er ans Heiraten denkt. Ich weiß nicht, ob er um meine Hand anhalten würde, aber …"

„Sag nichts mehr. Dein Gesichtsausdruck sagt mir alles, was ich wissen muss. Aber es ist nichts Falsches daran zu prüfen, ob du an anderen interessiert bist. Ich fürchte, ich habe diese Pflicht dir gegenüber nicht erfüllt. Sei bitte freundlich, mir zuliebe?"

Sie nickte und ging in den großen Saal. Zwei Männer standen neben Brodie und Robbie an der Feuerstelle. Alex hielt seine Hand auf ihrer Schulter, als die Gruppe auf sie zukam.

Robbie stellte sie zuerst Coll MacNab vor, einem großen rothaarigen jungen Mann mit einem freundlichen Lächeln. Er nahm ihre Hand, als er sich verbeugte, und sie knickste vor ihm. Als nächstes lernte sie Donnal Boyd kennen, einen blonden Burschen mit dunklen Augen, der sie anlächelte. Sie bemerkte, dass seine Zähne unten schief waren, obwohl er sein Bestes tat, sie zu bedecken.

Jennie ging mit Alex zum Podium, gefolgt von ihren anderen Brüdern und den beiden Männern. Irgendwie fühlte sie sich sowohl zur Schau gestellt als auch, als ob die Wände um sie herum enger werden würden. Jedes Gesicht im großen Saal starrte sie an, als würden die Leute ihr Interesse an den beiden Männern abschätzen.

Nun, sie würde ihnen eine Chance geben müssen. Sie wirkten freundlich und waren nicht hässlich. Sie musste ihnen nur beim Essen zuhören, sich bei Bedarf unterhalten und hoffen, dass ihr Herz ihre wahren Gefühle nicht verriet.

Mit jedem Tag verliebte sie sich mehr in Aedan Cameron. Aber würde sie ihn jemals wiedersehen?

Alex saß zwischen ihr und Maddie am Tisch, während Coll zu ihrer Linken und Donnal Boyd ihr gegenüber saß. Die anderen waren um sie herum verteilt, außer Celestina, die sich nicht wohl fühlte und nicht zum Essen erschienen war. Brodie war gegangen, um nach ihr zu sehen.

Loki saß in einiger Entfernung mit den anderen Kindern an einem kleinen Tisch. Die junge Gruppe war etwas ausgelassen, aber Jennie liebte es, ihrem Geplapper zuzuhören. Sie lächelte sie an und wünschte sich, sie könnte sich an ihren Tisch setzen und ihrer Pflicht entkommen.

Donnal dominierte das Gespräch. „Lady Jennie, ich habe gehört, Ihr habt großartige Fähigkeiten als Heilerin."

„Aye, ich arbeite …"

„Macht Euch keine Sorgen, Mädchen. Ihr seid nicht verpflichtet, in meiner Burg irgendwelche Arbeiten zu verrichten. Wir haben zwei wunderbare Heiler. Ihr könnt einfach die Dienerschaft anleiten, Euch entspannen und Euch natürlich um meine Bedürfnisse kümmern." Er warf ihr ein anzügliches Grinsen zu. Jennie schaute aus dem Augenwinkel, um zu sehen, ob Alex seinen Kommentar gehört hatte.

Dem finsteren Blick ihres Bruders nach zu urteilen, hatte er ihn gehört.

Coll sprach. „Wir wären Euch sehr dankbar für Eure Fähigkeiten, obwohl wir auch zwei Heiler haben. Ich habe gehört, dass Ihr eine neue Einstellung zum Heilen habt, die sich von der Vorgehensweise der alten, runzligen Heiler unterscheidet. Ist das wahr, Mylady?"

Jennie war erfreut, diese Frage zu beantworten. „Aye, meine Mutter hat mir beigebracht …"

Donnal unterbrach sie. „Wenn Ihr einverstanden seid, Laird Grant, würde ich gern auf einer Hochzeit vor dem nächsten Monat bestehen, da wir in unserer Burg dringend Ordnung brauchen. Anscheinend sind unsere Diener ziemlich schlampig und faul geworden. Wir brauchen jemanden, der die Peitsche schwingen kann." Sein selbstgefälliger Gesichtsausdruck sprach nicht für ihn.

Drüben im Bereich der Kinder kam es zu etwas Aufregung und Maddie stand sofort auf, um nachzusehen.

„Wirklich, Laird", sagte Donnal und warf einen Blick über die Schulter auf die widerspenstige Gruppe, „gibt es einen Grund, warum Ihr die Kinder in der Nähe habt? Sind sie nicht zu jung, um sich gegenüber Gästen angemessen zu verhalten?"

„Aye, es gibt einen Grund", antwortete Alex schroff. „Sie sind meine Kinder und ich will sie hierhaben. Sie werden rechtzeitig lernen, sich angemessen zu benehmen."

Jennie unterdrückte ein Kichern und wünschte, sie könnte ihren Bruder für seine Erklärung umarmen. Er war ein guter Vater und ein guter Laird.

„Mama!", schrie Braden. Maddie flüsterte ihm etwas Sanftes ins Ohr, dann schickte sie Loki mit ihm weg.

„Seht Ihr. Sie sind zu jung." Donnal nickte mit dem Kopf, anscheinend, um seine vorherige Aussage zu unterstreichen, aber niemand stimmte ihm zu.

„Dieser Kleine ist der Erstgeborene meines Bruders und ich bevorzuge es, ihn hier zu haben."

Donnal rülpste laut und entschuldigte sich. „Ich werde den Abtritt aufsuchen."

Coll griff unter dem Tisch nach ihrer Hand. „Ich entschuldige mich für seine Unhöflichkeit. Das ist unverzeihlich. Ich liebe Kinder und hoffe, selbst viele zu haben."

Jennie drehte sich um, um in seine freundlichen Augen zu sehen. Er war ein viel besserer Mann als der andere Anwärter, aber sie zog ihre Hand dennoch zurück. Sie bemerkte, dass Donnal in die gleiche Richtung wie Loki ging, und ihre Intuition sagte ihr, dass sie ihnen folgen sollte, also entschuldigte sie sich und folgte ihm zu dem Gang, der zu den Turmkammern führte, in denen Brodie und Celestina wohnten.

Als sie den großen Saal verließ, erblickte sie Donnal ein paar Schritte hinter Loki, der verzweifelt versuchte, mit dem widerspenstigen Braden fertig zu werden.

„Hier, Junge. Ich kümmere mich um den kleinen Balg." Donnal griff nach Braden, aber sein kleiner Beschützer war schneller.

Loki zog sein kleines Schwert aus seiner Scheide. Die Waffe berührte die Hand des Mannes und ließ einen Blutstropfen hervorquellen, worauf Donnal zurückzuckte. „Ihr nehmt Eure Hand von meinem Bruder, Mylord. Niemand berührt ihn ohne meine Erlaubnis.“

„Nay, du undankbarer Hundesohn.“

Jennie stürzte auf sie zu, gerade als Donnal dabei war, Lokis Schwert wegzureißen. „Lasst ihn in Ruhe, Mylord. Er stört niemanden.“

Er wirbelte herum, um sie wütend anzustarren. „Er stört mich. Kinder sollten keine Widerworte geben. Sie sollten wissen, wo sie hingehören.“

Jennie nickte Loki zu. „Warum bringst du Braden nicht zu seiner Mama?“

„Nay, ich lasse dich nicht ungeschützt mit dieser Bestie allein, Lady Jennie.“ Sein Kinn hob sich und er straffte die Schultern, genau wie sein Vater es so oft tat. Er hatte sein Schwert immer noch gezogen. Braden hatte aufgehört zu weinen und starrte den Fremden mit großen Augen an.

Jennie lächelte. „Danke, Loki, aber ich kann selbst auf mich aufpassen.“

Loki nickte und setzte seinen Weg fort, wobei er den jammernden Braden hinter sich her zog, aber er beobachtete Jennie über seine Schulter. Loki war in den letzten Jahren ziemlich gewachsen und er war ein mächtiger Beschützer seiner Adoptivfamilie geworden.

Als er weg war, trat Donnal einen Schritt näher. „Aye, es ist viel besser, allein zu sein.“ Er griff nach ihr und zog sie so nah an sich, dass er seine Lippen auf ihre pressen konnte. Eine kurze Kostprobe von ihm war alles, was Jennie ertragen konnte, bevor sie sich gegen seine Brust stemmte, um ihn wegzustoßen. Er gab nicht so schnell auf, aber schließlich trat er zurück. „Ich brauche doch einen Vorgeschmack darauf, wie wunderbar unser gemeinsames Leben sein könnte.“ Er zwinkerte ihr zu.

Sicher, dass Alex hinter ihrer Entscheidung stehen würde, machte sie einen mutigen Schritt nach vorn. „Verzeiht, Mylord, aber ich habe kein Interesse an Euch als Ehemann. Bitte verbringt die Nacht in der Burg, um einen erholsamen Schlaf zu finden, aber ich möchte, dass Ihr morgen sofort nach dem Frühstück aufbrecht. Gute Nacht.“

Sie hatte sich umgedreht, um in den großen Saal zurückzugehen, als sie eine Hand auf ihrer Schulter spürte. „Wie könnt Ihr es wagen, mir zu sagen, was ich tun soll? Wir sind noch nicht fertig, und ich werde entscheiden, ob wir zusammenpassen, nicht Ihr. Versteht Ihr nicht, was die Rolle einer Frau ist. Ihr habt zu tun, was Euch gesagt wird. Die Männer werden über Euer Schicksal entscheiden. Ihr habt kein Recht, mich abzulehnen."

Eine dröhnende Stimme hallte durch den Gang. „Da irrt Ihr Euch, Boyd. Nehmt Eure Hand von meiner Schwester. Ich erwarte, dass Ihr tut, was sie verlangt. Ihr seid bis zum Morgen willkommen, aber dann erwarte ich, dass Ihr geht. Ihr habt uns beide beleidigt. Meine Schwester wird Euch nicht heiraten, und das ist meine endgültige Entscheidung."

Donnal Boyd ging verärgert den Gang entlang, seine Schritte hallten auf dem Stein wider.

„Jennie." Alex legte seine Hände auf ihre Schultern. „Entschuldige. Ich hätte zuerst mit ihm sprechen sollen."

„Ich danke dir, dass du meine Meinung respektierst, Alex. Selbst du musst wissen, dass sich viele Männer ganz anders benehmen, wenn sie mit einer Frau allein sind. Vielleicht wäre er dir gegenüber höflich gewesen."

„Aye, aber ich werde alles tun, um meine Schwester vor einem Leben zu bewahren, in dem sie sich schinden und die Dienerschaft herumscheuchen muss. Ich glaube, das war sein Plan für dich."

Jennie umarmte Alex und sie schlenderten zusammen zum großen Saal. Aber in ihren Gedanken wiederholte sie immer wieder denselben beruhigenden Satz.

Einer ist fort, fehlt nur noch ein weiterer, den ich davonschicken muss.

KAPITEL ELF

TOMAS STÜRMTE IN den großen Saal, direkt auf Aedan Cameron zu. „Es gibt Probleme im Tal, nicht weit von der Abtei. Ihr werdet sofort gebraucht. Neil ist schon vorgeritten."

Aedan sprang von seinem Sitz auf und eilte zur Tür, Tomas direkt hinter ihm. „Könnt Ihr mir mehr über die Lage sagen?"

Tomas wartete mit seiner Antwort, bis sie fast die Ställe erreicht hatten. Ihre beiden Pferde waren bereits gesattelt und bereit. „Es geht um jemanden, den ich kenne und dem ich vertraue, aber ich möchte, dass Ihr als Zeuge dabei seid."

„Und was soll ich bezeugen?" Aedan schwang sich in den Sattel und trieb sein Pferd durch das Tor hinaus, Tomas direkt neben ihm.

„Logan Ramsay hat einen der Angreifer geschnappt. Er will ihn zwingen, alles zu erzählen, was er weiß. Seine Methoden sind ein bisschen anders. Er hat darum gebeten, dass Ihr beim Geständnis des Mannes dabei seid."

Aedan konnte nicht anders, als aufgeregt zu sein. Sein Herzschlag beschleunigte sich in der Hoffnung, endlich Antworten zu erhalten. Nach einem weiteren Treffen mit den vier benachbarten Lairds – Drew Menzie, Dermid MacLean, Hamish Henderson und Irvine Fletcher – waren sie dem Anführer der Angreifer immer noch nicht nähergekommen. Der Großteil der Angriffe hatte auf Cameron-Boden stattgefunden und sie hatten eine gute Vorstellung von den Gründen für die Angriffe, aber immer noch keine Ahnung, wer das Kommando führte. Aedan bedeutete Tomas, ihm den Weg zu weisen, und sie galoppierten über die Heide, bis sie die Schlucht erreichten. Als sie sich dem Ziel näherten, hallte gelegentlich ein Schrei durch die Bäume. Aedan zwang sich, auf alles vorbereitet zu sein, besonders angesichts des Rufs, der Ramsay vorauseilte.

Aedan zügelte sein Pferd, sobald er Logan Ramsay sah. Ramsay hatte den Ruf eines verwegenen, cleveren Bogenschützen. Er hatte gehört, dass Ramsay außerdem die Fähigkeit hatte, jeden zum Reden zu bringen. Aedan wurde blass, als er die Quelle des gelegentlichen Schreis erkannte.

Logan Ramsay setzte sich und lehnte sich an einen Baumstamm. Der Inquisitor war ein ganz anderer.

Aedan flüsterte: „Wer ist der Junge bei ihm?"

Tomas grinste. „Der Junge ist ein Mädchen. Ramsays Frau Gwyneth. Sie ist eine Bogenschützin mit einem solchen Talent, dass sie sogar ihren Mann schlagen kann."

Aedan starrte auf ihren Rücken und bemerkte erst da das lange geflochtene Haar, das über ihre Schulter fiel. Sie war eine kleine Person für jemanden mit einem so großen Ruf.

Bei den Hosen und der Tunika, die sie trug, konnte sie tatsächlich als Mann durchgehen, zumindest bis sie sich umdrehte. Aedan keuchte bei ihrer Schönheit auf. Sie trug Tunika und Hosen viel besser, als jeder Mann sie jemals tragen könnte, da sie sich auf höchst provokante Weise an ihren geschmeidigen Körper schmiegten. Aber er bezweifelte, dass es jemand wagen würde, ihr etwas darüber zu sagen, nachdem er beobachtet hatte, wie sie zwei Pfeile in Richtung der Quelle der verzweifelten Schreie abfeuerte.

Sie hatte den jungen Mann an einen Baum gefesselt, ihn aber kein einziges Mal getroffen. Im Holz des Baumes zwischen seinen Beinen steckten fünf Pfeile, nahe genug, um jeden Mann in Panik zu versetzen. Aedan bedeckte seine eigenen Kronjuwelen in einer Abwehrbewegung, bevor er merkte, was er tat. Dann schüttelte er den Kopf und stieg vom Pferd.

Tomas schritt vor ihm her, als Logan aufstand. „Gwynie, wir haben Gesellschaft. Komm und begrüße den Laird."

Gwyneth steckte ihren Pfeil wieder in den Köcher und schwang ihren Bogen auf den Rücken. Sie ging zu Aedan hinüber und senkte den Kopf. „Cameron."

„Lady Ramsay, es ist mir ein Vergnügen. Ich war viele Male in der Nähe Eures Landes."

„Ich habe von Eurem Besuch vor einigen Jahren gehört", sagte Logan grinsend. „Dies ist meine Frau Gwyneth."

Aedan nickte ihr zu und hatte fast Angst, sich ihr zu nähern.

Eine laute, verzweifelte Stimme unterbrach ihre Vorstellungs-runde. "Schafft sie von hier fort. Ich erzähle Euch alles, was ich weiß. Haltet sie nur von mir fern." Der an den Baum gefesselte junge Mann zerrte an seinen Stricken, seine Handgelenke waren bereits blutig von seinen Fluchtversuchen.

"Ich weiß nicht, warum er so schreit. Ich habe ihm kein Haar gekrümmt und ihn auch nicht getroffen." Sie zuckte mit den Schultern und entfernte sich von dem Mann. "Aber ich denke, er ist bereit, Euch zu sagen, was er weiß."

Aedan marschierte zu dem Gefangenen hinüber. Er war jung, Engländer und hatte höllische Angst. "Wer hat Euch angeheu-ert?"

"Ein Engländer. Er zog durch die Grenzgebiete und fragte nach jedem, der sich leichte Münzen verdienen wollte. Also bin ich gekommen, aber ich verspreche, jetzt zurückzukehren. Haltet sie nur von mir fern. Ich will meine Eier nicht verlieren." Seine Augen huschten zwischen Gwyneth und Aedan hin und her.

"Und wie lange musstet Ihr für die Bezahlung arbeiten?", fragte Aedan.

"Er sagte, dass es nur ein oder zwei Gefechte geben würde, bei denen niemand verletzt werden würde. Er zahlt mehr dafür, dass eine große Anzahl von Männern kommt, um in einem Monat zu kämpfen."

Aedan warf Tomas einen Blick zu. "Das ist derselbe Angriff, von dem wir bereits gehört haben."

"Und vorher gibt es nichts?", fragte Tomas.

"Aye, bis dahin gibt es nicht viel. Der größte Angriff wird in einem Monat stattfinden, und zwar zwischen der Abtei und dem Land der Camerons. Die meisten werden das Land der Came-rons angreifen, um von der Abtei abzulenken. Sie wollen die Schätze der Abtei."

"Lochluin Abbey?"

"Die Doppelabtei. Das ist alles, was ich weiß. Wir sollen uns bereithalten. Er will Hunderte für den einen großen Angriff."

Tomas, Logan und Gwyneth starrten Aedan alle an, aber Aedan hielt seinen Blick auf den Gefangenen gerichtet.

"Andere sagen, es gibt einen Schatz, der in die Abtei gebracht wird, aber der Anführer hat nichts dazu gesagt. Es ist nur ein

Gerücht. Er will nur die Reichtümer der Abtei, wenn wir Cameron zu Fall bringen."

Plötzlich ergab alles einen Sinn.

„Was genau wird in die Abtei gebracht?", fragte Logan.

„Ich habe keine Ahnung. Niemand weiß es. Ich weiß nur, dass es eine Menge Münzen wert ist. Andere reden davon, allein einen Angriff zu wagen."

Tomas wandte sich an Aedan. „Wisst Ihr, wovon er redet?"

Aedan schüttelte den Kopf, sein Blick immer noch auf den Gefangenen gerichtet, in der Hoffnung, dass die Geste als Antwort genug wäre und niemand bemerkte, dass er log.

Logan sagte: „Geht und redet mit den Mönchen. Sie werden es uns sagen. Wir müssen wissen, ob dahinter mehr steckt als ihre vollen Kassen."

„Wer ist der Anführer?", fragte Aedan.

„Ich habe ihn noch nie gesehen. Es ist ein Schotte, aber wir erhalten unsere Befehle von einem angeheuerten Engländer." Die Informationen stimmten mit dem überein, was sie bereits in Erfahrung gebracht hatten. Der Gefangene wand sich am Baum. „Kann ich jetzt gehen? Bitte? Ich werde sofort nach Hause zurückkehren. Ich will nichts mit dieser verrückten Frau da drüben zu tun haben. Ihr Schotten seid Wilde, wenn ihr eure Frauen so sein lasst."

Aedan brachte die Männer zu Gwyneth hinüber. „Tomas und ich werden zur Abtei reiten, um zu sehen, was wir herausfinden können. Logan, mir wurde gesagt, dass ein Verräter unter uns ist. Könnt Ihr dem, solange Ihr hier seid, nachgehen, um zu sehen, ob Ihr die Identität des Verräters aufdecken könnt?"

Gwyneth sprang vom Baum weg. „Aye. Wir werden es schaffen, nicht wahr, mein Gemahl?" Ihre Augen leuchteten auf, als sie Logan ansah.

„Aye, wir werden sehen, was wir herausfinden können. Gwynie, binde zuerst den Mann los."

Aedan bestieg sein Pferd, aber bevor er davonritt, sagte er noch: „Ihr und Eure Frau seid heute Abend in meiner Burg herzlich willkommen. Kommt zum Abendessen und zum Bier trinken und wir werden unsere Informationen austauschen."

Logan nickte und Aedan und Tomas ritten davon. Sie waren

eine Weile unterwegs, bevor Tomas verwirrt fragte: „Reiten wir nicht in die falsche Richtung?"

„Nay." Aedan ritt unbeirrt weiter.

„Aber die Abtei liegt in der anderen Richtung." Tomas neigte den Kopf nach hinten.

„Aye, Ihr habt recht." Er hielt seinen Blick weiter geradeaus gerichtet. Er musste genau überlegen, was er tun sollte, und dafür brauchte er Zeit.

Tomas seufzte. „Ihr wisst, was der Schatz ist, nicht wahr?"

Aedan nickte. „Aye, ich fürchte, *ich* bin die Ursache für einen Teil dieses Unheils, aber ich bin mir noch nicht sicher."

„Warum?"

„Weil ich nach dem Schatz geschickt habe. Und wenn Ihr mit jemandem darüber sprecht, seid Ihr ein toter Mann. Niemand darf es erfahren."

„Ist es ein großer Schatz?"

„Nay, und niemand würde sich für ihn interessieren, wenn er wüsste, worum es sich handelt. Aber das ist jetzt nicht wichtig. Für die anderen ist es immer noch ein Gerücht. Wir müssen uns auf die Tatsache konzentrieren, dass in einem Monat ein Angriff auf mein Land stattfinden wird, um mich zu zerstören und die Reichtümer von Lochluin Abbey zu rauben. Das müssen wir verhindern."

Donnal Boyd brach am nächsten Tag ohne viel Aufhebens auf, abgesehen von den wütenden Blicken, die er Jennie zuwarf, als Alex ihn nicht sehen konnte. Es war eine Erleichterung, ihn loszuwerden. In der Nacht zuvor hatte sie einen weiteren Albtraum über das Wehklagen der verwundeten Grant-Soldaten gehabt. Sie war einfach nicht bereit, am Morgen Gesellschaft zu haben, also nahm sie das Essen mit in ihre Kammer.

Zwei Tage später, nach dem Abendessen, stand Coll auf und sprach mit Alex. „Wenn Ihr erlaubt, würde ich Lady Jennie gern zu einem kleinen Spaziergang begleiten. Es ist ein schöner Abend."

Alex warf Jennie einen Blick zu. So sehr sie das Angebot ablehnen wollte, sie konnte doch keinen triftigen Grund finden. Also willigte sie ein, indem sie ihrem Bruder zunickte. Vielleicht könnte sie morgen an einer seltsamen Krankheit erkranken.

Caralyn warf ihr ein aufmunterndes Lächeln zu und Maddie nickte. Beide erinnerten sie daran, dass dies ein guter Weg war, ihre wahren Gefühle für Aedan zu erkennen. Es stimmte, sie war von ihren Brüdern zu sehr beschützt worden. War es möglich, dass ihre Reaktion auf Aedan nur darauf zurückzuführen war, dass er der erste junge Mann war, der Interesse an ihr zeigte? Vielleicht war Maddies Vorschlag doch vernünftig.

Coll hielt ihr seine Hand hin und sie nahm sie. Seine Handfläche, warm und verschwitzt, berührte für einen Moment ihre, bevor er ihre Hand auf seinen Unterarm legte und sie zum Tor der Burg führte. Jennie musste zugeben, dass es ein schöner Abend war, obwohl sie nicht daran interessiert war, Zeit mit Coll zu verbringen. Er war ein angenehmer Mann, aber es gab kein Feuer, keine Neugier. Er übte nicht die gleiche Anziehung auf sie aus wie Aedan.

„Lady Jennie, habt Ihr Euch schon entschieden?"

Jennie seufzte. „Nay. Ich lerne Euch gerade erst kennen. Erzählt mir von Eurer Burg und Eurer Familie." Sie wünschte, sie könnte ihn einfach wegschicken, aber nachdem sie Donnal so schnell abgelehnt hatte, wollte sie Coll gegenüber fair sein und hatte zugestimmt, tolerant zu sein. Wenn sie zwei Männer gerecht beurteilte, hoffte sie, dass ihr Bruder diese Albernheit beenden und ihr erlauben würde, auf Aedans Ankunft zu warten.

„Gerne. Mein Vater ist vor einiger Zeit gestorben, aber meine Mutter lebt noch. Sie braucht Pflege, deshalb habe ich zwei Heiler. Beide wissen nicht genau, was mit ihr los ist. Sie schafft es nur selten, ihre Kammer zu verlassen. Manchmal kann sie nicht einmal aus ihrem Bett aufstehen. Sie braucht ständige Hilfe. Mein ältester Bruder ist der Laird und er hat zugestimmt, mir ein Dorf vor der Burg für meine Frau und, hoffentlich, unsere Kinder zu überlassen."

„Übt Ihr mit Euren Wachen auf dem Kampfplatz?"

„Nay. Ich habe vor ein paar Jahren eine Beinverletzung erlitten, die mir schwere körperliche Arbeit unmöglich macht. Ich helfe meinem Bruder beim Eintreiben der Zahlungen von seinen Pächtern."

Jennie fragte sich, was Alex, Brodie und Robbie tun würden,

wenn sie nicht jeden Tag kämpfen und ihre Wachen ausbilden würden, um den Clan zu beschützen. „Was macht Ihr gern, wenn Ihr Zeit habt?"

„Ich lese meiner Mutter einmal am Tag vor. Ich hoffe, Ihr werdet mir dabei helfen, da meine Mutter darauf besteht, dass ihr täglich vorgelesen wird. Euer Bruder hat mir erzählt, dass Ihr gern lest. Natürlich könnt Ihr auch helfen, Euch um sie zu kümmern. Ich gehe täglich in die Kapelle, wie Ihr es auch tun solltet. Dann ist es meistens schon Zeit für das Abendessen und ich gehe gleich danach in meine Kammer."

Jennie drehte ihren Kopf zur Seite, um ihren finsteren Blick zu verbergen. Das klang nach einem ziemlich langweiligen Tag. „Hat Euer Bruder eine Familie? Gibt es Kinder, die durch Eure Burg tollen?"

„Nay. Er verlangt von seiner Frau, dass sie ihm einen Sohn schenkt, aber er glaubt, dass sie ihn verflucht hat."

„Sie hat ihn verflucht?" Jennie riss bei der Vorstellung die Augen weit auf.

„Aye. Sie wirft ihm oft böse Blicke zu. Und so, wie sie gelegentlich vor sich hin murmelt, hält mein Bruder sie für dumm."

Jennie starrte geradeaus und wünschte, sie hätte diesem Spaziergang nicht zugestimmt, aber sie merkte, dass es zu spät war. Wenn sie ihn überzeugen könnte, bald umzukehren, würde sie es tun. Sie schlenderten durch die leichte Brise und Jennie blickte zum Himmel auf und erinnerte sich plötzlich an Aedan. Es war keine Wolke am Himmel, also sah sie auf die helle Sternendecke und versuchte, die Formen zu finden, über die sie in jener Nacht gesprochen hatten.

„Was macht Ihr, Lady Jennie?"

„Entschuldigt, Mylord. Schaut Ihr nie die Sterne an und wundert Euch über sie? Fragt Ihr Euch nie, woraus sie bestehen oder woher sie kommen?"

„Die Sterne?" Er warf ihr einen seltsamen Blick zu. „Ich habe sie noch nie beachtet. Haben sie eine Bedeutung für Euch?"

„Was glaubt Ihr, wie weit sie entfernt sind? Habt Ihr schon einmal nach bestimmten Formen gesucht, die sie zusammen bilden?"

„Nay. Normalerweise bin ich um diese späte Zeit in meiner Kammer." Er tätschelte ihre Hand. „Wenn wir erst einmal verheiratet sind, gehen wir, glaube ich, noch früher in unsere Kammer."

Ein teuflisches Grinsen huschte über sein Gesicht, das sie erschreckte.

„Wenn es Euch nichts ausmacht, Mylord, würde ich gern zur Burg zurückkehren. Ich scheine eine kleine Erkältung zu haben." Sie hatte plötzlich genug von dieser Unterhaltung.

Jennie drehte sich um, um zur Burg zurückzukehren, doch Coll griff nach ihr und schlang seine Arme fest um sie. Er war nur ein kleines bisschen größer als sie. Er zog sie fest an sich, bis ihre Brüste sich an ihn drückten und ihr der Atem stockte. „Jennie", keuchte er. „Ihr seid hinreißend. Darf ich Euch küssen?"

Jennie schüttelte inbrünstig den Kopf. „Bitte nicht. Dafür bin ich noch nicht bereit." Sie wand sich frei und er ließ sie los. Sein Lächeln schwand zu einer grimmigen Linie.

„Habe ich etwas falsch gemacht?"

„Nay, aber bitte bringt mich zurück."

Robbie tauchte plötzlich aus dem Nichts auf. „Jennie. Ich wollte dich etwas fragen. Entschuldigt, aye, MacNab?"

Er stand mit einem verblüfften Gesichtsausdruck da und wirkte fast erbärmlich. „Natürlich. Soll ich hier warten?"

„Nay, wir gehen zu den Ställen. Ich werde sie später zurückbringen."

„Dann sehen wir uns morgen, Lady Jennie." Er verbeugte sich leicht und wandte sich wieder der Burg zu.

Sobald sie außer Sicht waren, warf sie sich in Robbies Arme. „Vielen Dank, Robbie. Ich mag ihn nicht. Glaubst du, Alex wird böse auf mich sein?"

Robbie lachte laut. „Nicht, wenn ich ihm sage, wie beschäftigt dein Tag bei den MacNabs sein wird, besonders wenn du dich um seine Mutter kümmerst."

Jennie kicherte. „Du hast ihn gehört?"

Robbie seufzte in ihr Haar. „Ay, meine Kleine. Alex versucht sein Bestes, aber wir können alle sehen, dass MacNab auch nichts für dich ist. Sollen wir ausreiten?"

„Aye. Wie wäre es mit einem Wettrennen zu den Ställen?" Ihre Augen leuchteten, als sie davonlief, bevor sie ihm die Chance gab zu antworten.

KAPITEL ZWÖLF

„EINER MEINER NACHBARN? Seid Ihr sicher, dass Ihr Euch nicht verhört habt?" Aedan sah Logan in seinem Solar ungläubig an. „Nay, das kann nicht sein. Ich kenne Drew, Dermid und Irvine seit Jahren. Ich bin mit ihnen aufgewachsen. Der Einzige, den ich nicht mein ganzes Leben lang kenne, ist Hamish. Wenn das, was Ihr gehört habt, wahr ist, muss er der Verräter sein."

Mit einem dumpfen Aufprall sank er in seinen Stuhl, immer noch fassungslos darüber, was Logan und Tomas ihm erzählt hatten. Neil und Ruari standen daneben. „Ich kann nicht glauben, dass es Hamish ist", sagte Neil leise. „Er hat nicht die Führungsqualitäten der anderen. Drew ist der fähigste der vier, aber er ist Euer engster Freund außerhalb des Clans."

Aedan wandte sich an seinen Bruder. „Ruari, du hast etwas gehört. Kannst du die Stimmen, die du belauscht hast, genauer beschreiben? Hast du noch etwas gehört, das uns weiterhelfen kann?"

„Ich bin mir nur sicher, dass der Verräter nicht Drew ist. Ich hätte seine Stimme erkannt. Sonst kann ich nicht sicher sein."

Aedan fuhr sich mit der Hand über den rauen Bart. Da Jennie nicht mehr da war, verschwendete er keine Energie auf sein Aussehen. „Höllenfeuer. Ich gehe jetzt zu Drew. Er kann es nicht sein. Ich denke, wir sollten mit ihm reden."

Tomas meldete sich zu Wort. „Logan und ich werden mit Gwyneth und Ruari einen Plan ausarbeiten und Euch bei Eurer Rückkehr informieren. Geht und besprecht Euch mit dem einzigen wahren Nachbarn, den Ihr habt, und vergewissert Euch, dass er weiterhin auf unserer Seite ist."

Neil und Aedan machten sich auf den Weg zu Drews Land, das nur ein paar Stunden entfernt war. Die Wachen am Fallgitter winkten sie herein und Aedan fand seinen Freund im Stall.

„Oh, was führt dich hierher? Ich habe dich hier schon länger nicht mehr gesehen." Drew klopfte ihm auf die Schulter.

Aedan antwortete knapp. „Wir müssen reden. Ungestört."

Drews Lächeln verschwand. „Dann folge mir. Wir treffen uns in meinem Solar. Fergus", er wandte sich an den Stallburschen, „kümmere dich um die Pferde."

Sie gingen ohne zu zögern und sprachen mit niemandem, während sie die Vorburg passierten. Sobald sie Drews großen Saal betraten, rief er seinen Dienern zu: „Ale und Käse in mein Solar, bitte."

„Sofort, mein Laird." Ein Dienstmädchen eilte in Richtung Küche davon.

Drinnen angekommen setzten sie sich, warteten aber auf die Erfrischungen, bevor sie die Tür schlossen. Aedan musste aufpassen, was er sagte und zu wem.

„Nun raus mit der Sprache. Es muss wichtig sein, wenn du dein Pferd so zur Eile angetrieben hast." Drew saß auf einem Stuhl auf der anderen Seite des Tisches.

„Die Kämpfe. Hast du noch etwas darüber gehört, wer die Plünderer anführt?" Aedan war immer noch zu aufgeregt, um sich hinzusetzen, also begann er, im Kreis in der Kammer umherzugehen.

Drew zuckte mit den Schultern. „Ich habe nichts gehört. Nur, dass es ein Engländer ist."

„Alex Grant hat Logan Ramsay geschickt, um mir zu helfen. Er hat mir einen Teil seiner besten Krieger und Wachen dagelassen, bis dieses Problem gelöst ist."

„Ja, du sagtest, er hätte etwa hundert Wachen zurückgelassen. Und?"

„Logan Ramsay ist ein Experte für Verhöre und einer der Gründe, warum wir die Schlacht von Largs gewinnen konnten. Er hat kürzlich einen der Angreifer erwischt und ihm Informationen über die Kämpfe entlockt." Aedan ging weiter auf und ab und fuhr sich mit der Hand durchs Haar.

„Und weiter?"

„Ihr Anführer ist kein Engländer. Er ist ein Schotte, der mein Land übernehmen und die Geldtruhen der Abtei ausrauben will. Ich habe auch erfahren, dass der Anführer ein Verräter unter uns sein könnte. Du hattest recht – sie halten mich für ein schwaches Ziel."

„Ich kann nicht glauben, dass sie dich jetzt, wo du Hilfe hast, weiter für schwach halten. Die Nachricht muss sich herumgesprochen haben. Alle unsere Nachbarn wissen, dass Alex Grant sich bereit erklärt hat, dir zu helfen. Wer wäre töricht genug, gegen die Grant-Krieger anzutreten?"

„Anscheinend glauben sie, dass sie seine Wachen nach und nach ausschalten können. Logan hat ihren Plan enthüllt. Sie wollen uns alle mit den kleinen Angriffen, die sie immer wieder starten, verwirren, und dann ein oder zwei Wochen lang nichts tun. Sobald unsere Verteidigung gelockert ist, werden sie mein Land in viel größerem Maßstab direkt angreifen – mit etwa drei- bis vierhundert Mann. Die Kämpfer werden aus England geholt, aber erst in einem Monat, wahrscheinlich in der Hoffnung, dass der Grant bis dahin einige Wachen in sein Land zurückgeholt hat." Aedan hielt inne und ließ sich auf einen Stuhl fallen.

„Höllenfeuer, Cameron. Ich hoffe, er liegt falsch. Das wäre katastrophal. Wie viele Wachen hast du?"

„Nicht genug. Wir haben im Laufe der Jahre viele verloren, aber ich komme insgesamt auf ungefähr achtzig. Grant hat mir hundert dagelassen. Ich dachte, ich könnte auch auf die Wachen meiner Nachbarn zählen, aber offensichtlich nicht, wenn sie Verräter sind und gegen mich kämpfen werden."

„Ich habe ungefähr hundertfünfzig, aber es ist immer noch nicht genug."

Stille breitete sich im Raum aus, als die drei Männer über die Situation nachdachten.

„Ramsay ist ein guter Mann", sagte Neil. „Wir werden ihn um Rat bitten. Wir haben noch Tomas. Das sind fünf gute Männer. Wir müssen unseren Gegner überlisten, ihm einen Schritt voraus sein. Wir können es schaffen."

„Aye", stimmte Drew zu. „Aber wir müssen diskret sein, wenn es einen Verräter gibt. In diesem Moment könntest du beobachtet werden. Vielleicht gibt es Männer, die misstrauisch sind, warum nur du hier bist. Unsere Gruppe hat versprochen, zusammenzustehen. Die anderen könnten misstrauisch werden, wenn wir anfangen, ohne sie zu handeln."

Aedan schnappte sich einen Krug Bier. „Du hast recht, Menzie. Neil und ich werden nach Hause zurückkehren. Wir arbeiten an einem neuen Plan. Sobald wir ihn beschlossen haben, senden wir dir eine Nachricht, um dich auf dem Laufenden zu halten."

Die drei standen auf. Drew schüttelte den Kopf. „Ich bin verblüfft. Verdächtigst du jemand Bestimmtes?"

„Nay. Ich habe keine Ahnung, wer es sein könnte. Wir werden warten müssen, um zu sehen, was passiert."

Aber Aedan weigerte sich, einfach abzuwarten. Es gab Wichtigeres, das er tun musste, bevor sein Land angegriffen wurde. Da die Narren bereit waren, bis Vollmond zu warten, hatte er genug Zeit für sein Vorhaben. Er vermisste Jennie Grant. Morgen würde er zu den Grants aufbrechen, um Alex Grant um Jennies Hand zu bitten.

Bei ihrer Rückkehr traf sich Aedan in seiner Arbeitskammer mit Logan, Gwyneth, Tomas, Ruari und Neil. „Was haltet ihr davon, die Gruppe zusammenzurufen?"

Neil dachte einen Moment nach, bevor er antwortete. „Und was sollen wir ihnen sagen?"

Tomas antwortete: „Dass wir uns treffen, um sie auf den neuesten Stand zu bringen."

„Ich stimme zu", sagte Logan. „Aber wir erzählen ihnen nicht alles, was wir wissen."

„Nicht alles, aber wir sollten sagen, dass wir wissen, dass ein Verräter unter uns ist." Aedan fühlte sich besser damit. Das könnte funktionieren. „Es wird Druck auf den Verräter ausüben. Alle werden einander im Auge behalten."

Ruari setzte sich in seinem Stuhl auf. „Wenn du sie alle hierher einlädst, erkenne ich vielleicht die Stimme des Verräters."

„Genau", stimmte Aedan zu. „Und ich möchte, dass sie sich alle in die Augen sehen. Wenn wir nicht herausfinden können, wer der Verräter ist, werden sie es vielleicht tun."

Neil verschränkte die Arme. „Ich denke, das funktioniert. Wenn der Verräter weiß, dass wir seine Taktik kennen, begeht er vielleicht einen Fehler."

Aedan umfasste die Schulter seines Bruders. „Und ich hoffe, es ist ein großer Fehler."

Am nächsten Tag rief er die Gruppe im Morgengrauen zusammen. Drew kam zusammen mit Neil, Tomas, Logan, Dermid MacLean, Irvine Fletcher und Hamish Henderson. Die Unterhaltung war unbeschwert, bis Aedan sprach.

„Ich möchte euch über die Informationen auf dem Laufenden halten, die wir aufgedeckt haben." Er stand auf und bedeutete der Gruppe, sich um den Tisch zu setzen. Die meisten lächelten noch immer, aber ihr Gesichtsausdruck änderte sich schnell. „Ich habe erfahren, dass wir einen Verräter unter uns haben."

„Was? Wie hast du davon erfahren?", fragte Dermid.

Hamish sprang ein. „Das ist doch Unsinn. Ich kann nicht glauben, dass hier jemand zum Verräter werden würde. Wir kennen uns seit Jahren."

Alle sahen einander misstrauisch an, während sie die Anschuldigung kommentierten.

Logan sagte: „Mir ist klar, dass dies schwer zu glauben ist, aber ich habe das Gespräch mitangehört und es bestätigt, dass definitiv ein Verräter die Engländer anführt. Er ist Schotte und ich bin überzeugt, dass der Verräter gerade in diesem Raum ist."

Irvine zeigte anklagend mit dem Finger auf Logan und bellte: „Wer ist das, Cameron? Und wie können wir seinem Wort vertrauen? Vielleicht ist *er* der Verräter, der versucht, uns zu entzweien. Wenn wir nicht zusammenarbeiten, könnte unser Land leicht erobert werden. Wir müssen zusammenhalten."

„Das ist Logan Ramsay, ein vertrauenswürdiger Berater des Grant-Clans."

„Aber er kennt uns nicht. Ich glaube ihm nicht und ich glaube nicht, dass einer von uns der Verräter ist." Hamish erhob sich von seinem Sitz, um auf und ab zu gehen. „Wer ist auf meiner Seite? Dies ist ein klarer Fall von Teile und Herrsche."

„Ich stimme zu", sagte Dermid. „Wenn wir uns trennen, könnten wir untergehen."

„Jeder von uns hat mindestens einen Angriff erlebt", fügte Irvine hinzu. „Wer würde sein eigenes Land angreifen?"

Drew antwortete: „Ganz einfach. Jemand, der den Verdacht von sich fortlenken möchte."

Cameron hob die Hände, um die Diskussion zu beenden. „Ich habe nicht erwartet, den Schuldigen heute ausfindig zu machen. Ich sage es euch, damit ihr euch alle in Acht nehmen könnt.

Jemand in diesem Raum ist nicht der, der er zu sein vorgibt."

„Ich werde herausfinden, wer es ist", fügte Logan grinsend hinzu. „Macht euch keine falschen Hoffnungen."

Hamish, Irvine und Dermid standen auf und stürmten aus der Kammer. Bevor sie gingen, sagte Aedan: „Bitte bedenkt, was ich gesagt habe. Wir müssen sehr vorsichtig sein."

Als sie gegangen waren, wandte sich Drew an Logan. „Irgendeine Ahnung, wer es ist?"

„Nay", sagte Logan. „Aber ich meinte, was ich sagte. Ich habe Gwyneth nicht eingeladen, weil sie eine fähige Spionin ist. Wir schicken sie los, um zu sehen, was sie herausfinden kann. Aedan", er umklammerte seine Schulter, „tut, was Ihr tun müsst."

Aedan war zufrieden mit seiner Entscheidung. „Ihr mögt mich alle für einen Narren halten, aber ich reise zu den Grants."

Ruari musterte seinen Bruder aufmerksam. „Soll ich dich begleiten?"

„Nay, du musst hierbleiben. Ich gehe, um dort um Jennies Hand anzuhalten."

Ruari lächelte. „Wirklich? Ich bekomme eine Schwester?"

„Aye, wenn Grant meinen Vorschlag annimmt. Ich werde Neil und zehn der Grant-Wachen mitnehmen."

„Viel Glück, mein Freund." Drew runzelte die Stirn. „Ich wusste schon lange, dass dieser Tag kommen würde."

Jennie saß mit ihrer Familie im Solar. Alle sahen sie an, während sie ihre Schläfen rieb und sich nicht konzentrieren konnte. Ihre Albträume waren nun, da sie wieder zu Hause war, mit voller Wucht zurückgekehrt. Sie hatte ihrer Familie nie alles erzählt, was sich in ihren Träumen abspielte, nur von dem Wehklagen. Wie sehr sie sich wünschte, sie könnte etwas tun, damit die Träume aufhörten.

„Jennie?", fragte Alex, seine Arme vor der Brust verschränkt, als er sich an seinen Schreibtisch lehnte.

„Ich muss deine Interessen kennen."

Maddie griff nach ihrer Hand. „Jennie, einen Mann zu treffen ist keine Verpflichtung. Es wird nur dann eine Verpflichtung, wenn du einer Heirat zustimmst."

Sie nickte. „Ich glaube nicht, dass ich jemanden finden werde, den ich so sehr mag wie Aedan, aber wenn du möchtest, stimme ich einem weiteren Besuch zu. Zwei mögliche Anwärter gleichzeitig waren zu viel für mich."

„Jennie, ich glaube nicht, dass einer der beiden ein guter Kandidat war, und ich habe das Gefühl, dass ich dich enttäuscht habe. MacKenzie hat einen jüngeren Bruder, der interessiert ist, und ich glaube, dieser Junge wird besser zu dir passen. Wir senden ihnen eine Nachricht. Wenn du dich am Ende entscheidest, dass du Cameron bevorzugst und er um deine Hand bittet, werde ich ihn akzeptieren."

Jennie trottete aus dem Raum und die Treppe hinauf zu ihrer Kammer. Brodie trat neben sie und flüsterte: „Es ist dieser Cameron, nicht wahr?"

Jennie drehte blitzschnell den Kopf herum. „Was?"

Ihr Bruder ergriff ihre Hand. „Ich weiß, wie es ist, von einer Person so fasziniert zu sein, dass man sich für niemand anderen interessiert. Ich habe mich Hals über Kopf in Celestina verliebt, nachdem ich sie nur einmal gesehen habe."

Sie zerrte Brodie in ihre Kammer und schloss die Tür. „Aber das ist Teil des Problems. Er ist nicht hier, um um meine Hand anzuhalten, und ich habe keine Ahnung, wann er kommt. Ich tue nur aus Höflichkeit, was Alex verlangt. Ich würde es lieber nicht tun."

„Er will nur das Beste für dich. Ich sehe, dass du dich in deinem Herzen für Aedan entschieden hast. Aber Alex hat recht. Es kann nicht schaden, mit ein paar anderen zu sprechen. Dann wirst du es sicher wissen."

„Vielleicht ist es wahr, aber ich wünschte, ich wäre mir über Aedans Gefühle genauso sicher."

„Sei geduldig. Er muss seinen Clan und die Abtei beschützen. Es sind unglückliche Umstände, aber du würdest ihn jetzt nur ablenken." Er setzte sich auf einen Stuhl und zog sie auf den Stuhl daneben. „Ich weiß, dass du keine anderen Männer kennenlernen willst, aber du solltest es tun. Tu, was Alex verlangt. Du wirst es nicht bereuen."

„Warum, Brodie? Die letzten beiden waren schrecklich."

Brodie runzelte die Stirn. „Alle beide?"

„Coll war vielleicht nicht so schlecht, aber Donnal war

schrecklich."

„Aye, das stimmt. Es stimmt aber auch, dass du wenig Erfahrung mit Anwärtern hast. Drei ältere Brüder zu haben, hat das verhindert. Das ist uns nun allen bewusst. Vielleicht bist du von deinen Gefühlen für Cameron überzeugter, wenn du einen Vergleich ziehen kannst." Er zwinkerte ihr zu. „Du musst ein paar Männer küssen, Mädchen, sonst wirst du es nie wissen."

Jennie verschränkte die Arme, empört über die bloße Andeutung. „Wolltest du auch, dass Celestina andere Männer zum Vergleich küsst?"

Brodie lachte. „Aye, sie war fast mit einem anderen verheiratet. Deshalb rannte sie mir förmlich in die Arme. Ivarsson zu küssen war furchtbar, sagt sie. Frag sie nur."

Das Funkeln in seinen Augen sagte Jennie, dass sie genau das tun musste. Vielleicht war es an der Zeit, mit den Frauen ihrer Brüder über Männer und Ehe zu sprechen. Caralyn und Celestina würden ihr offen sagen, was sie wissen musste.

KAPITEL DREIZEHN

AEDAN LAG AUF dem Boden und blickte in die Sterne. Er sollte schlafen, bevor sie ihre Reise fortsetzten, aber er konnte es nicht. Der Himmel war wie eine dunkle Leinwand voller verschiedener Formationen, eine funkelnde Sammlung von Möglichkeiten, aber er sah nur eine – Jennie Grant. Jennies Gesicht füllte jeden Tag seinen Kopf und schien auch den Himmel über ihm zu füllen. Er versuchte herauszufinden, welche Sternformation am ehesten den Sommersprossen auf ihrer Nase ähnelte und grinste dann, als er eine fand, die fast genau mit dem Muster übereinstimmte.

Neil ging an ihm vorbei, als er von seinem kurzen Ausflug in die Büsche zurückkam. „Was macht Euch so glücklich?"

Er warf Neil einen Blick zu. „Es ist nichts, was Ihr verstehen würdet. Ich erinnere mich nur an etwas."

„Ich wette, es hat mit Jennie Grant zu tun." Neil kicherte, als er eine Stelle auf dem Boden fand und sich in sein Plaid hüllte.

„Glaubt Ihr, der Laird der Grants wird mich akzeptieren?"

„Zuerst nicht. Aber ich glaube, Jennie ist von Euch angetan und sie hat einen starken Willen. Sie wird ihren Bruder zwingen, ihr zuzuhören. Es kann eine Weile dauern. Ihr müsst geduldig sein und ich weiß, wie schwer Euch das fällt."

Ein paar Sekunden später hörte Aedan Neils leises Schnarchen. Er zupfte an einem Grashalm und kaute darauf, während er weiter in den Himmel sah. Jennie war so schön wie alle Sterne dort oben, aber zwei andere Dinge an ihr zogen ihn noch mehr an – ihr neugieriger Geist und ihre Leidenschaft. Selten war er jemandem begegnet, der mehr als ein vorübergehendes Interesse am Unbekannten bekundet hatte. Ihre Neugier war etwas anders als seine, aber sie verstand seine Neugier. Sie interessierte sich für die Beschaffenheit des Körpers, er interessierte sich für die Natur und den Himmel. Beide Interessen waren verschieden und doch waren sie sich irgendwie ähnlich. Sie staunte genauso wie er über die Naturgesetze und hatte den gleichen Wunsch, immer mehr, mehr, mehr zu lernen. Er staunte darüber, wie ähnlich sie sich waren, zumal er selten jemandem begegnet war, der ihn verstand.

Und ihre Leidenschaft … Sie hatte ihn fast dazu getrieben, zu weit zu gehen, obwohl er dann mit Sicherheit am Ende von Grants Schwert aufgespießt worden wäre. Wie wunderbar wäre es, sie jede Nacht in seinem Bett zu haben. Sie könnten zusammen unter den Sternen gehen, bevor sie sich liebten.

Er war fest davon überzeugt, dass sie füreinander bestimmt waren. Vielleicht hatte das Schicksal seinen Anteil daran gehabt, dass sie ihm diesen Pfeil vor so langer Zeit in den Hintern geschossen hatte. Aye, damals hatte er nicht so viel über sie nachgedacht, aber er hatte sie sehr wohl bemerkt. Wie konnte er ihr Selbstvertrauen und ihre Schönheit auch ignorieren? Jetzt musste er nur noch Alex Grant überzeugen. Er rollte sich auf die Seite und schlief ein. Visionen von Sommersprossen tanzten durch seinen Kopf.

Sie waren am nächsten Tag noch nicht weit gereist, als die Burg der Grants in Sicht kam.

„Höllenfeuer, Cameron. Ich habe so etwas noch nie gesehen. Ihr etwa?", fragte Neil, während er auf die Türme und die Mauer um den Bergfried starrte.

„Aye, das ist etwas Besonderes. Die Burg muss mehrere Schlafkammern haben. Sie ist die größte, die ich je gesehen habe." Er zeigte zur Seite. „Sie haben sogar einen See nicht weit entfernt. Das ist ein stattlicher Bau. Jetzt verstehe ich, warum Jennie so gut vor den hässlichen Seiten der Welt geschützt ist." Er spornte sein Pferd an, bestrebt, seine Mission zu erfüllen. „Schaut", sagte er zu Neil. „Grant hat um die Türme seiner Mauern Balkone gebaut, um sicher zu sein, dass niemand angreift. So etwas habe ich noch nie gesehen." Das war definitiv etwas, das er in Erwägung ziehen würde. Er stellte sich vor, dass die Sterne von diesem Standpunkt aus noch faszinierender waren.

Als sie ein bisschen näher kamen, hielt Aedan sein Pferd an.

Neil hielt neben ihm. „Was ist?"

Aedan zeigte auf die Seite der Burg. „Da ist er. Der berühmte

Kampfplatz der Grants. Wie viele Krieger üben dort Eurer Meinung nach gerade?"

„Mehr als ich je zuvor an einem Ort versammelt gesehen habe." Neil konnte seinen Blick genauso wenig abwenden wie Aedan.

Sonnenlicht blitzte in den Reihen von Schilden und Schwertern, die sich alle in einem rasenden Tempo bewegten und einen einzigartigen Lärm erzeugten. „Vielleicht werde ich versuchen, gegen einige seiner Krieger zu kämpfen. Es würde mir helfen, ein paar bessere Bewegungen zu erlernen. Ich möchte nicht noch einmal niedergeschlagen werden."

„Ich wette, Jennie Grant würde es genießen, zu sehen, wie Ihr Euer Schwert mit nacktem Oberkörper schwingt."

Aedan funkelte ihn an und Neil lachte. Diese Neckereien würden erst enden, wenn er verheiratet war. Sei es drum, das Mädchen war es wert.

Neil stieß einen Pfiff aus. „Himmel nochmal, so viele habe ich noch nie gesehen. Es sind mehr als ich zählen kann." Er musterte Aedan einen langen Moment und sein Gesicht verzog sich zu einem Grinsen. „Vielleicht gibt es noch Hoffnung für uns, wenn er bereit ist, mehr seiner Männer mit uns zu schicken. Er wird sicher zustimmen, wenn Ihr sein Schwager werdet."

Cameron lachte und führte sein Pferd im Galopp über die Heide. Als sie sich ihrem Ziel näherten, hielt er sein Pferd an, aber diesmal nur, um etwas zu beobachten, das seine Aufmerksamkeit weit mehr auf sich zog als der Kampfplatz.

Jennie. Da war sie, mitten in einem Feld voller lila Blumen. Die roten Blätter der Bäume um sie herum betonten ihre goldene Schönheit, und sie leuchtete wie der hellste Stern, den er je gesehen hatte. Er konnte seine Augen nicht von ihr lassen, als sie auf ihrem Pferd neben einem jungen Burschen ritt. Ein paar Wachen folgten in diskretem Abstand. Als sie näherkamen, bemerkte er erleichtert, dass der Junge zu jung für sie war. Er konnte nicht älter als elf oder zwölf Jahre sein, dennoch beschützte er sie so entschlossen, wie es jeder ihrer Brüder tun würde.

Aedan packte seine Zügel und ritt in ihre Richtung, von ihr angezogen wie eine Biene vom Honig. Sie war sein süßer Nektar, daran bestand kein Zweifel. Was würde er dafür geben, wieder die Süße ihrer Lippen zu kosten. Neil rief ihm etwas zu und als er nicht reagierte, ritt er ihm hinterher. Sie hatten Jennie fast erreicht, bevor sie von den Grant-Wachen umzingelt wurden und auf gezogene Schwerter blickten.

Jennie ritt auf ihn zu und hielt dann ihr Pferd an, um kurz zu staunen. Ihr Herz machte einen Sprung beim Anblick seines dunklen Haares, das im Wind wehte, und dem Lächeln, das über sein Gesicht huschte. Verdammt, ihr wurde erst jetzt klar, wie sehr sie ihn vermisst hatte, mehr als sie es für möglich gehalten hätte. Und er war wie versprochen zu ihr gekommen. Bei diesem Gedanken flatterte es in ihrem Bauch. „Aedan?"

„Aye, Jennie. Sag ihnen, dass sie uns passieren lassen können."

Der Junge lenkte sein Pferd vor Jennie, versperrte Aedans Sicht auf sie und zog sein kleines Schwert. „Dies ist die Schwester des Lairds der Grants und Ihr habt ihr nichts zu befehlen. Reitet zur Burg."

Aedan zog die Augenbrauen hoch.

„Loki", sie griff nach seinem Schwert und zwang ihn, es zu senken. „Ich möchte dir Aedan, den Laird der Camerons, vorstellen. Das neben ihm ist Neil, der Hauptmann seiner Wachen."

Loki schob ihre Hand weg und hielt seinen Schwertarm weiter bereit. „Das ist mir egal. Du bist meine Tante und kein Mann darf dich anrühren."

Jennie seufzte. Es war unmöglich, mit Loki zu diskutieren. Er beschützte alle Frauen des Grant-Clans. „Folge mir, Aedan. Ich bringe dich zu meinem Bruder. Ich nehme an, das ist der Grund, warum du hier bist."

„Aye. Ich muss mit deinem Bruder sprechen", bestätigte er. „Vielen Dank."

Jennie ritt voran, obwohl sie sich fühlte, als ob ihr Herz in zwei Teile gerissen worden wäre. Sie hatte ihn schon eine ganze Weile nicht gesehen und er hatte kaum mit ihr gesprochen. Ihre Wangen glühten bei der Erkenntnis, dass der Mann, in den sie verliebt war, nur eine Pferdelänge entfernt war, aber kaum mit ihr sprach. Hatte sie sich die Verbindung zwischen ihnen doch nur eingebildet?

Loki ritt hinter ihr her. „Ich mag ihn nicht", brummte er.

Jennie rief über ihre Schulter: „Gewöhn dich lieber an ihn. Alex wird ihn sehen wollen."

Sie spornte ihr Pferd an und eilte der Gruppe voraus, da sie nicht wollte, dass Aedan merkte, dass sie verärgert war. Wäre es nach ihr gegangen, hätte sie sich ihm in die Arme geworfen, aber er brachte nicht einmal einen ordentlichen Gruß zustande. Vielleicht war es gut, dass Ennis MacKenzie auf dem Weg zu ihr war. Der junge Mann würde heute Abend hier sein und er würde sie wenigstens beachten.

Als sie bei den Ställen ankamen, stieg Jennie ab. „Loki wird Alex über deine Ankunft informieren. Warum kommt ihr beide nicht auf ein Bier und etwas zu essen herein?"

Aedan nickte. „Das wäre sehr freundlich." Er und Neil stiegen ab und folgten ihr hinein.

Sobald sie im großen Saal ankamen, rief Jennie eine Dienerin herbei, führte Aedan zu einem Tisch und eilte dann die Treppe zu ihrer Kammer hinauf, in der Hoffnung, dass sie es hinein schaffte, bevor ihre Tränen fielen.

Aedan sah Jennie nach, als sie davonlief. Er hatte sie zwar nicht überschwänglich begrüßt, aber sie waren ja auch nicht allein gewesen. Die Begleitung des Jungen hatte ihn ebenso abgeschreckt wie Neil. Sein größter Wunsch war es, seine Arme um sie zu legen und noch einmal ihre Lippen zu kosten, aber das wäre nicht gerade angemessen gewesen.

Irgendetwas stimmte nicht mit ihr. Er konnte es an ihrer Haltung erkennen, obwohl er wünschte, er könnte ihren Blick erhaschen, um es genau zu wissen. Vielleicht war die Tatsache, dass sie sich weigerte, ihn anzusehen, bereits eine Antwort. War sein Verhalten so schlimm gewesen, dass sie davongerannt war?

Neil riss ihn aus seinen Gedanken. „Großartig, Cameron. Wenn Ihr an ihr interessiert seid, habt Ihr eine seltsame Art, es zu zeigen. Ich habe noch nie gesehen, dass jemand so schnell ein Mädchen aus einem Saal verjagt. Hättet Ihr nicht mit ihr sprechen können?"

„Ich habe doch mit ihr gesprochen." Aedan sah Jennie immer noch nach.

„Aye, damit sie die Wachen zurückruft. Hättet Ihr nicht nach ihrem Wohlbefinden fragen können oder so etwas? Selbst der Weg von den Ställen hierher war unangenehm." Neil schüttelte den Kopf und setzte sich auf eine Bank.

„Ist Euch auch aufgefallen, wie unangenehm es war? Was war nur mit dem Mädchen los? Ich habe sie eine Weile nicht gesehen und sie rennt davon, als ob sie mich überhaupt nicht kennt." Er strich sich mit der Hand übers Kinn, während er über die Situation nachdachte.

„Aedan, muss ich Euch wirklich beibringen, dass ein Mädchen gern süße Worte von einem Mann hört?"

„Was?" Er starrte seinen Freund verwundert an. Was um alles in der Welt bedeutete das? Süße Worte?"

„Frauen mögen es, wenn man ihnen Komplimente macht und ihnen ein freundliches Lächeln schenkt. Ihr habt sie angeschaut, als wolltet Ihr sie fressen. Das war kein netter Anblick."

„Keine Sorge, Neil. Setzt Euch. Ich kann mit dem Mädchen umgehen. Aber ich darf die anderen Gründe für unseren Besuch nicht vergessen. Wir haben wichtige Angelegenheiten zu besprechen … Angelegenheiten, die auch unseren Clan betreffen." Er würde alles in Ordnung bringen, wenn er sie das nächste Mal sah, nun, wenn er seine Zunge denn bewegen könnte. Wie konnte er Neil erklären, dass sich Worte einfach nicht mit der normalen Leichtigkeit formten, wenn er in Jennies Gegenwart war?

„Ich werde nicht mit Euch diskutieren, Cameron. Ich denke nur, Ihr könntet ein bisschen netter zu dem Mädchen sein."

Das Abendessen stand kurz bevor und Jennie konnte sich nicht länger in ihrer Kammer verstecken. Caralyn und Celestina waren bei ihr und halfen ihr, sich auf den Abend vorzubereiten.

„Jennie, du bist so schön." Caralyns Augen wurden feucht.

„Sieht dieses Kleid angemessen aus?" Sie zupfte an ihren Röcken herum und versuchte ein letztes Mal, alle Falten glattzustreichen.

Celestina umarmte sie. „Jennie, ich habe dich noch nie so besorgt um dein Äußeres gesehen, obwohl ich mich darüber freue. Aber ich muss fragen, ob es Cameron oder Ennis MacKenzie ist, der dich so nervös macht?"

Ashlyn stand hinter ihrer Mutter, spähte hinter ihren Röcken hervor und kicherte.

„Pst, Mädchen", sagte Caralyn mit einem Lächeln.

Gracie kletterte auf das Bett und hüpfte auf den Kissen herum. „Jennie ist so hübsch. Mama, darf ich ein Kleid wie das von Jennie haben?"

Jennie trug ein tiefrotes Unterkleid und das Überkleid bestand aus dem roten Grant-Karo. Das Mieder war aus schwarzem Samt mit roten Bändern. Ihr Haar war mit einem roten Samtband geflochten, aber einige ihrer Locken fielen ihr ins Gesicht. Jennie warf Gracie einen Blick zu. „Eines Tages wirst du viel hübschere Kleider haben als ich, besonders bei deinen goldenen Haaren. Dein Vater wird dich in Perlen kleiden."

Ashlyn warf ihrer Mutter einen Blick zu. „Mama, darf ich ihr die Blumen ins Haar stecken? Avelina hat mir beigebracht, wie es geht."

Jennies Gesicht hellte sich auf. „Aye, bitte, Ashlyn."

Celestina flüsterte: „Du hast meine Frage nicht beantwortet, Jennie."

„Ich dachte nicht, dass ich antworten muss. Ich bin Ennis MacKenzie noch nie begegnet. Die Wahrheit ist, dass ich Aedan Cameron mochte, aber er hat mich bei seiner Ankunft so verärgert, dass ich es vorziehen würde, nicht mit ihm zu sprechen. Ich werde mich in die Nähe von Ennis setzen und verlasse mich darauf, dass er mir dabei hilft."

„Was hat dich so verärgert?", fragte Caralyn.

„Er hatte nicht einmal die Höflichkeit, mit mir zu sprechen. Er hatte es nur eilig, Alex zu sehen."

Caralyns Augen funkelten. „Nun, wir müssen sehen, was wir tun können, um den jungen Mann eifersüchtig zu machen. Nichts funktioniert besser als ein anderer Mann, der um deine Hand anhalten will. Aedan wird wahrscheinlich nicht damit rechnen, dass noch jemand hier ist, der sich mit dir verloben will."

Jennie spielte mit ihren Haaren. „Nichts wird Aedan eifersüchtig machen. Er ist anders als andere Männer. Sein Kopf ist bei den Sternen." Sie schmunzelte.

„Was?", fragte Celestina. „Ich verstehe nicht."

„Aedan liebt die Sterne am Nachthimmel und denkt viel über

sie nach." Sie ließ den Kopf hängen und wünschte, sie hätte sich nicht über Aedan lustig gemacht. „Aber im Moment hat er viele Probleme damit, seinen Clan zu beschützen."

Die Tür flog auf und Maddie stürzte in die Kammer. „Jennie." Sie blieb keuchend stehen. „Du siehst absolut umwerfend aus." Gracie rannte an Maddies Seite und umarmte sie, während Maddie ihre Aufmerksamkeit auf Jennie lenkte. „Komm, wir sollten nach unten gehen. Die Männer warten schon eine Weile an der Feuerstelle und es ist Zeit zu essen. Die Köchin hat ein Festmahl gezaubert."

Maddie führte sie den Gang hinunter zur Treppe. Da sie nicht die erste sein wollte, die hinabging, schob Jennie Gracie und Ashlyn vor sich her. Als sie die Treppe in den großen Saal hinabstieg, konnte sie alle Blicke auf sich spüren, weigerte sich aber, zum Feuer zu schauen. Nach ein paar Augenblicken konnte sie es nicht länger ertragen. Sie wagte es hinzuschauen und entdeckte, dass Aedans glühender Blick auf sie gerichtet war und ihr Inneres wärmte.

„Oh, mein Gott", flüsterte Celestina. „Ich denke, wir müssen dich beschützen. Er sieht aus, als wollte er dich verschlingen wie ein Wolf."

Jennie errötete, weil sie wusste, dass Celestina von Aedan sprach.

Alex trat an ihre Seite und stellte sie Ennis MacKenzie vor. Ennis hatte dunkelrote Haare und war ziemlich groß. Sein Aussehen war ansprechender, als sie erwartet hatte. Dunkle Augen musterten sie von Kopf bis Fuß und als sich ihre Blicke trafen, stellte sie fest, dass sie nicht wegsehen konnte. Ennis hatte ein schönes Lächeln, starke weiße Zähne und hohe Wangenknochen.

Als Ennis ihre Hand losließ, schritt Aedan zu ihrer Überraschung direkt auf sie zu und verbeugte sich leicht. „Lady Jennie. Es ist mir eine Freude, Euch wiederzusehen."

Ennis kontrollierte seinen überraschten Blick ziemlich schnell. „Ihr kennt einander?"

Jennie nickte. „Ich war in Lochluin Abbey untergebracht, als ich den Laird der Camerons kennenlernte. Es ist mir auch eine Freude, Euch wiederzusehen." Bevor sie dazu kam, noch etwas hinzuzufügen, nahm Ennis ihren Arm und begleitete sie an die große Tafel, die Alex anstelle des üblichen Tisches hatte decken lassen. Alex zog es vor, jeden am Tisch im Auge zu behalten, was die sonstige, nur einseitige Sitzordnung verhinderte, wenn die Gesellschaft größer als gewöhnlich war. Alex saß nun zwischen Jennie und Maddie, während Ennis auf Jennies anderer Seite Platz nahm. Auf Alex' Geheiß hin setzten sich Aedan und Neil ihm gegenüber.

Brodie saß Jennie ebenfalls gegenüber, neben Celestina, Robbie und Caralyn. Sie saßen noch nicht lange, da trat Brodie sie leicht unter dem Tisch und verdrehte die Augen. Sie runzelte die Stirn und starrte auf ihre Hände in ihrem Schoß. Zu viele Leute beobachteten sie bei jeder Bewegung. Dieses Essen würde nicht einfach werden.

Alex begann das Gespräch. „MacKenzie, ich hoffe, Ihr hattet keine Probleme auf Eurem Weg hierher?"

„Nay, ich habe zehn Wachen mitgebracht, aber wir wurden nicht belästigt."

Celestina sprach als nächstes. „Erzählt uns doch von Eurer Burg, Mylord."

Ennis lächelte. „Gern. Es ist mir ein Vergnügen."

Jennie bemerkte, dass Maddie ein Gespräch mit Aedan begann. Sie sah unter ihren Wimpern verstohlen zu ihm, wandte sich aber ab, sobald sie seinen Blick erhaschte.

„Lady Jennie, ich habe gehört, Ihr seid eine gute Heilerin. Wir brauchen immer mehr Heiler. Meine Mutter ist derzeit unsere Heilerin und sie liebt es, über ihre Kunst zu sprechen, wie sie es nennt. Ich glaube, sie hat sich oft mit Eurer Mutter unterhalten, als sie noch lebte."

Jennie unterdrückte den Wunsch, bei der Erwähnung ihres Handwerks mit den Augen zu rollen und zu seufzen. Für manche Leute schien sie nicht mehr als eine Heilerin zu sein, aber sie wusste, dass ihre Mutter sich gelegentlich mit seiner Mutter getroffen hatte, also würde sie höflich sein.

„Aye, ich glaube, meine Schwester hat mir gegenüber ihren Namen erwähnt. Ich würde mich freuen, mich mit ihr auszutauschen." Sie versuchte, Ennis ihre volle Aufmerksamkeit zu schenken, aber Aedans Anwesenheit lenkte sie ab.

„Mein Vater hat ihr eine besondere Kammer gebaut, bevor er starb. Darin sind viele Regale für ihre Wickel und Kräuter eingebaut. Sie hat sogar ein spezielles Katalogisierungssystem für ihre Lieblingsmischungen und -salben entwickelt. Die Hälfte des Raumes ist ihren Hilfsmitteln gewidmet und ein separater Bereich beherbergt ihre Bücher und die Tagebücher ihrer Heilungen."

„Sie führt Tagebuch?", fragte Jennie mit echtem Interesse.

„Aye, sie hat über jede einzelne Krankheit geschrieben, die ihr begegnet ist und wie sie sie behandelt hat. Jetzt versucht sie, die gleichen Krankheiten zusammen zu katalogisieren, damit sie ihre Behandlungen vergleichen kann."

Jennie staunte über diese einzigartige Idee. „Ich würde mich freuen, das von ihr geschaffene System einmal zu sehen."

„Und sie würde es Euch sicher gern zeigen. Sie ist sehr stolz auf ihre Arbeit, aber nicht viele schätzen ihren Wert oder möchten darüber diskutieren. Ihr wisst sicher, dass manche Leute sehr empfindlich sind, wenn es darum geht, über Krankheiten zu sprechen."

„Habt Ihr auch eine Bibliothek?" Jennie konnte ihre Aufregung bei dem Gedanken nicht zurückhalten. Ihre Lieblingskammer in der Abtei hatte Spuren hinterlassen.

„Nay, noch nicht, obwohl meine Mutter zu gern eine hätte. Ihr könntet vielleicht eine einrichten? Nichts würde ihr mehr gefallen. Übrigens, Eure Haare sind heute Abend wunderschön. Wer auch immer die Blumen in Eure Zöpfe gewebt hat, hat sehr gute Arbeit geleistet."

Sie sah eine Regung im Augenwinkel und bemerkte nach einer leichten Drehung, dass Aedan Ennis finster anstarrte. Er hatte nichts Anstößiges oder Unfreundliches gesagt, was hatte er also getan, um eine solche Reaktion hervorzurufen? Celestina stupste sie mit ihrem Fuß unter dem Tisch an und Jennie sah zu ihr. Celestina warf dem Laird der Camerons einen heimlichen Blick zu und versuchte, ihr Lächeln zu verbergen, scheiterte aber kläglich.

Dann wurde ihr klar, was Celestina sagen wollte. *Aedan ist eifersüchtig.* Sie sah zu ihm und er starrte sie finster an. Celestina hüstelte, also wandte Jennie ihre Aufmerksamkeit wieder Ennis zu. Er war ein gutaussehender Mann, das musste sie zugeben. Nicht so attraktiv wie Aedan, aber doch gut anzuschauen.

Alex hatte ein paar Minnesänger und Geiger eingeladen, um die Gäste zu unterhalten. Die Spielleute kamen, nachdem alle das Essen beendet hatten, und sobald die ersten Takte erklangen, hielt Ennis Jennie seine Hand hin und sagte: „Mylady, würdet Ihr mir die Ehre erweisen, mit mir zu tanzen?"

Jennie, schockiert und erfreut über die Einladung, sprang von ihrem Sitz auf. Alex erlaubte ihr nicht, mit Männern außerhalb der Familie zu tanzen, also war dies eine neue Erfahrung für sie. Andere gesellten sich zu ihnen und die Musik wurde von Klatschen und Gesängen begleitet.

Ennis hielt sie mit einer Hand fest, zum einen, um sein Interesse an ihr auszudrücken, aber auch, um sie vor der übermütigen Menge zu schützen. Es gelang ihm, zu verhindern, dass sie von anderen Tänzern angerempelt wurde. Sie musste zugeben, dass es ziemlich verlockend war, mit einem Mann zu tanzen, obwohl sie sich wünschte, es wäre Aedan. Vielleicht würde er sie ja um den nächsten Tanz bitten.

Doch Aedan tat es nicht. Stattdessen saß er weiter am Tisch und sah zu, die Arme verschränkt und unruhig mit den Füßen scharrend. Auch gut. Jennie hatte so lange mit dem Tanzen gewartet und würde sich diese Gelegenheit nicht entgehen lassen. Sie tanzte mit Robbie und Brodie und sogar mit Neil, aber Aedan rührte sich immer noch nicht.

Neil beugte sich am Ende ihres Tanzes vor und flüsterte: „Er weiß nicht, wie er Euch bitten soll. Ihr werdet ihn auf die Tanzfläche ziehen müssen."

Aber Robbie hatte Neil gehört und kam am Ende des Tanzes zu ihr. „Denk nicht einmal daran. Alex wäre sehr verärgert, wenn du den Laird aufforderst. Wenn er mit dir tanzen will, muss er schon aufstehen."

Jennie entschied, dass Robbie recht hatte. Und so schmollte Aedan weiter und sie tanzte weiter. Bevor sie sich versah, zog Ennis MacKenzie sie zur Tür.

„Ich finde es hier drinnen zu warm. Darf ich Euch zur Abkühlung nach draußen begleiten, Lady Jennie?"

Jennie zuckte mit den Schultern und folgte ihm nach draußen.

KAPITEL VIERZEHN

AEDAN WAR KURZ davor, jemandem die Faust ins Gesicht zu schlagen, und es würde höchstwahrscheinlich Grants Gast sein.

Während des gesamten Abendessens hatte er sich auf die Zunge gebissen, während Ennis MacKenzie sein Mädchen umgarnt hatte. *Sein* Mädchen, nicht das dieses MacKenzies. Er würde Jennie nicht gehen lassen. Warum zum Teufel war dieser Kerl hier?

Neil beugte sich während des Essens vor und lachte in sein Ohr. „Ich muss Euch nicht mehr beibringen, wie man nett mit einem Mädchen redet. Dieser MacKenzie macht es ziemlich gut, nicht wahr? Hört Ihr zu, um es von ihm zu lernen? Jennie genießt seine Unterhaltung jedenfalls."

Aedan trat Neils Fuß unter den Tisch.

„Autsch!"

„Stimmt etwas nicht?", fragte Alex.

„Oh, nein. Neil hat sich nur gestoßen", sagte Aedan gedehnt.

Er gab es nur ungern zu, aber er lernte tatsächlich einiges von Ennis MacKenzie. Er lernte, wie sich Jennies Gesicht aufhellte, wenn ihr jemand sagte, dass ihr Haar wunderschön war. Wie sie lächelte, wenn ein Mann gute Manieren bewies. Jennie aß am liebsten süße Törtchen, stellte Aedan fest, und sie freute sich, als MacKenzie ihr noch eines anbot.

Aber MacKenzie bemerkte nicht alles, was Aedan auffiel. Aedan bezweifelte zum Beispiel, dass der andere bemerkt hatte, wie Jennies Gesicht aufleuchtete, als das Wort *Bibliothek* fiel, oder wie sie bei der Erwähnung von Büchern leicht Luft holte, fast so, als wünschte sie sich, sie könnte den Duft eines dicken Wälzers einatmen – ein Gefühl, das er genauso genoss wie sie. Wahrscheinlich bemerkte MacKenzie auch das kleine Muttermal auf der zarten Haut über ihrem Schlüsselbein nicht, und er wusste definitiv nicht, wie süß diese Stelle ihrer Haut schmeckte. MacKenzie war sich noch nicht bewusst, wie man sich im verlockenden Duft von Jennie Grant verlieren konnte.

Er hielt nachdenklich inne und hörte nicht einmal die Frage, die Alex Grant ihm gerade gestellt hatte. Aye, er war verliebt. Er liebte Jennie Grant von ganzem Herzen und er würde nicht zulassen, dass Ennis MacKenzie zwischen sie kam. Er musste bald mit Alex Grant sprechen. Mit etwas Glück würde sein Angebot angenommen und MacKenzie würde nach Hause gehen.

Neil trat ihn unter den Tisch und Aedans Blick schoss zu Alex Grant. „Es tut mir leid, Laird Grant. Könntet Ihr das bitte wiederholen?"

„Ich sagte gerade, wie besonders meine Schwester ist, aber ich denke, das wisst Ihr bereits, nicht wahr, Cameron?" Alex Grant warf ihm einen verschmitzten Blick zu.

Aye, das wusste er, und die Sehnsucht in seinem Herzen war Beweis genug dafür. „Eure Schwester ist definitiv in vielerlei Hinsicht etwas Besonderes. Ich stimme Euch voll zu. Könntet Ihr Euch morgen vielleicht Zeit für mich nehmen? Ich möchte Euch um ein privates Gespräch bitten."

„Aye, das lässt sich einrichten."

Alex klopfte ihm auf die Schulter und warf ihm einen Blick zu, den Aedan gern als Zustimmung interpretieren wollte, aber er war sich nicht sicher. Was konnte er tun, um Alex Grant zu beeindrucken? Höllenfeuer, er hatte keine Ahnung. Er war zu sehr damit beschäftigt, sich zu entscheiden, wie er dessen Schwester beeindrucken sollte. Sie hatte für ihn oberste Priorität.

Die Geiger und Minnesänger strömten in den Raum und die Menge wuchs, als weitere Leute vom Grant-Clan hereinströmten, um sich mit der Unterhaltung zu vergnügen. Aedan hatte noch nie in seinem ganzen Leben getanzt. Sein Vater hatte geglaubt, dass Tanzen wegen ihrer Nähe zur Abtei unangemessen sei, also hatten sie es nicht oft getan.

Jennie schien sich sehr dabei zu vergnügen, erst mit Ennis zu tanzen, dann mit ihren Brüdern, sogar mit Neil und dem jungen Burschen, der sie zu Pferd beschützt hatte. Wie sehr er sich doch wünschte, er könnte mit ihr tanzen, ohne sich zum Narren zu machen.

Der Saal erwärmte sich schnell und alle Körper bewegten sich zur Musik. Neil und Alex amüsierten sich auf der Tanzfläche, also war er allein geblieben. Aedan wandte seinen Blick nur für einen Moment ab, aber als er zurückkehrte, um Jennie zu finden, konnte er sie nirgendwo sehen.

Bis er bemerkte, dass sie mit Ennis MacKenzie hinausging. Aedan folgte ihnen.

Zuerst war er sich nicht sicher, wohin sie gegangen waren, aber dann bemerkte er den kaum erhellten Gemüsegarten neben dem Bergfried. Er folgte dem gewundenen Pfad, bis er eine Bank fand, die jedoch verlassen war. Wo zum Teufel hatte MacKenzie sie hingebracht? Er würde dafür sorgen, dass der Mann es bereute, es jemals gewagt zu haben, Jennie Grant anzufassen. Er sah überall hin, aber es war, als wäre sie verschwunden. Nur ein Gedanke hallte in seinem Kopf wider: *Sie gehört mir.*

Seine Eingeweide verkrampften sich vor Angst, aber er sagte sich, dass er sich die Dinge nur einbildete. Aber wo zum Teufel waren sie?

Jennie ging mit Ennis spazieren und bog in Richtung Brennas Garten ab, weg von der Menschenmenge in der Vorburg. Sie vertraute Ennis mehr als ihren ersten beiden Verehrern zusammen und sie musste Brodie zustimmen. Vielleicht tat es ihr gut, Männer zu vergleichen. Ennis MacKenzie war der einzige andere Mann, der ihr Interesse geweckt hatte, warum sollte sie also nicht sehen, wie es sich anfühlte, in seinen Armen zu sein?

„Darf ich Euch Jennie nennen? Und nennt mich bitte Ennis."
„Natürlich."

„Jennie, ich würde Euch gern zu mir nach Hause bringen, um meine Mutter kennenzulernen. Sie würde sich freuen, mit Euch über Heilung zu sprechen."

Jennie rieb sich den Nacken. Höllenfeuer, das Tanzen hatte sie erhitzt. Schweiß perlte an ihrem Haaransatz. Sie wusste, dass es nicht sehr damenhaft war, zu schwitzen, also versuchte sie, ihn unauffällig wegzutupfen.

„Wärt Ihr einverstanden, mit Eurem Bruder über eine solche Reise zu sprechen?"

Jennie sah in seine freundlichen Augen. „Ich bin gerade erst zu Hause angekommen, weshalb ich noch nicht ganz bereit bin, schon wieder zu reisen. Vielleicht in einer Woche."

Sie war nicht bereit zu gehen, solange Aedan hier war. Das war die Wahrheit. Ennis war nett, aber das zwischen ihr und Aedan war etwas ganz Besonderes und sie musste herausfinden, ob Aedan Interesse an ihr hatte. Wenn sie jetzt ins Land der MacKenzies reiste, bestand die Möglichkeit, dass sie ihn nie wiedersehen würde.

Nein, sie musste eine Weile hierbleiben. Irgendwie bemerkte Jennie gerade, dass sie ziemlich weit vom Hauptweg abgekommen waren. Der Himmel um sie herum war dunkel und Ennis hatte es geschafft, sie unter einen großen Baum zu manövrieren. Ehe sie sich versah, war ihr Rücken gegen den Baumstamm gedrückt und Ennis legte seine Hand auf ihre Schulter.

Seine Lippen senkten sich auf ihre und sie ließ ihn gewähren. Er versuchte, seinen Mund so an ihren zu drücken, dass sie ihre Lippen öffnete, aber sie weigerte sich, weil es einfach nicht dasselbe war. Es war kein schlechter Kuss, aber er war auch nicht verlockend.

Er war ein netter Kerl. Das Problem war, dass er nicht Aedan war.

Plötzlich drang ein lautes Knurren an ihre Ohren und sie sprang gerade rechtzeitig zurück, um zu sehen, wie Aedan Ennis am Nacken packte und ihn über den steinernen Pfad schleuderte, wo er wie betäubt auf dem Boden landete.

„Was zum Teufel soll das, Cameron?", schrie Ennis. „Schert Euch um Eure eigenen Angelegenheiten."

Aber Aedan warf sich auf Ennis, holte aus und seine Faust schlug ins Gesicht des anderen Mannes. „Jennie gehört mir. Fasst sie nie wieder an."

Ein weiterer lauter Schrei zerriss die Luft und neben den beiden fiel etwas aus dem Baum.

Loki. Er kam neben den beiden Männern zum Stehen, zog blitzschnell sein Schwert und richtete es auf MacKenzie.

„Ihr solltet Euch beide von meiner Tante fernhalten", knurrte Loki.

„Loki, hör auf! Aedan, hör auf!", rief Jennie, als Brodie den Weg herunterkam.

„Himmel nochmal. Jennie? Loki? Was geht hier vor? Ich habe Lokis Schrei gehört, als ich nach draußen ging." Brodie stand mit verschränkten Armen vor ihnen.

Alle anderen waren wie erstarrt und Loki richtete immer noch sein Schwert auf die ringenden Männer, wodurch sie gezwungen waren, voneinander abzulassen. „Steht auf", sagte Brodie zu den beiden Männern am Boden.

Aedan stand auf und trat an Jennies Seite. „Geht es dir gut?"

„Aye." Sie starrte ihn an. „Mir geht es gut. Was hat das zu bedeuten?"

„Ich habe deine Ehre verteidigt. Er hatte seine Hände dort, wo sie nicht hingehören."

Ennis sprang auf und klopfte sich mit einem verlegenen Gesichtsausdruck die Kleidung ab. „Entschuldigt, aber ich habe nichts gegen den Willen der Lady getan."

Brodie runzelte die Stirn, als er Jennie ansah. „Jennie? Möchtest du dich erklären?"

Jennie stammelte, als sie merkte, dass sie sich in eine sehr unangenehme Position gebracht hatte. „Bitte. Es ist vorbei. Können wir es einfach dabei belassen?"

Loki rief: „Zur Hölle! Er hatte seine Hände überall auf ihr. Dafür muss er büßen." Er hob sein Schwert so, dass die Spitze dicht an MacKenzies Kehle war.

Ennis verdrehte die Augen. „Ernsthaft, Grant? Das ist doch lächerlich."

Brodie starrte ihn finster an. „Ist es das?"

Lokis Gesicht glühte rot vor Wut und seine Augen blitzten so gefährlich, wie Jennie es noch nie gesehen hatte. „Man kommt nicht ins Land seiner Freunde und greift die Schwester des Lairds an … oder jemandes Tante. Wir werden sehen, was mein Laird dazu zu sagen hat."

„Loki, senke dein Schwert." Brodie stemmte die Hände in die Hüften.

„Muss ich wirklich? Sie verdienen doch eine Bestrafung." Loki umklammerte sein Schwert so fest, dass seine Knöchel weiß hervortraten.

„Loki!", beharrte Brodie mit zusammengebissenen Zähnen. „Ich weiß, dass du der große Beschützer all unserer Mädchen und Frauen bist, aber ich denke, Jennie kann auf sich selbst auf-passen."

Loki senkte den Kopf und er tat, was ihm gesagt wurde. „Eines Tages wirst du meine Dienste noch zu schätzen wissen."

„Das habe ich bereits, mein Junge, wie du weißt. Und nun geh wieder hinein."

Loki schlurfte mit hängenden Schultern zum Bergfried. Er spähte noch einmal über seine Schulter, um Jennie einen verlo-renen Blick zuzuwerfen, stapfte dann aber weiter.

Als der Junge in einiger Entfernung war, sagte Brodie: „Mein Sohn ist ein tüchtiger und tapferer Junge und seine Absichten sind ehrenhaft. Meine Frage ist, ob er diesmal recht hatte. MacK-enzie? Cameron?" Er sah zwischen den beiden hin und her.

Jennie flehte ihren Bruder an. „Brodie, ich bin freiwillig herge-kommen. Bitte belass es dabei."

Brodie musterte alle drei Gesichter, während Jennie den Atem anhielt. Er zeigte zur Burg. „Ich würde gern allein mit meiner Schwester sprechen."

Die beiden Männer gingen zurück zum großen Saal, MacKen-zie ging weit vor Cameron.

„Mädchen, du wirst ein paar Herzen brechen, wenn du so weitermachst." Brodie legte seinen Arm um ihre Schulter.

„Ich habe nur getan, was ihr alle vorgeschlagen habt." Sie scharrte mit den Füßen und starrte auf den Kies auf dem Weg.

„Und?"

„Ennis ist nicht der Richtige."

„Ich verstehe. Wenn sie ihren Zweck erfüllt hat, werde ich diese Angelegenheit auf sich beruhen lassen."

Sie packte Brodies Oberarm und ihre Unterlippe bebte. „Bitte erzähl Alex nichts davon."

„Ich werde dir diesmal den Gefallen tun, aber bitte mich das nicht noch einmal." Er tätschelte ihre Hände.

Jennie atmete erschaudernd aus. „Ich werde keine Herzen bre-chen. Ich weiß nicht, warum sich Aedan so verhalten hat. Er hat den ganzen Tag kaum mit mir gesprochen."

„Ich würde sagen, der Junge hegt starke Gefühle für dich. Männer prügeln sich nicht umsonst um ein Mädchen."

„Dann hat er eine seltsame Art, es zu zeigen." Obwohl sie

zugeben musste, dass sie froh war, dass er ihr gefolgt war, um ihre Ehre zu verteidigen. Sie würde ihn später beiseite ziehen und ihm dafür danken müssen.

„Und du wirst bald ein weiteres Herz brechen, also sei bitte vorsichtig."

„Was? Von wem redest du?" Sie hatte keine Ahnung, wovon Brodie sprach.

„Von Loki. Siehst du nicht, wie besessen er von dir ist? Er folgt dir überall hin. Aye, er ist jung und weiß es nicht besser, aber er ist verzaubert von dir, und wir haben alle gelitten, als du weg warst. Bitte sei sehr behutsam mit seinem jungen Herzen."

„Loki?" Jetzt, wo Brodie es erwähnte, erkannte sie es auf einmal. Er folgte ihr überall hin. Wenn er nicht auf dem Kampfplatz war oder sich nicht um seinen kleinen Bruder kümmerte, war er bei ihr. Und er hatte sich auf der Heide bei Aedans Ankunft genauso beschützend verhalten wie gerade eben.

Brodie nickte. „Denk darüber nach."

„Aye." Sie kaute auf ihrer Unterlippe und dachte daran, was seit ihrer Rückkehr aus der Abtei passiert war. „Du hast recht. Ich werde mit ihm reden."

„Sei einfühlsam dabei, Mädchen. Sehr einfühlsam."

KAPITEL FÜNFZEHN

SOBALD JENNIE DIE Burg betreten hatte, suchte sie nach Loki. Schließlich fand sie ihn in einer abgelegenen Ecke, wo er mit hängenden Schultern die Leute beobachtete, die sich unterhielten.

„Loki?"

Sein Gesicht hellte auf, als er sie sah. „Jennie. Ich entschuldige mich dafür, mich eingemischt zu haben, aber ich mag diese Männer nicht."

Jennie setzte sich auf eine Bank und klopfte auf den Sitz neben ihr. Loki setzte sich und ließ den Kopf hängen.

„Ich kann nicht glauben, dass du fast so groß bist wie ich. Wann bist du so gewachsen?"

Seine Augen funkelten und er grinste, als er sie ansah. Es freute ihn offensichtlich, dass sie bemerkt hatte, dass er älter wurde.

„Ich danke dir dafür, dass du mich stets beschützt", sagte sie. „Die Gesellschaft von Männern ist neu für mich, nachdem Alex mich so lange beschützt hat."

„Aye. Nun, du musst immer noch beschützt werden. Dieser Ennis tat Dinge, die er nicht hätte tun sollen." Loki runzelte die Stirn und starrte auf seine Füße.

„Es stimmt, er hat mich geküsst, aber ich habe es zugelassen."

„Warum? Siehst du denn nicht, dass er nicht der Richtige für dich ist?", fragte er mit gerunzelter Stirn.

„Aye, jetzt tue ich es. Aber ich musste es selbst herausfinden. Du wirst zu schnell erwachsen für mich, Loki. Vor nicht langer Zeit hättest du Ennis noch eine säuerliche Schweinsnuss genannt."

Loki lachte. „Ich mochte diese Bezeichnung. Aber Ennis ist keine Schweinsnuss." Er sah ihr in die Augen. „Musst du denn wirklich einen Mann aussuchen?"

Brodie hatte mit seiner Einschätzung von Lokis Zuneigung recht gehabt. Sie dachte einen Moment nach, bevor sie wieder sprach. „Alex zwingt mich nicht zu wählen, aber ich möchte heiraten. Es gab eine Zeit, in der ich meine Brüder mehr liebte als ich jeden anderen Mann lieben könnte. Weißt du, ich habe dich immer für meinen Bruder gehalten und nicht für meinen Neffen. Du bist viel älter und reifer als meine anderen Neffen. Ich fühle mich, als ob ich vier Brüder hätte, die alle auf mich aufpassen."

„Aye, das stimmt." Er nickte und wartete darauf, dass sie fortfuhr.

„Weißt du, dass ich mir einmal von einem Stern gewünscht habe, dass du schnell genug erwachsen wirst, damit du in meinem Alter bist und wir heiraten können?" Vielleicht würde er sich mit dieser Erklärung besser fühlen. Sie erinnerte sich, dass sie in ihrer Jugend zahlreiche Schwärme gehabt hatte. Enttäuscht zu werden, tat in jedem Alter weh.

„Wirklich?" Seine Augen weiteten sich.

„Aye, wirklich." Sie hielt inne und gab Loki Zeit, die Bedeutung ihrer Worte zu begreifen. „Ich wusste, dass du ein perfekter Ehemann sein würdest."

„Aber ich bin nicht schneller gewachsen, nicht wahr?" Er machte ein trauriges Gesicht und sah zu Boden.

„Es ist gut, dass wir nicht heiraten können."

Er warf ihr einen verwirrten Blick zu. „Warum?"

„Weil wir eine Familie sind und die Familie bleibt sowieso für immer zusammen. Wenn ich dich heiraten würde, blieben außerdem zu viele Mädchen mit gebrochenem Herzen zurück."

Loki kicherte. „Wirklich? Das denkst du dir doch nur aus."

„Ach, ja? Jetzt, wo Alex den Rest des Clans zum Tanz eingeladen hat, solltest du dich umsehen. Dann wirst du all die Mädchen bemerken, die ihre Augen nicht von dir lassen können. Sie wären ziemlich verärgert, wenn du mich heiraten würdest."

Loki löste seinen Blick von ihrem und suchte den Saal ab, um ihre Worte zu prüfen. „Aber sie sehen *dich* an, Jennie."

„Nay, Junge. Siehst du das Mädchen mit den Sommersprossen und den goldenen Haaren? Und das Mädchen mit dem dunklen Zopf im roten Kleid? Und das Mädchen in dunkelblau neben deinem Vater? Sobald ich meinen Kopf drehe und du sie anlächelst, verspreche ich dir, dass sie alle dein Lächeln erwidern werden.“

Sie wandte ihren Kopf ab, um Loki die Möglichkeit zu geben, die Mädchen anzusehen, die sie ihm genannt hatte. Er strahlte, als er sich wieder zu ihr umdrehte. „Es stimmt. Sie haben mich alle angelächelt.“

„Loki, du bist zu einem gutaussehenden Jungen herangewachsen, und was noch wichtiger ist, du bist ehrenhaft und fleißig. Die Mädchen werden dir bald auf Schritt und Tritt folgen.“

„Ich mag das Mädchen mit den blonden Haaren.“

„Warum redest du nicht mit ihr? Oh, da kommt deine Mutter mit einem sehr traurigen Braden. Er sehnt sich nach seinem Lieblingsbruder. Weißt du, dass er dich allen vorzieht?“

„Aye.“ Er grinste. „Ich freue mich, einen Bruder zu haben.“

„Und eine große Schwester.“

Er sah sie verwirrt an.

„Mich. Danke, dass du mich wie ein Bruder beschützt hast. Ich bin für den Rest des Abends in Sicherheit. Ich vertraue Aedan Cameron, aber ich bin froh, dass du mir mit Ennis gefolgt bist. Ich kenne ihn nicht wirklich gut.“

Er dachte einen Moment nach, bevor er nickte und zu seiner Mutter und Braden lief.

Aedan sah Jennie dabei zu, wie sie mit dem jungen Burschen sprach, der ihr Beschützer gewesen war. Er sollte dem Jungen eines Tages danken, denn er schien nur Jennies Wohlergehen im Sinn zu haben. Es war wahrscheinlich gut, dass Loki vom Baum gefallen war, denn Aedan war so wütend wie noch nie gewesen, als er Jennie in MacKenzies Armen gesehen hatte. Wäre der Junge nicht aufgetaucht, hätte er den Narren vielleicht verprügelt. Leider musste er sich bei Jennie entschuldigen und hoffen, dass sie seine Entschuldigung annehmen würde.

Als sie allein war, ging er zu ihr und verbeugte sich vor ihr. „Darf ich Platz nehmen, Lady Jennie?“

„Aye, Aedan.“ Sie warf einen Blick auf sein Hemd, als er sich setzte. „Euer Hemd scheint ein bisschen schmutzig geworden zu sein.“

„Aye“, sagte er gedehnt. „Ich musste eine Dame in Not vor

einem Monster retten."

„Meint Ihr Loki oder Ennis?"

„Ennis. Loki hat genau das getan, was er hätte tun sollen."

„Ennis hat heute Abend sein Interesse an mir bekundet. Er ist der einzige Mann hier, der das getan hat." Sie hob das Kinn und betrachtete die Tänzer.

„Würdet Ihr einem Spaziergang mit mir zustimmen oder bin ich Euch heute Abend nicht gut genug?"

Jennie stand auf. Sie mussten unbedingt reden. „Aye, solange Ihr Euch nicht noch einmal auf dem Boden wälzt."

„Wo ist Loki? Ich will nicht, dass er mich aus einem Baum heraus anspringt."

„Er ist bei seinem Bruder. Ich habe mit ihm geredet. Er wird uns nicht folgen."

Aedan streckte ihr den Arm entgegen und sie gingen zur Tür.

An der Treppe angekommen, gesellte sich Brodie zu ihnen. „Geht ihr spazieren? Ich würde mir auch gern ein wenig die Beine vertreten." Er grinste sie an und folgte ihnen nach draußen.

Als sie den Hof überquert hatten, drehte sich Jennie wieder um und sah Brodie an. „Ich denke, ich werde mit Aedan fertig, Brodie."

„Das weiß ich." Er küsste ihre Wange. „Ich habe es für Alex getan. Es hat sich bereits herumgesprochen, dass Loki bei MacKenzie aus dem Baum gesprungen ist." Er wandte sich an Aedan. „Aber geht nicht lange, sonst schicke ich Loki hinter euch her. Er ist sehr erpicht darauf, heute Abend jemanden aufzuspießen."

Aedan seufzte und packte Jennies Arm. „Ich verspreche, sie bald zurückzubringen." Er änderte seine Richtung und ging zum Garten. Zumindest war er abseits des belebten Weges. Wie sollte er dieses Gespräch nur beginnen? Diese Frau verknotete ihm die Zunge. Er hatte auf seinem eigenen Land nie Probleme mit ihr gehabt, aber aus irgendeinem Grund hatte sich das alles geändert. Es musste daran liegen, dass jetzt mehr auf dem Spiel stand, und da Alex Grant zusah, stand er noch mehr unter Druck. „Jennie, entschuldige bitte, aber mein Verstand ist fast explodiert, als ich MacKenzies Hände an dir gesehen habe."

„Aedan, ich kann mich nicht erinnern, dass du einen Anspruch auf mich erhoben hast, und trotzdem hast du gesagt, ich gehöre dir."

Er blieb stehen und drehte sie zu sich. Sie waren auf dem Pfad weit genug vorgedrungen, um in der Dunkelheit der wenigen Bäume zu sein. Er umfasste ihr Gesicht und küsste sie zurückhaltend. Sie musste spüren, wie er sich fühlte. Der Blick in ihren braunen Augen machte ihn benommen vor Sehnsucht und Hoffnung. „Jennie, ich bin den Weg hierher gekommen, um Alex um deine Hand zu bitten."

„Wirklich?", flüsterte sie.

„Aye. Ich meinte es ernst, als ich sagte, dass du mir gehörst. Ich will dich zu meiner Frau nehmen. Ich möchte dich nie in den Armen eines anderen Mannes sehen." Er küsste sie noch einmal und verschlang ihre Lippen. Sie musste wissen, wie tief seine Gefühle für sie waren. Er neckte sie mit seiner Zunge und stöhnte, als sie ihm antwortete. Sie schmeckte so süß, nach Zimt und Äpfeln.

Sie löste sich von ihm und lehnte ihre Stirn an seine. „Warum?"

„Warum was?", keuchte er.

„Warum willst du um meine Hand anhalten? Es freut mich, aber du bist mir so ein Rätsel, Aedan." Sie zog sich zurück und sah ihm in die Augen.

Er hatte keine Ahnung, wie er diese Frage beantworten sollte. „Weil ich dich will." Er nahm ihr Gesicht in seine Hände, küsste sie, eroberte stürmisch ihren Mund und gab sich seinem Verlangen hin, so sehr, dass er wusste, dass er sich zügeln müsste. Aedan küsste ihre Wange, ihren Hals, ihr Ohr. Sie drehte ihren Kopf, um ihm ihren Hals zu entblößen. „Ich weiß, dass du mich begehrst, aber warum willst du um meine Hand anhalten? Ich muss wissen, *warum* du mich heiraten willst."

Seine Lippen strichen über ihr Schlüsselbein bis zu ihren Brüsten, die aus ihrem Ausschnitt lugten. „Ich will dich, Jennie. Ich brauche dich. Du bist die Einzige für mich. Bitte." Seine Hand umfasste ihre Brust und rieb ihre Brustwarze durch den dünnen Stoff. Sie stöhnte und presste sich gegen ihn, als ob sie ihn genauso sehr wollte wie er sie.

Aber dann stieß sie ihn plötzlich von sich. „Warum? Was habe ich an mir, dass du mich heiraten willst? Es muss doch etwas geben. Fällt dir nichts ein, was du mir sagen könntest?"

Aedan trat zurück, legte seine Hände um ihre Taille, fühlte ihre sanften Rundungen und wünschte sich, er könnte ihre Haut berühren. Sein Atem, der noch immer unregelmäßig war, verriet seine wahren Gefühle. Aber sie wollte Worte? Zur Hölle, er fand im Moment keine Worte. Er war zu verloren in ihrer Nähe, darin, ihren Duft einzuatmen, ihre Süße auf seinen Lippen zu schmecken. Er rieb sich mit der Hand übers Kinn, dachte und dachte, aber es kam nichts.

Brodie rief Robbie über den Hof etwas zu, kurz bevor dieser um die Ecke kam, und gab Aedan so genug Zeit, um einen Schritt von Jennie zurückzutreten. Sobald Brodie sie fand, runzelte er die Stirn. „Es ist Zeit, wieder nach drinnen zu gehen."

Jennie nickte. „Aye." Sie machte auf dem Absatz kehrt und ging.

Höllenfeuer, Neil hatte recht. Sie wollte süße Worte, und er hatte ihr nichts, absolut nichts zu bieten. Beim nächsten Mal würde er Neils Rat besser beachten müssen.

Jennie wachte schreiend auf. Sie sprang sie aus dem Bett, öffnete die Tür und stürmte auf den Gang hinaus. Als sie die schwere Tür öffnete, die zu den Brüstungen führte, blieb sie einen Moment stehen, um die kühle Brise in ihrem Gesicht zu spüren, dann rannte sie die Stufen hinauf, begierig, den krallenhaften Händen zu entkommen, die sie bedrohten.

Sie eilte nach draußen, beugte sich über den Rand der Brüstung und schnappte nach Luft. Wann würde das enden? Sie konnte es nicht länger ertragen. Aye, die Träume hatten bei Aedan aufgehört, aber sie konnte sich wohl kaum weigern, jemals wieder nach Hause zu kommen. Dies war ihr Zuhause und es würde immer ein besonderer Ort für sie sein.

Sie sah über den Hof und die Vorburg und wünschte, es gäbe etwas, das sie tun könnte, um ihre Panik zu lindern. Eine Stimme riss sie aus ihren Gedanken.

„Jennie? Geht es dir gut?" Aedan kam auf sie zu.

„Aedan!" Sie warf sich in seine Arme, so verzweifelt nach Trost suchend, dass sie vergaß, dass sie nur ihr Nachtgewand trug.

Er schlang seine Arme um sie und sie schluchzte an seiner Schulter. „Was ist passiert?", fragte er leise.

„Meine Träume. Sie sind zurückgekehrt."

Er schob sie sanft zu einer Stelle, wo er sich mit ihr auf seinem Schoß niederlassen konnte. „Möchtest du mir davon erzählen?"

Sie schüttelte den Kopf, weil sie sich nicht an das Grauen erinnern wollte. „Nein, halt mich einfach fest."

Aedan hielt sie fest und sie weinte, bis sie keine Tränen mehr hatte. Als sie wieder zu Atem kam, setzte sie sich auf und sah ihm in die Augen, die die Farbe des Nachthimmels hatten. „Vergib mir. Ich wollte dich nicht durchnässen."

Er küsste sie. „Keine Sorge. Ich liebe es, dich in meinen Armen zu halten."

Sie wischte sich die Tränen von den Wangen. „Die Träume werden nicht aufhören."

„Bist du sicher, dass du sie mir nicht erzählen willst? Vielleicht würde es dir helfen, darüber zu sprechen."

Jennie lehnte ihren Kopf an seine Schulter und zog den Stoff ihres Nachthemds gegen die kühle Luft enger um sich. Aedan umarmte sie fest und seine Wärme tröstete sie. „Sie ändern sich nie. Es ist immer das Gleiche."

Er wartete darauf, dass sie fortfuhr.

Vielleicht hatte er recht und sie würde sich besser fühlen, wenn sie es ihm erzählte. Sie hatte noch nie zuvor jemandem die Einzelheiten ihrer Träume beschrieben. „Es fängt immer gleich an. Mit Schreien. Jemand beginnt zu wimmern, genau wie die Männer, die aus der Schlacht zurückkehren. Ich versuche ihn zu erreichen, aber ich kann es nicht. Dann wird das Wehklagen immer lauter."

„Warum?"

„Ich weiß es nicht. Aber während es lauter wird, versuche ich wegzulaufen. Ich kann dem Geräusch nicht entkommen, also halte ich mir die Ohren zu, aber es hilft nicht. Und dann …"

Aedan wartete geduldig. Hielt er sie für verrückt? Hätte sie schweigen sollen? Aber nun musste sie alles erzählen.

„Dann greifen viele Hände nach mir. Sie greifen nach mir und rufen meinen Namen und das Wehklagen wird immer lauter. Egal was ich tue, es wird immer lauter, bis ich so laut schreie, dass ich es nicht mehr hören kann. Dann wache ich normalerweise auf."

„Hast du dich seit deiner Rückkehr hierher um weitere verletzte Krieger gekümmert?"

„Nein, deshalb hatte ich gehofft, dass es aufhören würde. Ich kann es nicht ertragen, dass das so weitergeht, aber ich weiß nicht, was ich tun soll. Was ist nur mit mir los, Aedan?"

„Ich glaube nicht, dass mit dir etwas nicht stimmt. Du bist eine intelligente, mitfühlende Frau. Vielleicht hast du zu viele Todesfälle und Verletzungen mitangesehen und fühlst dich überwältigt. Wir werden es gemeinsam herausfinden. Ich verspreche, an deiner Seite zu bleiben."

„Aedan, warum warst du hier oben?"

Er küsste ihre Stirn. „Ich war hier, weil ich mich dir näher fühle, wenn ich den Sternen näher bin."

Jennie schmiegte sich an ihn. Was konnte sie mehr von ihm verlangen? Sie klammerte sich an seine Oberarme und er hielt sie fest, während sie weinte. Schließlich schlief sie in seinen Armen ein, und diesmal träumte sie nichts.

Als Jennie am nächsten Morgen in den großen Saal kam, um zu frühstücken, erfuhr sie, dass Ennis MacKenzie von ihrem Bruder nach Hause geschickt worden war.

„Warum hast du ihn nach Hause geschickt, Alex?" Nicht, dass sie sich wünschte, er wäre noch da, aber sie konnte nicht anders, als sich zu fragen, welchen Grund er MacKenzie genannt hatte.

„Er ist nicht für dich bestimmt. Es hat keinen Sinn, ihn hier zu behalten, und er war meiner Meinung."

„Hast du Aedan auch nach Hause geschickt?"

Alex musterte sie und wartete, ob er mehr aus ihr herausholen konnte, aber sie gab nicht nach. Inzwischen kannte sie die Taktik ihres Bruders. Robbie hustete und stand auf, um zum Feuer zu gehen, wobei er dem kichernden Roddy auf die Schultern klopfte.

Nach einer langen Pause antwortete Alex schließlich knapp: „Nay, er ist mit seinem Wachmann ausgeritten. Ich werde mich heute Mittag mit ihm treffen."

„Warum?"

„Das geht dich nichts an."

„Hm." Sie rührte in ihrem Brei herum. „Ich schätze, dass es

mich sehr wohl etwas angehen wird."

„Magst du Aedan mehr als die anderen?"

Sie regte sich wieder, als sie bemerkte, dass ihre Familienmitglieder ihre Gespräche beendet hatten und auf ihre Antwort warteten. „Mehr als die anderen? Aye." Sie leckte den Honig von ihrem Finger. „Aber ich würde gern hören, wie sich Aedan fühlt."

Alex runzelte die Stirn, sagte aber nichts. In diesem Moment kam Ashlyn die Treppe heruntergerannt, lief zu ihrer Mutter Caralyn und flüsterte ihr etwas ins Ohr. Caralyn stand auf und bedeutete Jennie, ihr zu folgen.

Alex stand so schnell auf, dass er seinen Stuhl umwarf, und rief: „Wo wollt ihr hin? Stimmt etwas nicht mit meiner Frau?"

„Nay, Alex. Wir würden es dir sagen, wenn es so wäre. Es sind nur Frauengeschichten. Mach dir keine Sorgen." Jennie eilte hinter Caralyn die Treppe hinauf. Maddie erwartete Baby Nummer fünf und mit dieser Schwangerschaft hatte sie mehr Probleme. Bis zu ihrer Abreise in die Abtei hatten Caralyn und Jennie als Heilerinnen der Grants zusammengearbeitet, und sie hatten Braden, den Sohn von Brodie und Celestina, und Connor, den dritten Sohn von Alex, zur Welt gebracht. Alex war ängstlich, wenn es um seine Frau ging. Er würde Himmel und Erde für Maddie bewegen, daran zweifelte niemand.

Als sie den Gang erreicht hatten, sagte Caralyn zu Jennie: „Maddie hat heute Morgen schreckliche Krämpfe. Kannst du sie dir ansehen?"

Sie schätzten, dass Maddie noch ungefähr zwei Monde von der Geburt entfernt war, aber sie wussten es nicht genau. Jennie klopfte an die Tür und trat ein. Maddie lag zusammengerollt im Bett und umklammerte ihren Unterbauch.

„Maddie, sag mir, was du fühlst", sagte sie.

„Jennie, irgendwas stimmt nicht. Ich habe so viele Krämpfe mit diesem Kind. Was kann ich tun, damit es aufhört?"

„Erlaubst du mir, zu sehen, wie weit du bist?" Jennie strich Maddie das Haar aus ihrer schweißnassen Stirn. Sie wusste, dass Maddie es sich nie anmerken ließ, wenn sie Schmerzen hatte, und so sagte ihr nur der Schweiß, wie schlecht es ihr ging. Jennie musste bei Madeline ihre besten Heilerfähigkeiten einsetzen.

„Aye, nur zu. Tu, was du tun musst." Maddie drehte sich im Bett, damit Jennie sie untersuchen konnte.

Als Jennie ihre Arbeit beendet hatte, deckte sie Maddie mit mehreren Decken zu. „Ich sehe keine Ursache für die Krämpfe. Das Baby scheint an Ort und Stelle zu sein und es gibt kein Blut, also scheint es dir im Moment gut zu gehen. Aber ich würde vorschlagen, dass du besonders vorsichtig bist und ein paar Tage im Bett bleibst und nur aufstehst, um den Abtritt aufzusuchen."

„Aber ich muss mit der Köchin reden und dann …" Maddie rieb sich die Stirn.

„Nein, Maddie. Du bleibst hier. Wir kümmern uns um alles." Caralyn rieb ihre Schulter, um sie zu beruhigen.

In diesem Moment flog die Tür mit einem Knall auf und Jennie und Caralyn zuckten zusammen. Alex stand in der Tür, die Hände in die Hüften gestemmt und tiefe Sorgenfalten im Gesicht. „Maddie? Warum bist du noch im Bett?"

Jennie stand auf und sagte: „Alex, Maddie wird ein paar Tage im Bett bleiben. Sie hat Frauenprobleme und ich habe ihr empfohlen, liegen zu bleiben, um sicherzustellen, dass es dem Baby gut geht."

Alle Farbe wich aus Alex' Gesicht. „Maddie?" Er eilte zum Bett hinüber, setzte sich auf die Kante und strich mit seiner großen, schwieligen Hand über Maddies Wange. Jennie liebte es, ihren Bruder so zu sehen. Der große Schwertkämpfer der Highlands konnte nur durch eine Sache in die Knie gezwungen werden – durch seine geliebte Frau.

„Alex, ich bin mir sicher, dass es mir und dem Baby gut gehen wird. Ich brauche nur etwas Ruhe. Ich bin in dieser Schwangerschaft etwas müde. Bitte pass für mich auf die Jungs auf, aye? Jennie und Caralyn werden auf Kyla aufpassen." Sie lehnte ihren Kopf gegen ihr Kissen und innerhalb weniger Augenblicke war sie fest eingeschlafen.

„Maddie?" Er beugte sich vor, gab ihr einen zärtlichen Kuss auf die Stirn und bedeckte sie mit Fellen, die er unter ihr Kinn klemmte.

Ihr Bruder sah so verloren aus. Maddie war während ihrer anderen Schwangerschaften gesund und stark gewesen. Sie war bis zum Tag, an dem sie entbunden hatte, auf den Beinen gewesen, und hatte sich danach in weniger als einer Woche erholt. Alex warf Jennie einen Blick zu, der ihr das Herz brach, aber sie blieb standhaft. „Alex. Deine Frau hat sich viele Jahre um uns alle gekümmert. Es ist Zeit, dass wir uns ein bisschen um sie kümmern. Sie ist eine starke Frau, aber sie braucht Ruhe."

Alex drehte sich um und verließ den Raum mit einem benommenen Gesichtsausdruck, von dem Jennie vermutete, dass er ihn eine Weile nicht mehr ablegen würde.

KAPITEL SECHZEHN

SOBALD JENNIE SICHERGESTELLT hatte, dass Maddie sich ausruhte, ging sie nach draußen. Sie hatte Aedan noch nicht gesehen und wollte ihm dafür danken, dass er sie in der Nacht zuvor in seinen Armen gehalten hatte. Sie konnte sich nicht einmal daran erinnern, in ihre Kammer zurückgekehrt zu sein. Er musste sie getragen haben. Die erste Person, die sie sah, als sie den Stall betrat, war Mac, ihr Stallmeister. Mac war mit Alice verheiratet, Maddies Dienstmädchen, das sie von zu Hause mitgebracht hatte. Sie waren in die Jahre gekommen, aber Jennie liebte sie beide.

„Mac, hast du Aedan gesehen?"

„Aye, liebes Mädchen, er ist auf dem Kampfplatz." Mac umarmte sie kurz. „Ich habe Euch vermisst."

„Aye, es ist schön, alle wiederzusehen. Ich denke, ich werde einen kleinen Ausritt machen und mich selbst überzeugen."

Er lächelte. „Jeder Mann, der zur Burg der Grants kommt, will sehen, wo unsere Männer üben, besonders nach dem Kampf gegen die Norweger."

„Sattle mir ein Pferd, mein Freund. Es ist Zeit, den Wind in meinen Haaren zu spüren." Jennie konnte es kaum erwarten zu sehen, was Aedan mit ihren Brüdern machte.

Nachdem sie ihr Pferd bestiegen hatte, ritt sie unter dem Fallgitter hindurch und hob den Kopf in Richtung der Wolken, denn sie liebte den frischen Geruch der Highland-Luft. Als sie sich dem Kampfplatz näherte, verlangsamte sie ihr Pferd, weil sie ihren Augen nicht traute.

Kurz vor ihrem Ziel hielt sie an und stieg ab. Ihr Mund wurde trocken, als sie Aedan ohne Hemd sah. Er übte mit Robbie und sein muskulöser Oberkörper war schweißnass. Die feinen Härchen glitzerten, wenn die Sonne durch die Wolken brach. Obwohl beide laut genug brüllten, dass ein Tauber sie hören konnte, stellte sie fest, dass sie kein Wort verstand. Sie war zu sehr auf Aedan Cameron und seine nackte Brust konzentriert. Es stimmte, sie konnte seine Wunden sehen, die gut zu heilen schienen, aber der Rest seiner Haut lockte sie. Das war Lust, reine und simple Lust. Oder etwa nicht?

Sie zwang sich, den anderen Männern beim Kämpfen zuzusehen. Es gab viele, die Bewunderung verdienten, aber keiner faszinierte sie wie der Laird der Camerons. Sie hatte Mühe, ihren Blick von ihm abzuwenden, aber sie beschloss schließlich, nachzugeben und seinen Anblick zu genießen. Nay, das war keine Lust. Das war Liebe. Sie gestand es sich ein, als sie sich die Zeit nahm, Aedan von Kopf bis Fuß zu mustern. Falls sie vorher irgendwelche Zweifel gehabt hatte, war sie sich nun ganz sicher. Ihr Herz raste allein bei seinem Anblick und der Erinnerung daran, wie gut er auf dem Turm zu ihr gewesen war.

Kurze Zeit später hörte sie, wie er sich bei Robbie bedankte und dann mit gesenktem Kopf direkt auf sie zukam. Sobald er in der Nähe war, hob er seinen Blick zu ihr und seine Augen funkelten.

„Gefällt dir, was du siehst, Lady Jennie?"

Erschrocken, in einer so kompromittierenden Position ertappt worden zu sein, errötete sie tiefrot und murmelte: „Ich bin mir nicht sicher, was du meinst."

Aedan trat näher an sie heran und flüsterte ihr ins Ohr, sodass sein warmer Atem ihr Inneres erwärmte. „Ich glaube, du weißt es." Mit dem Unterarm wischte er sich den Schweiß vom Gesicht. „Soll ich mein Hemd für dich weiter auslassen?"

Jennie beschloss, mitzuspielen. „Aye, ich mag dich so wie du bist." Sie hob herausfordernd das Kinn, aber er grinste nur und berührte ihren Ellenbogen.

„Gehst du ein Stück mit mir?" Er zeigte in eine Richtung weg vom Platz und dem lauten Geschrei.

Sie willigte ein, weil sie ihm viel zu sagen hatte. Als sie weit genug von neugierigen Ohren entfernt war, flüsterte sie: „Vielen Dank, dass du mich letzte Nacht gehalten hast."

„Glaub mir, es war mir ein Vergnügen." Er fand einen Felsen unter einer breiten Eiche und setzte sie neben sich. „Ich glaube, wir sind uns ähnlicher, als du denkst."

„Ich war ziemlich überrascht, dich hier zu finden. Warum hast du gekämpft?"

Er trank aus seinem Wasserschlauch, bevor er antwortete. „Glaubst du nicht, dass ich Übung brauche? Ich möchte vermeiden, im Kampf noch einmal von meinem Pferd geworfen zu werden. Ich habe gestern auch einige Zeit mit Brodie verbracht. Vielleicht übe ich später mehr mit ihm."

Sie griff nach seiner Wunde und fuhr mit den Fingern über die Narbe an seinem Unterleib. „Hast du keine Schmerzen? Es scheint alles gut verheilt zu sein."

„Aye." Seine Stimme wurde heiser. „Ich wurde von einer guten Heilerin genäht."

Sie schluckte schwer und starrte auf seine Lippen. Verdammt, sie wollte diesen Mann, aber sie waren von vielen Leuten umgeben, obwohl sie keiner der Krieger beachtete. „Du sagtest, dass wir uns ähnlich sind. Inwiefern?"

„Deine Verwirrung mit dem Heilen ist wie meine Verwirrung mit dem Führen des Clans."

„Ich verstehe nicht."

„Fragst du dich nicht, ob du weiter als Heilerin arbeiten solltest?" Sein Daumen strich über ihre Wange. „Und ob das der Grund für deine Träume ist?"

„Aye, aber wie ähnelt das deinem Problem?"

Er sah zum Kampfplatz. „Ich habe das noch nie zugegeben, aber ich wollte aus egoistischen Gründen nicht, dass mein Vater stirbt." Sein Blick kehrte zu ihrem zurück. „Ich hatte Angst zu führen."

Ein verirrtes Blatt hatte seinen Weg in seine kastanienbraunen Locken gefunden. Sie griff nach dem Grün, das in seinem dichten Haar steckte, und erlaubte sich das kurze Vergnügen, mit den Fingern durch seine Haare zu streichen. „Du, Aedan? Wie kann das sein? Du bist so ein guter Anführer."

„Bin ich das? Ich wurde zweimal von meinem Pferd geworfen und mein Land wird von einem Feind bedroht, der mich für schwach hält." Er starrte vor sich auf den Boden, während er sich das Kinn rieb.

„Aber du hattest keine Alternative."

„Deshalb habe ich gehofft, dass mein Vater leben würde, bis

Ruari alt genug wäre, um meinen Platz einzunehmen. Ruari ist viel motivierter. Das habe ich meiner Mutter gesagt, aber nur meiner Mutter."

Jennie nahm sich einen Moment Zeit, um darüber nachzudenken, wie sie sich in einer solchen Situation fühlen würde. Hatte ihr Bruder das gleiche Gefühl gehabt, als er Laird geworden war? „Da kann ich dir nicht zustimmen", sagte sie schließlich. „Ruari hat nicht die Geduld, die man als Anführer braucht. Du hast sie."

„Ach, ja? Und du hältst Geduld für eine wichtige Eigenschaft eines guten Anführers? Ich würde das anders sehen." Er griff hinüber, nahm ihre Hand in seine und streichelte ihre weiche Haut.

„Du bist weise genug, um zu wissen, dass du Hilfe brauchst, und du hast viele gute Leute an deiner Seite. Du wirst deine Angreifer abwehren. Da bin ich mir sicher." Sie hatte vor, ihn so zu unterstützen, wie er sie letzte Nacht unterstützt hatte.

„Ich weiß dein Vertrauen in mich zu schätzen. Ich vertraue auch darauf, dass du deine schlechten Träume überwinden wirst."

Sie sahen beide auf seinen Daumen, der Kreise über ihre Hand rieb, und genossen das friedliche Zusammensein.

„Jennie, wie ich dir gestern sagen wollte, habe ich vor, deinen Bruder heute um deine Hand zu bitten. Wenn er zustimmt, willst du dann meine Frau werden?"

Jennies Herz setzte zwei Schläge aus. Sie wollte so gern Aye sagen, aber sie wollte eine Verbindung mit ihm eingehen, weil sie wusste, dass er sie liebte. Trotzdem hatte sie Angst, die Frage zu stellen. Was, wenn er Nay sagte? Würde er seine Meinung ändern und ihr stattdessen gar nichts anbieten?

Unsicher, was sie tun sollte, suchte sie nach Worten.

„Jennie?"

„Liebst du mich, Aedan?"

„Ich … ich bin mir nicht sicher … Jennie, du weißt, dass Worte schwer für mich sind."

Ihre Schultern sackten herab, als Robbies Stimme erklang. „Störe ich, wenn ich mich zu euch geselle?"

Sie warf Aedan einen Blick zu. Seine Antwort hatte ihr Herz in tausend Stücke zerbrochen. Wie sollte es nur weitergehen?

Aedan kam frisch vom Schwimmen aus dem See und hatte
Mühe, sich zu bewegen, ohne zu stöhnen. Seine Zeit auf dem
Kampfplatz der Grants war brutal gewesen, aber er hatte viel von
Brodie und Robbie gelernt. Er hoffte, dass es genug war, um ihn
in den bevorstehenden Schlachten auf seinem Pferd zu halten.
Sie hatten ihm gute Ratschläge dazu gegeben, wie er seine Männer beim Üben anleiten sollte. Seine Fähigkeiten verbesserten
sich definitiv, was ihm mehr Selbstvertrauen gab. Neil war den
größten Teil des Nachmittags bei ihm gewesen und hatte ebenfalls mehr über die Ausbildung ihrer Männer erfahren.

Aber er hatte Jennie enttäuscht. Warum konnte er nicht einfach
Aye sagen? Natürlich liebte er sie. Er wusste nur nicht, wie er es
sagen sollte. Frauen und Worte. Er knurrte bei dem Gedanken,
als er zu dem Tisch ging, um den sich die Familie versammelt
hatte.

Die Gruppe saß verloren an der Tafel. Aedan setzte sich auf
eine Bank am Ende des Tisches neben Jennie. Maddie war nicht
bei ihnen und jeder konnte Alex' Anspannung spüren. Irgendwann versuchten seine drei Söhne, Jamie, Jake und Connor, die
Treppe hinaufzuschleichen, um ihre Mama zu besuchen.

Ein dröhnendes „Jungs!" erwischte sie mitten auf ihrem Weg
und alle drei hielten sofort inne.

„Papa", flüsterte Jamie. „Wir wollen zu unserer Mama."

„Jungs, ihr werdet eure Mutter nicht stören. Sie ist krank und
liegt im Bett, und ihr bleibt hier."

Jake drehte sich zu seinem Vater um. „Aber Mama liest uns
jeden Abend eines ihrer Bilderbücher vor."

Alex zeigte auf das untere Ende der Treppe, und alle drei Kinder
stürzten die Treppe hinunter, die Hände hinter dem Rücken
verschränkt, während sie zu ihrem Vater aufblickten. Kyla kam
herüber und nahm die Hand ihres Vaters. „Papa, kannst *du* uns
heute Abend die Geschichte vorlesen. Bitte?"

Aedan hörte verwirrt zu und beugte sich dann zu Jennie vor.
„Maddie hat Bilderbücher?"

Jennie nickte. „Aye, sie macht sie selbst und malt die Bilder. Sie
sind sehr schön. Sie liest seit vielen, vielen Monden daraus vor.
Alle Kinder des Clans lieben sie."

Seine vier Kinder und die Krankheit seiner Frau nahmen Alex

Grant all seinen Schrecken. Aedan wusste nicht, was mit Maddie los war, aber dies konnte doch unmöglich das erste Mal sein, dass sie krank war.

Connor legte den Kopf so weit wie möglich nach hinten, während er zu seinem Vater hochstarrte. „Bitte, Papa?", flehte er leise.

„Bitte?", stimmte Jamie ein. „Wir lieben es so sehr, wenn Mama uns vorliest."

Jake nickte.

„Connor, du suchst das Buch aus." Alex ging hinüber zum Kamin und setzte sich auf seinen Stuhl, während drei seiner Kinder ihm folgten und Connor davonhüpfte, um sich ein Buch auszusuchen. Gracie, Robbies und Caralyns Tochter, folgte mit Roddy an der Hand und Braden stolperte allein hinüber.

Aedan beobachtete Jennie, um zu sehen, wie sie auf die Szene reagierte. Er genoss es besonders, weil sie seinen Blick nicht bemerkte. Jennie konnte sich ein Lächeln nicht verkneifen, als die Stimme ihres Bruders durch den Saal donnerte. Die Geschichte handelte von einem Monster und alle Kinder starrten Alex mit großen Augen an. Er bemerkte, dass Loki etwas näher gerückt war, damit auch er die Geschichte hören konnte. Er war sich ziemlich sicher, dass Maddie die Geschichte anders erzählt hätte, aber die Kinder würden Alex wahrscheinlich anflehen, ihnen in Zukunft noch viele Bücher vorzulesen, wenn sie es schafften, die Nacht ohne Albträume zu überstehen.

Aedan setzte sich dichter neben Jennie. „Dein Bruder ist ohne seine Frau ziemlich verloren, wie ich sehe. Sie war noch nie krank?"

„Nein, niemals. Sie hat die Konstitution eines Pferdes und wenn sie Schmerzen ertragen muss, lässt sie es sich nie anmerken. Maddie hat sich bisher von nichts unterkriegen lassen."

„Wird es ihr besser gehen? Es ist hoffentlich keine unbekannte Krankheit?"

„Aye, es wird ihr in ein paar Monaten besser gehen, nachdem sie das Baby zur Welt gebracht hat. Vielleicht wird dies ihr letztes sein."

„Sie erwartet ein Kind? Das wusste ich nicht." Aedan sah Jennie an, während sie ihren Blick auf die Kinder gerichtet hielt und ihr Kinn auf die Hand stützte, während sie der Geschichte ihres Bruders lauschte. Wenn sie ihn doch nur so interessiert ansehen würde. Seine Gedanken wanderten zu dem Gespräch, das er früher an diesem Tag mit Neil geführt hatte. Er hatte ihn nach den Worten gefragt, die ein Mädchen hören wollte, nachdem er Jennie am Kampfplatz so betrübt hatte.

Die ersten Worte aus Neils Mund waren: „Habt Ihr Probleme mit der Brautwerbung, Cameron?"

Neil hatte ihn rücksichtslos aufgezogen.

„Ihr habt mir Eure Hilfe angeboten und jetzt ist es an der Zeit, Euer Angebot einzulösen. Welche Worte will sie wohl am liebsten hören?"

„Was sie am liebsten hören will?" Neil hatte herzlich gelacht, aber als er endlich antwortete, war sein Ton nachdenklich gewesen. „Dass Ihr sie liebt, aber nur, wenn es wahr ist. Liebt Ihr sie?"

Er würde nicht mit Neil über seine Gefühle sprechen. „Und was noch?"

„Dass sie schön ist. Damen hören gern von Euren Gefühlen."

Herr im Himmel, wie sollte er seine Gefühle beschreiben? Sollte er ihr sagen, wie sehr er sich in ihr Fleisch versenken wollte, um sie zu seiner Frau zu machen? Dass er sich in ihr vergraben wollte, bis sie seinen Namen rief? Oder wie er durchs Feuer gehen würde, um sie zu erfreuen? Würde sie es als Kompliment betrachten, wenn sie wüsste, dass er davon träumte, mit ihr zu schlafen, seine Nase zwischen ihre süßen, cremigen Brüste geschmiegt?

Oder sollte er ihr gestehen, wie stolz er wäre, sie an seiner Seite zu haben? Wie ihr kluger Verstand ihn verzauberte? Die Wahrheit war, er konnte es kaum erwarten, wieder mit ihr in die Sterne zu schauen, zu hören, wie sie ihre Neugier über die Welt und ihre Gedanken über seinen Clan und seine Führung mit ihm teilte. Aber vielleicht war sie an all diesen Dingen nicht im Geringsten interessiert. Vielleicht würde es sie nicht beeindrucken zu wissen, dass er sein Leben mit ihr teilen wollte.

Er wusste nicht, was Frauen in ihre Haare steckten oder welche Aromen sie mochten. Darüber hatte MacKenzie mit ihr gesprochen.

„Aedan?" Jennie berührte seine Hand auf dem Tisch und riss

ihn aus seinen Gedanken.

„Entschuldige. Was hast du gesagt?"

„Wie lange bist du noch hier? Sind die Probleme deines Clans gelöst? Gab es keine weiteren Angriffe mehr?"

Aedan rieb sich den Nacken und wünschte sich, sie hätte ihn nicht an all die Pflichten erinnert, um die er sich kümmern sollte, statt sich in den Sommersprossen zu verlieren, die über ihre Nase tanzten, oder im Funkeln ihrer Augen, wenn sie ihren Bruder mit den Kindern beobachtete. „Nay, die Angriffe gehen weiter, und ich wurde informiert, dass es unter meinen Nachbarn einen Verräter gibt. Ich glaube, dass einer meiner Freunde englische Krieger dafür bezahlt, gegen meine Männer zu kämpfen, in der Hoffnung, die Aufmerksamkeit von sich selbst abzulenken. Es ist wahrscheinlich am besten, wenn ich bald zurückkehre."

Schweiß tropfte seinen Rücken herunter, als er daran dachte, was er im Begriff war, ihr zu sagen. „Jennie?" Sie wandte ihren Blick wieder ihm zu, und allein diese Bewegung traf ihn mitten in der Brust.

„Aye?"

„Möchtest du mit mir spazieren gehen?" Er musste nach draußen in die kühle Nachtluft, um zu sehen, ob er die Dinge nach dem Chaos, das er vorhin angerichtet hatte, wieder in Ordnung bringen konnte.

Sie sah ihn lange an, bevor sie nickte. Sie wandte sich an Robbie und sagte: „Aedan und ich machen einen kurzen Spaziergang."

Robbie nickte. „Vergesst nicht, dass sie drei Brüder in der Burg hat, Cameron."

„Glaubt mir, es ist unmöglich, das zu vergessen." Er hielt Jennie den Arm entgegen und führte sie zur Tür.

Diesmal ging er direkt auf das Fallgitter zu, denn er war entschlossen, nicht noch einmal unterbrochen zu werden. Dieses Mal würde er allein mit ihr sprechen, ohne dass ihn jemand belauschte.

Draußen marschierten sie zu dem kleinen Wald in der Nähe des Sees und folgten einem Pfad, den oft die Pferde benutzten. An diesem Abend war er aber einsam und verlassen.

Jennie blickte zum Himmel auf. „Deine Sterne sind aufgegangen, Aedan."

Aedan murmelte: „Aye, ich weiß."

Jennie schien gereizt zu sein.

„Was ist? Warum machst du so ein Gesicht?", fragte er.

Sie stieß einen tiefen Seufzer aus. „Weil ich nicht weiß, was in dir vorgeht. In Lochluin haben wir uns gemeinsam die Sterne angeschaut und darüber gesprochen. Du hast mir das Gefühl gegeben, geschätzt zu werden. Aber wo ist der Mann, mit dem ich in jener Nacht spazieren ging, der Mann, der mich in seinen Armen hielt? Wo ist deine Begeisterung, der Nervenkitzel, den du am Himmel erlebst, all die Dinge, über die du gern gesprochen hast? Hast du eine Ahnung, wie lieb mir die Erinnerungen an diese Nacht sind?"

Aedan konnte nicht antworten. Er starrte auf den Boden, blieb stehen, lehnte sich an einen Baum und versuchte, sich an all die Dinge zu erinnern, die Neil ihm gesagt hatte, und an all die falschen Dinge, die er vorhin gesagt hatte. Höllenfeuer, dieses Mädchen machte es ihm schwer zu reden.

„Aedan, ich dachte, du magst mich. Du sagtest, du willst um meine Hand anhalten, aber das …", sie deutete auf ihn, „ist nicht der Mann, den ich auf dem Hügel kennengelernt habe. Ich weiß nicht, wohin er gegangen ist, aber er hat mich verlassen."

„Wo er ist, fragst du." Aedans Verzweiflung und Frustration brachen sich schließlich Bahn. „Wo er ist?" Er ging im Kreis vor dem Baum auf und ab, fuhr sich mit den Fingern durchs Haar und seine Gedanken überschlugen sich.

„Ich sage dir, wo er ist", meinte er schließlich. „Er versucht, jemandem, der ihm wichtig ist, das Richtige zu sagen, aber er kann es nicht. Sein Verstand ist verwirrt und seine Zunge ist lahm, wenn er dich ansieht. Und der Grund ist, dass er jedes Mal, wenn er die Sterne am Himmel betrachtet, nur dich sieht. Ja, ich schaue auf den hellsten Stern oben und sehe dich. Wenn ich in einer Ecke des Himmels eine Ansammlung funkelnder Körper bemerke, dann erinnern sie mich an die Sommersprossen auf deinem Nasenrücken. Wenn ich auf die Formen schaue, die früher Kriegern und Tänzern ähnelten, sehe ich jetzt nur noch deine Lippen und dein Lächeln. Ich weiß, du möchtest von mir zärtliche Worte hören, wenn ich bei dir bin, aber ich habe nichts zu sagen. Ich bin nutzlos darin. Ich war nie ein Krieger, aber ich würde lieber zehn Männer mit meinem Schwert bekämpfen, als dir liebliche Worte zu sagen. Ich weiß nicht, was ich sagen soll oder was du hören möchtest."

„Aedan", sie schritt hinüber und umfasste sein Gesicht.

„Was?", knirschte er. „Siehst du? Ich habe es wieder falsch gemacht."

Ihr Gesichtsausdruck verwandelte sich in Staunen. „Nay, das hast du nicht. Das sind die süßesten Worte, die du mir je hättest sagen können."

„Sind sie das?"

„Aye, du hast mich mit etwas verglichen, von dem ich weiß, dass es einen besonderen Platz in deinem Herzen hat. Ich könnte nicht mehr verlangen." Sie küsste ihn, so zärtlich, dass sich sein Zittern legte. „Ich wollte nur wissen, wie du dich wirklich fühlst."

„Du weißt, dass ich dich liebe. Aber es zu sagen ist nicht so einfach." Er zog sich zurück, packte ihre Hände, legte seine Stirn an ihre und schloss die Augen. „Jennie Grant, ich liebe dich von ganzem Herzen. Du bist für mich eine Zuflucht vor einer grausamen Welt und ich würde nichts lieber tun, als dich zu meiner Frau zu machen. Aber ich muss in mein Land zurückkehren, nachdem ich mit Alex gesprochen habe."

„Du hast ihn noch nicht um meine Hand gebeten?"

„Nay, er ist zu beunruhigt wegen seiner Frau. Er bleibt nicht eine Minute auf der gleichen Stelle stehen. Aber du hast mir bislang keine Antwort gegeben. Würdest du mir die Ehre erweisen, meine Frau zu werden, wenn dein Bruder mich akzeptiert?"

Jennie lächelte. „Aye, Aedan. Nichts würde mich glücklicher machen. Ich liebe dich."

Er zog sie zu einem Kuss an sich und seine Lippen begannen einen vertrauten Tanz mit ihren. Die Liebkosung weckte ein Feuer in ihm und er wollte sie mehr, als er je etwas gewollt hatte.

Jennie löste sich atemlos von ihm. „Mach mich zu deiner Frau, Aedan."

„Jennie, das kann ich nicht. Ein ehrenhafter Mann nimmt sich nicht einfach ein Mädchen, bevor er nicht mit ihr vor einem

Priester steht, und ich werde dich nicht entehren. Ich werde deinen Bruder um deine Hand bitten, wenn er mir die Chance gibt. Aber vorher kann ich das nicht tun."

„Dann schließe eine Handfeste mit mir."

„Eine Handfeste? Dieser Brauch wird kaum noch praktiziert, Jennie. Ich lebe in der Nähe einer Abtei, da kann ich nur schwer rechtfertigen, warum ich nicht einfach in mein Land zurück-kehre und dich ehrenhaft heirate."

„Brodie hat es getan."

Er trat zurück und sah sie ungläubig an. Er traute seinen Ohren nicht.

„Was? Dein Bruder? Und Alex hat es akzeptiert?"

„Aye. Es waren besondere Umstände, aber Brodie und Celestina hatten sich ineinander verliebt. Alex war Zeuge ihrer Handfeste, weil sie nur so sicherstellen konnten, dass Celestinas andere Ehe nichtig ist."

„Wenn Alex mich anhören würde, glaube ich, dass er unseren Bund gutheißen würde. Ich werde dich nicht entehren, indem ich deinen Bruder bitte, uns außerhalb der Kirche zu trauen."

„Aber selbst wenn er zustimmt, werden wir nicht heiraten können, bis alles auf deinem Land geregelt ist. Das wäre dumm. Du sagtest, dass du zurück musst. Dein Clan könnte genauso in den Krieg ziehen wie die Schotten gegen die Norweger. Das war der Grund, warum Alex bei Brodie zugestimmt hat. Damals braute sich ein Krieg zusammen, genau wie heute."

„Alex wird uns nicht in einer Handfeste aneinander binden."

„Nay, du hast recht." Ihre Finger trommelten gegen ihre Lip-pen. „Er ist zu besorgt um Maddie, um wichtige Entscheidungen zu treffen."

Aedan wartete. Ihr Gesicht spiegelte ihre zerrissenen Gefühle wider, während sie verzweifelt nach einer Lösung suchte. „Jen-nie, es ist in Ordnung so. Wenn du mich haben willst, dann bitte ich dich nur, auf mich zu warten, bis die Kämpfe vorbei sind. Dann werde ich dich richtig heiraten."

„Ich habe es!" Ein breites Grinsen huschte über ihr Gesicht, als sie vor ihm auf und ab ging und aufgeregt mit den Armen ruderte.

„Was? Welche Lösung kann es geben?" Er war erstaunt über

ihren Ausruf.

„Wir werden einfach miteinander die Handfeste schließen. Dem schottischen Recht nach ist sie für ein Jahr und einen Tag bindend. Brodie und Celestina haben mir alles darüber erzählt. Wir brauchen keine Zeugen. Wir müssen uns nur gegenseitig das Versprechen geben." Sie zog das rote Band aus ihrem Haar und wickelte es um Aedans und ihre Hand und verknotete die Enden. „Aedan Cameron", begann sie, „ich schwöre dir meine Liebe für ein Jahr und einen Tag, und wenn du dich dann entscheidest, unseren Bund zu lösen, werde ich deine Entscheidung respektieren."

„Ist das alles, was ich tun muss? Dir mein Versprechen geben?" Das konnte doch nicht richtig sein und er hegte ernste Zweifel.

„Aye. Du musst mir deine Liebe geloben. Das ist genug und Alex und die Kirche werden unsere Verpflichtung bis zu dem Moment anerkennen, wenn wir heiraten können."

„Und wirst du all die Anwärter abweisen, die dein Bruder dir vorstellt, während ich fort bin?" Der Gedanke an sie in den Armen eines anderen Mannes war zu viel für ihn, besonders wenn er gehen musste.

„Aye. Ich habe kein Interesse an einem anderen, nur an dir. Es wird keine anderen Anwärter geben. Darauf werde ich bestehen."

Aedan hielt einen Moment inne und erkannte, dass er das hier mehr als alles andere wollte. Er war in Jennie Grant verliebt. Er war bereit, vieles für seinen Clan zu opfern, aber sie war das Einzige, was er für sich selbst wollte. Das Einzige, was er nicht aufgeben wollte. Nach einem langen ernsten Blick auf ihre Hände rieb er mit seinem Daumen über ihre zarte Haut. „Aye, ich schwöre dir meine Liebe, Jennie Grant, und ich werde dich mein ganzes Leben lang ehren und beschützen. Wenn du dich entscheidest, diesen Bund in einem Jahr und einem Tag zu lösen, werde ich deine Entscheidung respektieren, es sei denn, es ist ein Kind aus unserer Liebe entstanden."

Seine Brust schwoll vor Glück an, als er das Leuchten in ihren Augen sah. Jennie löste das Band und steckte es zurück in ihr Haar. Er wollte sich ihr verpflichten, sein Leben mit ihr teilen, glückliche und schwere Zeiten. Seine Lippen eroberten ihre in einem leidenschaftlichen Kuss und sie schmiegte sich an ihn. Ihre Knie wurden schwach, als er ihren süßen Mund kostete. Ein heiseres Geräusch entfuhr ihrer Kehle und er hob sie hoch und trug sie zu einem weichen Laubhaufen unter den Bäumen in der Nähe des Sees. Die Nacht war glücklicherweise lau, aber er würde sie nur zu gern mit seinem Körper wärmen.

Nachdem er die Schnüre ihres Kleides geöffnet hatte, zog er daran, bis es von ihren Schultern fiel. Dann bedeckte er ihre Schulter und ihre Brust mit Küssen. Sie griff nach seinem Hemd. Er öffnete die Brosche, mit der sein Plaid befestigt war, und legte sie auf den Boden, dann stand er auf, um sich von seinem Hemd und seiner Hose zu befreien. Eine Sekunde später hatte er auch seine Stiefel beiseite geworfen. Als er fertig war, wandte er sich seiner Frau zu und stellte erfreut fest, dass sie nicht wegschaute.

„Gefällt dir, was du siehst, Frau?"

KAPITEL SIEBZEHN

JENNIE KONNTE DEN Blick einfach nicht von ihrem Mann abwenden. Sein Körper war für sie pure Schönheit. Ein kleines dunkles Haarbüschel bedeckte seine Brust und von seinem flachen Bauch wanderten ihre Augen zu seiner Männlichkeit. Sie grinste, denn sie wusste, dass seine Härte ein Beweis dafür war, dass er sie wollte. Er kniete sich vor sie und half ihr, ihr Kleid auszuziehen, während sie ihn berührte, wo immer sie konnte. Er genoss ihre plötzliche Kühnheit. Ihre Hände fühlten sich an, als hätten sie immer dorthin gehört, wo sie jetzt waren, sie streichelten seine Haut und führten ihn zu diesem Tanz, den sie gemeinsam tanzen wollten.

Erneut eroberte er ihre Lippen und bettete Jennie auf das weiche Plaid. Sein Mund wanderte ihre Brust hinunter und er streichelte ihre Brustwarze, bis sie sich wand und so viel mehr von ihm wollte. Ihre Hände fuhren durch sein Haar und zogen ihn fester an sich, während sie vor Erregung stöhnte. Er nahm ihre empfindliche Knospe in den Mund und saugte daran, bis sie aufschrie. Dann schob er sein Knie zwischen ihre Beine und öffnete sie für ihn.

„Jennie, du weißt …"

„Ich weiß, Aedan. Mach es einfach schnell."

Seine Hände glitten zwischen ihre Haut und er steckte einen Finger in sie. Sie spreizte ihre Beine weit, um ihm mehr Zugang zu verschaffen, sie wollte so viel mehr von ihm, aber sie war sich nicht sicher, wie das alles ablaufen sollte. Sie folgte seiner Führung und beobachtete, wie er sich in der Nähe ihres Eingangs positionierte und sich dann mit einer fließenden Berührung in ihr vergrub. Sein Eindringen ließ sie nach Luft schnappen, aber der Schmerz war gering im Vergleich zu der Freude, die ihren Körper bei seinem Eindringen erfüllte.

„Es tut mir leid. Sag mir, wenn es nicht mehr wehtut."

Er biss die Zähne zusammen, während er über ihr schwebte und sein Gewicht auf seine Ellenbogen stützte. Als der Schmerz nachließ, bewegte sie sich gegen ihn. Stöhnend zog er sich zurück und vergrub sich wieder tief in ihr, wobei sein Atem heiß über ihren Hals strich.

„Mehr, Cameron. Mach es noch einmal und mach es schneller."

Er stieß schnell und hart in sie ein, bis sie dachte, sie könnte es nicht mehr aushalten. Er griff nach unten und streichelte eine Stelle in der Nähe ihres Innersten und sie schrie auf, als alle ihre Lustpunkte vor Freude kreischten und Wellen reiner Glückseligkeit durch ihren Körper pulsierten. Sie hörte ihn knurren und ihren Namen rufen, als er seinem eigenen Vergnügen nachgab.

Er küsste ihre Stirn, ihre Nase und ihre Lippen, dann küsste er ihren Hals, während sie zufrieden seufzte.

Aedan Cameron gehörte ihr.

Aedan wurde mitten in der Nacht geweckt und in Alex' Arbeitskammer geführt. Erschöpfung lähmte seine Glieder, aber er hörte auf, sich den Schlaf aus den Augen zu reiben, als er Logan und Gwyneth sah.

„Gibt es Probleme?", fragte er und sein Blick wanderte von Alex zu Logan. Neil, der ebenfalls geweckt worden war, betrat hinter ihm die Kammer.

„Aye. Es gibt zwei Probleme. Eure Mutter wurde verletzt, aber das ist noch das geringere Übel", sagte Logan.

„Was ist das andere Problem?" Aedans Hände umklammerten den Stuhl vor ihm so fest, dass seine Knöchel weiß wurden. Zur Hölle, er konnte den Schwierigkeiten einfach nicht entkommen, nicht einmal tief in den Highlands. Er wusste, dass es dumm gewesen war, auf eine kurze Verschnaufpause mit Jennie zu hoffen.

„Der Angriff wurde vorgezogen. Ihr müsst nach Hause zurückkehren. Gwynie und ich haben einen Plan entwickelt. Wir haben ihn mit Alex besprochen und er hat uns seine Zustimmung gegeben. Wir sind uns ziemlich sicher, dass er den Verräter entlarven und Euch helfen wird, Euer Land zu behalten. In meinen Augen ist er narrensicher."

Aedan dachte nicht einmal daran, Alex zu fragen, bevor er

seinen nächsten Schritt machte, da er sich in der Nacht mit Jennie geeinigt hatte. „Neil, weckt bitte Jennie."

Alex stand auf. „Nay. Jennie bleibt hier. Ihr werdet sie später holen, wenn die Schlacht gewonnen ist."

Aedan blickte ratsuchend zu den anderen, und Logan sagte: „Wir werden Euch unterwegs von dem Plan erzählen. Es ist besser, wenn Jennie nicht mitkommt. Vertraut uns. Es wird sie aufregen, zurückgelassen zu werden, aber es wird ihr hier besser gehen."

Wider besseres Wissen beschloss er, ihnen zu vertrauen. Eigentlich hatte er keine Wahl. Wenn er wollte, dass Grants Wachen seinen Clan retteten, musste er tun, was Alex verlangte. „Ich verstehe. Alex, bitte erklärt Jennie, warum ich abgereist bin und dass ich so schnell wie möglich zu ihr zurückkehren werde."

Alex nickte. „Ich werde meinen Teil der Abmachung erfüllen. Jetzt müsst Ihr tun, was ich verlange. Sie wird schon damit fertig werden."

Mit einem flauen Gefühl im Magen brach Aedan auf.

Jennie wachte am nächsten Morgen mit einem Lächeln im Gesicht auf. Sie und Aedan waren im wahrsten Sinne des Wortes verheiratet. Nun, mit einem kleinen Vorbehalt – sie hatten noch keinen priesterlichen Segen erhalten. Sie hatte es nicht gewagt, ihren Brüdern die Wahrheit zu sagen, obwohl Brodie wegen ihrer langen Abwesenheit eine Augenbraue hochgezogen hatte. Er war der Einzige gewesen, der auf ihre Rückkehr gewartet hatte. Robbie und Caralyn waren zu ihrem Haus im Dorf aufgebrochen und Alex hatte bei Maddie gesessen, während Alice die Kinder ins Bett gebracht hatte.

Nachdem sie sich gewaschen und angezogen hatte, ging sie hinunter, um zu frühstücken. Der Saal war bis auf Celestina und Fiona, eines von Maddies Dienstmädchen, und den Kindern leer.

„Guten Morgen, Celestina. Wie geht es Braden heute Morgen?"

„Er und Roddy spielen. Caralyn ist bei Maddie und die Männer sind auf dem Kampfplatz."

„Geht es Maddie schlechter?"

„Nay, Caralyn hat nur Kyla und Connor zu einem kurzen

Besuch mitgenommen. Die Kinder vermissen ihre Mama."

„Hast du Aedan oder Neil gesehen?"

„Nay, ich habe heute Morgen noch keinen von beiden gesehen."

Jennie war neugierig und wünschte sich nichts mehr, als ihren Mann zu sehen. Jetzt, wo sie durch die Handfeste miteinander verbunden waren, hatte sie das Recht, ihn zu sehen, wann immer sie wollte, nicht wahr?

„Celestina, ich mache mich auf die Suche nach Aedan. Ich komme bald wieder."

Jennie ging geradewegs durch die Vorburg und auf die Ställe zu. Sie lächelte, als sie Mac im Pferdestall sah. „Du kannst es einfach nicht lassen. Alice hat mir erzählt, dass du nicht mehr jeden Tag arbeitest." Natürlich war es keine Überraschung, dass Mac seine Pferde dem Müßiggang vorzog. Er war nicht der Typ dafür, die Hände in den Schoß zu legen.

„Aye, wenn meine Frau aufhört, sich um die Kinder zu kümmern, höre ich vielleicht auf, mich um die Pferde zu kümmern. Solange sie weitermacht, werde ich es auch tun."

Jennie umarmte ihn stürmisch. „Du wirst nie aufhören, Mac. Dafür liebst du die Pferde zu sehr."

„Aye, Ihr habt recht, Mädchen." Er striegelte Midnight und das Pferd bedankte sich. „Diese Pferde sind meine Kinder. Ich kümmere mich seit vielen Jahren um Midnight und könnte ihn jetzt nicht verlassen."

„Mac, wo ist Aedans Pferd? Ist er auf die Jagd gegangen?"

„Nay, er und Neil sind heute Morgen mit einigen von Alex' Wachen zurück nach Lochluin aufgebrochen. Wusstet Ihr das nicht?"

Jennies Herz rutschte ihr in den Magen. Nay, Mac musste etwas falsch verstanden haben.

„Mädchen, Ihr seht aus, als hättet Ihr einen Geist gesehen. Was bedrückt Euch?" Er trat zu ihr und legte seine Hand auf ihre Schultern.

Doch Jennie schüttelte zur Antwort nur den Kopf und zwang sich, zu akzeptieren, was Mac ihr gesagt hatte. Vielleicht hatte es einen guten Grund für Aedans abrupten Aufbruch gegeben und sie reagierte übertrieben. „Wo ist Alex heute Morgen?"

„Die Männer sind alle auf dem Kampfplatz. Alex nimmt sie hart ran. Die Nachrichten aus Lochluin waren nicht gut, deshalb ist Aedan abgereist. Es haben mehr Angriffe stattgefunden, als sie erwartet hatten."

„Danke, Mac." Jennie drehte sich hastig um und ging zum Kampfplatz, während sie sich bemühte, tief durchzuatmen. Es musste einen guten Grund für Aedans Abreise geben, und sie hatte bereits eine erste Andeutung gehört. Sie weigerte sich zu glauben, dass ihr Mann sie ausgenutzt hatte, dass er sie verlassen hatte, nachdem er sie benutzt hatte, um seine Bedürfnisse zu befriedigen.

Aber wenn sie sich richtig an die Nacht erinnerte, war sie es gewesen, die ihn zur Handfeste und zum Liebesspiel überredet hatte, nicht umgekehrt. Herr im Himmel, was hatte sie getan? Vielleicht würde sie noch vor dem Abend selbst nach Lochluin reiten und in der Abtei Zuflucht suchen. Dort wäre sie sicher. Kein Schotte würde jemals die Abtei angreifen.

Sie war fast beim Kampfplatz angekommen, als Alex ihr entgegengerannt kam. „Was ist los?" Innerhalb von Sekunden erreichte er ihre Seite. „Ist es Maddie? Was ist passiert? Hat sie das Baby verloren?"

„Nay, Alex." Sie legte ihre Hand auf seinen Arm, überrascht zu sehen, wie aufgeregt er war. Er verlor die Kontrolle, und ihr ältester Bruder verlor doch nie die Kontrolle. „Ich habe Maddie heute Morgen noch nicht gesehen, aber es geht ihr gut. Caralyn ist bei ihr."

Alex atmete aus, offensichtlich erleichtert, dass sie keine schlechten Nachrichten überbrachte.

„Hast du den Laird der Camerons gesehen?"

„Aye, er ist heute Morgen gegangen. In Lochluin gibt es Probleme und er wollte nicht warten. Er hat mich gebeten, dir zu sagen, dass es ihm leidtut, dass er so eilig aufbrechen musste und dass er zurückkehren wird, sobald er kann."

„Was?", rief sie entrüstet. Bis zu diesem Moment hatte sie es nicht wirklich geglaubt. „Er ist gegangen, ohne vorher mit mir zu sprechen oder mir eine Nachricht zu hinterlassen?"

„Ich habe dir gerade seine Nachricht übermittelt." Alex runzelte die Stirn, sagte aber nichts. „Gibt es etwas, das du mir sagen möchtest, Jennie?"

„Nay. Ich habe nur … ich dachte …"

„Jennie, Aedan hat gestern um deine Hand angehalten. Ich habe seine Bitte abgelehnt und ihm erklärt, dass du noch nicht bereit bist zu heiraten."

Jennie dachte, ihr Kopf würde platzen. „Du hast *was* getan? Er hat *was* getan? Du hast ihn abgelehnt? Alex, warum hast du das getan, ohne vorher mit mir zu sprechen? Wie konntest du einfach so über mich hinweg entscheiden?"

Alex explodierte. „Du hast mir doch in meiner Arbeitskammer erklärt, dass dir das alles zu viel ist. Wenn meine Maddie krank ist, ist das auch für mich zu viel. Also habe ich eine Entscheidung getroffen. Wenn du den Mann heiraten willst, können wir das arrangieren, sobald es Maddie besser geht und das Schicksal von Lochluin Abbey entschieden ist. Es gab weitere Angriffe auf sein Land, also ist er zurückgekehrt. Darauf muss er sich erst einmal konzentrieren, nicht auf dich."

Jennie keuchte, denn sie war entsetzt darüber, dass ihr eigener Bruder so mit ihr sprach. Wenn sie allein gewesen wären, hätte sie in Erwägung gezogen, ihn zu ohrfeigen, aber sie würde ihn nicht vor seinen Männern bloßstellen. In dem Glauben, es sei das Beste, sich so weit wie möglich von ihm zu entfernen, wirbelte sie herum und ging zurück zur Burg. Hoffentlich erreichte sie ihre Kammer, bevor die Tränen über ihre Wangen strömten. Alex versuchte nicht, sie aufzuhalten.

Sie hastete durch den großen Saal, stürmte die Treppe hinauf und direkt in ihre Kammer, wo sie sich auf ihr Bett fallen ließ und haltlos schluchzte. Er hatte sie verlassen! Aedan hatte die Handfeste mit ihr geschlossen, sie geliebt und sie verlassen, und das alles in weniger als einem Tag.

Nachdem sie ein Meer von Tränen geweint hatte, schlugen ihre Gedanken komplett um. Es würde weitere Angriffe geben und Aedan war unterwegs, um die Angreifer abzuwehren. Was, wenn die Attacken diesmal viel schlimmer wären? Was, wenn die Hälfte der englischen Armee auf ihn hereinprasselte? Wer würde ihn heilen, wenn er wieder verletzt wurde?

Plötzlich füllte sich ihr Kopf mit quälenden Gedanken. Die Worte der Äbtissin hallten in ihrem Kopf wider. Was, wenn er sie brauchte? Sie hatte ein schreckliches Gefühl in ihrem Bauch, das ihr sagte, dass sie an seiner Seite sein sollte. Gott hatte sie zuvor ohne klare Führung dorthin geschickt. Passierte ihr jetzt dasselbe?

Jennie sprang vom Bett auf und packte ihre Tasche. Sie würde zur Abtei von Lochluin reiten.

Aedan war krank vor Sorge. Seine Mutter war verletzt und die Angriffe hatten zugenommen. Er war geduldig gewesen und hatte Logan auf dem Weg so gut wie möglich zugehört, aber seine Gedanken waren zwischen Jennie und seinem Clan hin und her gesprungen. Aye, er stimmte zu, dass der Plan solide war und funktionieren würde, aber er fühlte sich schrecklich dabei, Jennie verlassen zu haben.

Doch Alex Grant hatte ihm keinen anderen Ausweg gelassen.

Die Vorstellung, dass der Verräter seiner Familie schaden wollte, machte ihn wütend und er trieb sein Pferd zur Eile an, bis es Schaum vor dem Mund hatte. Neil sagte ihm schließlich, er müsse dem Tier eine Pause gönnen, wenn er es nicht umbringen wolle.

„Cameron, was geschehen ist, ist geschehen. Wir werden nicht schneller ankommen, wenn wir zu zweit auf einem Pferd reiten."

Aedan ging auf der Lichtung auf und ab, auf der sie ihr Nachtlager aufgeschlagen hatten. „Logan, seid Ihr sicher, dass sich die Verletzung meiner Mutter nicht verschlimmern wird?"

Gwyneth kam mit zwei Kaninchen auf die Lichtung. „Cameron, Eurer Mutter wird es gut gehen. Wir haben Euch geholt, weil der Hauptangriff vorgezogen wurde. Das ist unsere Sorge. Ihr müsst da sein, wenn der Verräter versucht, Euer Land zu erobern."

Er nickte. Aye, sie hatten ja recht, aber er vermisste seine Frau. Warum hatte Grant ihm nicht erlaubt, sie zu wecken und ihr alles zu erklären?

Logan schien seine Gedanken zu lesen. „Es gibt eine einfache Erklärung. Jennie wäre nicht zurückgeblieben und Alex will sie nicht in Gefahr bringen. Ihr braucht Euch keine Sorgen zu machen, dass es einen anderen Grund geben könnte. Grant wollte sie nicht gehen lassen und er hat richtig gehandelt. Jennie ist zu eigensinnig."

Aye, Logan hatte recht und er würde sich keine Sorgen um ihre Sicherheit machen müssen. Bei seiner Rückkehr würde er sich entschuldigen müssen, aber Jennie Grant hatte ein großes Herz. Das war einer der Gründe, warum er sie liebte. Die letzte Nacht war die erhebendste Erfahrung seines Lebens gewesen. Ihr Liebesspiel war außergewöhnlich gewesen und verhieß ihm viele Jahre der Freude. Er bedauerte nur, dass ihre Entscheidung der Handfeste sie gezwungen hatte, ihre Liebe zu verbergen. Das hatte bedeutet, dass er sie nicht die ganze Nacht in seinen Armen halten konnte. Er würde jetzt viel lieber Jennie in seinen Armen halten, würde sie kosten, genießen und jeden Zentimeter von ihr erkunden, statt verbissen in Richtung des Landes der Camerons zu reiten.

Aber es sollte nicht so sein. Noch nicht. Der Verräter musste gefasst werden, und er würde ihn finden. Sie hatten sich die perfekte Falle ausgedacht. Die Gerechtigkeit würde am Ende siegen, dessen war er sich sicher.

Dann würde er, wenn nötig, vor seiner Frau auf die Knie gehen und sie richtig heiraten. Er hoffte nur, dass sie ihm verzeihen würde.

Brodie starrte sie an. „Bist du von allen guten Geistern verlassen? Du kannst nicht allein durch die Highlands reiten."

Als die Männer zum Mittagessen in den Saal gekommen waren, hatte Jennie Brodie in ihre Kammer gezerrt. Alex saß bereits an Maddies Bett.

„Dann komm mit mir!", sagte sie.

„Das werde ich nicht tun. Alex würde es niemals zulassen. Er ist völlig in Aufruhr, oder hast du nicht bemerkt, wie unser Bruder mit der Krankheit seiner Frau umgeht?"

„Natürlich habe ich es bemerkt. Ich bin nicht blind, aber ich habe Wichtigeres zu tun."

„Wichtiger, als dich um Maddies Wohlergehen zu sorgen?"

Brodie war sichtlich entsetzt über ihre Worte, womit sie nicht gerechnet hatte. Alex war für sie wie ein Vater, aber Brodie war der Bruder, dem sie am nächsten stand, und sie brauchte in dieser schwierigen Zeit seine Unterstützung. Sie rang ihren Rockstoff in den Händen, bevor sie sich auf das Bett setzte. „Brodie, wir haben letzte Nacht die Handfeste geschlossen."

Brodie klappte die Kinnlade herunter. „Was? Was zum Teufel hast du dir nur dabei gedacht? Bei allen Heiligen, niemand schließt heutzutage noch eine Handfeste."

„*Du* hast es getan!", rief sie. „Und hör auf, mich so anzusehen."

„Wie sehe ich dich denn an?" Brodie warf die Arme in die Luft.

„Entrüstet. Wir haben nichts getan, was du und Celestina nicht auch getan haben." Sie warf ihm einen spitzen Blick zu, aber ihre Hände waren so verkrampft, dass ihre Knöchel weiß wurden. Brodie war der Einzige, dem sie diese Informationen anvertraute. Sie musste ihn dazu bringen, ihr zu helfen.

Seine Stimme war nicht mehr als ein Flüstern. „Aye, Celestina und ich haben eine Handfeste geschlossen, aber unser Laird war unser Zeuge. Wir befanden uns mitten im Krieg. Es ist nicht dasselbe." Sein Kiefer zuckte nervös.

Jennie stand auf und stemmte ihre Hände in die Hüften, während sie ihren Bruder anstarrte. „Ich bin mir ziemlich sicher, dass Aedan sehr wohl das Gefühl hat, dass auf seinem Land Krieg herrscht, unter dem er schon seit mehreren Wochen leidet."

Schließlich sank Brodie auf einen Stuhl und rieb sich den Kiefer. „Weiß Alex Bescheid?"

„Nay. Er ist zu aufgewühlt." Jennie setzte sich neben ihn. „Das ist einer der Gründe, warum wir uns entschieden haben, es ohne ihn zu tun. Er kann in seinem jetzigen Zustand keine klaren Entscheidungen treffen."

„Alex kann sehr wohl Entscheidungen treffen. Vielleicht liegt es eher daran, dass du mit seinen Entscheidungen nicht einverstanden bist." Er fuhr sich mit der Hand übers Gesicht.

Jennie war überzeugt, dass Brodies Meinung wankte, also fuhr sie fort: „Nachdem er heute Morgen mit mir über Aedans Abreise gesprochen hat, bin ich froh, dass wir es ohne sein Wissen getan haben. Er hätte unsere Entscheidung nie und nimmer unterstützt. Aber wir haben ein Recht darauf, zusammen zu sein." Sie verlor die Geduld und entschied, dass es an der Zeit war zu handeln. Sie griff unter ihr Bett und zog ihre Satteltasche heraus. Sie sah ein, dass sie allein gehen musste.

Doch bevor sie etwas hineinpacken konnte, zog Brodie die Tasche von ihr fort. „Jennie, ich müsste ein kompletter Narr sein, um dir zu erlauben, mitten in die Highland-Gefechte zu reiten. Verstehst du nicht, was das bedeutet?"

Mit einem Seufzen erlaubte sie ihm, ihre Tasche zu nehmen. „Aye, ich war dabei, als sie anfingen, wenn du dich erinnerst."

„Das mag sein, aber du begreifst dennoch nicht die Unge-heuerlichkeit dessen, was du vorschlägst. Sobald es in einem Gebiet zu Unruhen kommt, macht sich jeder Räuber in den Highlands in diese Richtung auf, in der Hoffnung, die Ablen-kung für Diebstähle zu nutzen. Es wird in den Highlands nur so von Vogelfreien und Dieben wimmeln. Es ist nicht sicher für eine Frau jetzt zu reisen."

„Dann solltest du mich vielleicht begleiten." Sie zog die Tasche wieder an sich, aber Brodie ließ nicht los. Sie musste ihn überre-den, sie zu begleiten und ein paar Wachen mitzunehmen, nach dem, was ihr beim letzten Mal passiert war. Sie wollte nie wieder entführt werden. Brodie würde sie unterstützen.

„Nay. Ich werde hier gebraucht und du auch. Maddie ist krank und du bist die beste Heilerin in der Gegend."

„Maddie muss im Bett bleiben, bis das Kind zur Welt kommt, und das kann noch zwei Monate dauern. Ansonsten geht es ihr gut. Ich kann zu Aedan gehen und zurückkommen, lange bevor das Kind kommt. Und wenn nicht, ist Caralyn mehr als in der Lage, ein Kind auf die Welt zu bringen. Immerhin hat sie auch dein Kind geboren."

„Nay. Jennie, bitte tue ausnahmsweise, was ich sage. Alex würde das nicht gutheißen und ich kann es auch nicht. Wenn ihr die Handfeste geschlossen habt, wird Cameron zurückkehren, sobald er kann. Er macht einen ehrenwerten Eindruck auf mich. Du musst hierbleiben." Brodie ging zur Tür hinaus und schnappte sich auf dem Weg nach draußen die Satteltasche. „Ich nehme das hier mit, um sicherzustellen, dass du nirgendwohin gehst."

Brodie schloss die Tür und Jennie verschränkte verärgert die Arme. Schließlich legte sie ihren Kopf auf das Kissen und schloss die Augen, in der Hoffnung, die Gedanken an die Angriffe zu vertreiben. Und doch konnte sie nicht aufhören, darüber nach-zudenken, was die Äbtissin gesagt hatte. Hatte der Herr sie zu

Aedans Land geführt, um ihn zu retten? Sie spürte denselben Drang und diesmal konnte sie ihn nicht loswerden.

Sie muss zu ihm gelangen. Er könnte sterben. Vielleicht war sie die Einzige, die ihn retten konnte. Aedan brauchte sie und die Abtei brauchte sie.

Es war göttliche Fügung, genau wie die Äbtissin gesagt hatte.

KAPITEL ACHTZEHN

SOBALD AEDAN AUF seiner Burg ankam, stürmte er die Stufen zum großen Saal hinauf. Wie er hoffte, seine Mutter in guter Verfassung vorzufinden! Er könnte es nicht ertragen, sie zu verlieren. Zumindest würde er ihr sagen können, dass er Jennie Grant geheiratet hatte. Er wusste, dass sie begeistert über diese Neuigkeiten sein würde.

Nachdem er durch die Tür gestürmt war, kam er am Fuß der Treppe zum Flur abrupt zum Stehen. Seine Mutter stand in der Nähe des Kücheneingangs und unterhielt sich mit einem der Dienstmädchen.

„Mutter?"

Sie fuhr überrascht herum. „Aedan? Oh, den Heiligen sei Dank, du bist endlich zu Hause." Sie ging zu ihm hinüber.

Als sie sich umdrehte, bemerkte er das Leinentuch, das um ihren Arm gewickelt war. „Mutter, wie geht es dir? Ich dachte … ich dachte …"

„Mir geht es gut, Aedan. Ich bin heftig gestürzt und meine Schulter ist verletzt, aber ansonsten fehlt mir nichts. Es tut mir leid, wenn du meinetwegen gezwungen warst, deine Reise zu verkürzen, aber Logan bestand darauf, jemanden zu schicken, der dir die Neuigkeiten mitteilte, und ich bin froh, dass er es getan hat, da uns inzwischen Nachricht erreicht hat, dass der Angriff bald erfolgen wird. Täglich wird uns gesagt, dass wir jeden Moment damit rechnen müssen." Sie umarmte ihn und trat dann zurück, seine Hände immer noch in ihren.

„Wann?"

„Heute Abend", antwortete Logan, als er durch die Tür kam, nachdem er sich mit Tomas beraten hatte. „Wir können alles Weitere in Eurer Kammer besprechen."

Seine Mutter küsste Aedan auf die Wange. „Aye, geht vor. Die Magd wird Euch Bier bringen und ich folge Euch mit Essen. Ich bin sicher, Ihr seid nach der langen Reise hungrig."

Aedan ging, gefolgt von Logan und Neil. Tomas gesellte sich in letzter Minute zu ihnen.

Als sie Platz genommen hatten und Krüge mit Bier serviert waren, seufzte Aedan und sagte: „Bringt mich auf den neuesten Stand." Er rieb sich die Schläfen, um seine Kopfschmerzen zu lindern. Es hatte in letzter Zeit einfach zu viel Aufruhr gegeben. Würde er jemals die Gelegenheit haben, einfach Zeit mit seiner Frau zu genießen? Er hatte nicht einmal Gelegenheit gehabt, seiner Mutter von seiner Ehe zu erzählen.

Bevor sie zu reden begannen, brachte Aedans Mutter Fleischpasteten und schloss die Tür auf dem Weg nach draußen.

„Logan?" Aedan sah ihn erwartungsvoll an.

„In einem haben wir Gewissheit: Es ist nicht Drew."

„Das wusste ich bereits. Sonst habt Ihr nichts herausgefunden?" Aedan schnappte sich eine Fleischpastete und zwang sich, sie zu essen. Er war nicht im Geringsten hungrig, aber er wusste, dass er essen musste, wenn er diese Nacht bei Kräften sein wollte.

„Der Großangriff ist für heute Abend geplant. Wie viele Grant-Wachen sind mit Euch gekommen?"

„Zehn."

„Gut, zehn Grant-Krieger entsprechen dreißig englischen Kämpfern. Sie sollen wohl mitten in der Nacht kommen. Der Plan ist, Euch zu töten und die Kontrolle über Euer Land zu übernehmen, was den Eindringlingen Zugang zur Abtei und ihrer Schatzkammer verschafft."

„Wer ist ihr Anführer?", fragte Aedan zwischen zwei Bissen.

Logan antwortete: „Tomas ist sich ziemlich sicher, dass seine Identität aufgedeckt wird. Wir werden unseren Plan weiter verfolgen. Wir dürfen nicht von ihm abweichen, andernfalls ist Euer Leben in Gefahr. Alle werden heute Nacht darauf abzielen, den Laird der Camerons zu töten, und dem Krieger, der Euch den Todesstoß versetzt, ist unermesslicher Reichtum versprochen worden."

Aedan starrte Logan an und verschluckte sich an seinem Essen bei dem Gedanken, dass den Angreifern ein Preisgeld angeboten worden war, um ihn zu töten. „Am Morgen könnte das alles vorbei sein."

„Aye", nickte Logan und verschränkte die Arme vor der Brust. „Aber Ihr müsst sehr vorsichtig sein. Sie werden alle auf Euch zielen. Wenn wir einen Fehler machen, seid Ihr morgen ein toter Mann."

Jennie packte eine andere Satteltasche und schlich hinunter zu den Ställen. Sie wartete, bis Mac allein war. „Mac."

Der alte Mann zuckte beim Klang seines Namens zusammen. „Lady Jennie. Was gibt es? Ich habe Euch nicht gehört."

„Du musst mir helfen."

„Aye, was immer Ihr braucht, Mädchen."

„Ich brauche ein Pferd und ein paar Wachen, die mit mir ins Land der Camerons reisen. Wem kann ich vertrauen?"

Mac stieß einen leisen Pfiff aus. „Mädchen, wenn Ihr das tut, werdet Ihr Euer Leben gleich auf zwei Arten gefährden."

Sie warf Mac einen finsteren Blick zu und war sich nicht sicher, was er meinte.

„Erstens gibt es viele Räuber. Zweitens schleicht Ihr Euch davon, ohne Alex davon zu erzählen. Ich nehme an, er hat Eure Bitte um Begleitschutz abgelehnt?"

„Aye, aber ich muss gehen. Die Äbtissin der Abtei von Lochluin sagte mir, dass mich eine göttliche Intervention rechtzeitig dorthin brachte, um Aedan zu retten. Jetzt zieht er wieder in die Schlacht und könnte sterben. Ich werde mir schrecklich Sorgen machen, bis ich ihn mit eigenen Augen sehe." Ihre Augen trübten sich bei ihrem Geständnis.

Mac musterte sie lange, bevor er zu einem Pferd ging und es sattelte. Er sprach mit einem Stallburschen und schickte ihn in die entgegengesetzte Richtung. „Ich habe fünf Wachen, die Euch beschützen werden. Steigt auf. Ihr werdet Euch beeilen müssen."

Jennie war erst einen halben Tag unterwegs, als ihr donnernde Pferdehufe entgegenkamen. Sie bedeutete ihren Wachen, den Weg zu verlassen, und sie versteckten sich in einem Wäldchen, um zu sehen, wer sich näherte. Sie war sich sicher, dass es sich um eine Gruppe von Grant-Kriegern handeln musste, weil es so viele waren. Aber sie würde nicht umkehren – egal, was ihre Brüder sagten.

Als die Pferde näher kamen, beschleunigte sich ihr Herzschlag. Was, wenn es keine Grant-Männer wären? Sie könnte in Gefahr sein. Sie dachte daran, was Brodie darüber gesagt hatte, wie der Krieg die ehrenlosesten Männer anzog.

Plötzlich verstummte das Donnern. Es war noch ein gutes Stück entfernt gewesen, also kroch sie hervor, um zu sehen, wer sich näherte. Sobald sie aus ihrem Versteck herauskam, räusperte sich jemand ganz nah bei ihr. Sie sprang auf und wirbelte gerade noch rechtzeitig herum, um Alex vor sich stehen zu sehen, die Arme verschränkt an einen Baum lehnend.

„Eine Handfeste? Du hast eine Handfeste geschlossen, ohne meine Erlaubnis einzuholen?"

Sie legte den Kopf in den Nacken und schrie in den Himmel. „Brodie! Das ist das letzte Mal, dass ich mich dir anvertraue."

Brodie kam mit breitem Grinsen auf seinem Pferd zu ihr. „Entschuldige, Mädchen, aber für Mac und mich hat deine Sicherheit Vorrang. Du dachtest doch nicht, dass Mac dich gehen lassen würde, ohne es seinem Laird zu sagen, oder?"

Alex deutete zu ihrem Pferd. „Steig auf. Cameron wird angegriffen und wir müssen bald zu ihm gelangen. Du hast Glück, dass wir schon zu weit weg sind, um dich zurückzuschicken. Ich werde meine Männer nicht trennen, und wir brauchen alle Wachen, die wir haben, um ihm zu helfen. Du wirst in der Abtei ausharren, während wir uns der Schlacht anschließen. Es wird erwartet, dass sie heute Abend stattfindet."

Alex pfiff nach Midnight.

„Aber Alex, wer ist der Verräter?" Jennie starrte ihn an, als er auf das Pferd stieg, in der Hoffnung, die Antwort zu erfahren.

„Hm … meine eigene Schwester hat mir nicht genug vertraut, um mir zu sagen, dass sie eine Handfeste geschlossen hat oder auch nur in den Laird der Camerons verliebt ist, und jetzt soll ich meine Geheimnisse mit ihr teilen?" Alex galoppierte davon und ließ sie ohne einen Blick zurück in seiner Staubwolke stehen.

Zur Hölle, Alex war wütend, und er hatte jedes Recht dazu. Aye, er war stur, aber sie war ebenso uneinsichtig. Wenn sie eines wusste, dann dass ihr Bruder sie liebte. Und das bedeutete, dass er ihr verzeihen würde. Schließlich konnte sie ihn einholen. „Aber Alex, du warst so verzweifelt wegen Maddie, dass du mir nicht zugehört hättest. Wenn du dich recht erinnerst, habe ich dir sehr wohl gesagt, dass ich Gefühle für ihn habe."

„Ich hätte dir nicht zugehört? Und woher willst du das wissen?" Sein Blick bohrte sich in ihren und sie verstand endlich, wie es sich anfühlte, von Alex Grant angegriffen zu werden.

Jennie antwortete nicht; sie konnte nicht antworten. Irgendwie wusste sie, dass sie ihren Bruder enttäuscht hatte, und das tat weh. Wie konnte sie das wieder gutmachen? Sie ließ den Kopf hängen und fiel mit trüben Augen hinter ihn.

Er rief ihr über seine Schulter hinweg zu. „Du wirst wie angewiesen in die Abtei gehen, Schwester, und wenn ich dich dort an einen Baum binden muss, werde ich es tun. Du wirst diesen Kampf in keiner Weise behindern. Hast du das verstanden?"

Jennie flüsterte: „Aye." Sie ritten verzweifelt und sie verbrachte einen Großteil des Weges damit, zu schluchzen. Sie hatte den Mann enttäuscht, den sie wie einen Vater liebte.

Was der glücklichste Tag ihres Lebens hätte sein sollen, war zu einer Katastrophe geworden.

Die Grant-Männer kamen mitten in der Nacht an und hielten auf dem Weg gerade lange genug an der Abtei, um Jennie dort zu lassen, bevor sie weiterzogen. Bevor sie fortritten, ging Jennie zu Alex' Pferd und sah zu ihm auf. „Es tut mir leid, dass ich dich enttäuscht habe. Aber bitte hilf Aedan. Lass die Angreifer nicht gewinnen. Du musst ihn retten. Ich liebe ihn, Alex."

Sie würde nicht länger mit Alex streiten. Die Grant-Krieger waren hier und Aedan brauchte sie dringend.

Sie war bis hierher gekommen, jetzt konnte sie nur noch warten.

Kurz nach Sonnenaufgang erreichte sie die Nachricht, dass die Engländer unterwegs waren. Aedan ließ sein Pferd satteln und führte die Gruppe an, obwohl der Plan vorsah, dass er die Nachhut übernehmen sollte, sobald sie sich dem Gefecht näherten. Drew, Dermid und Irvine waren alle hier, bereit, an seiner Seite zu kämpfen. Es fehlte nur einer seiner Freunde: Hamish Henderson.

Als sie die Heide überquerten, nachdem sie das Tal passiert hatten, wurde ihm flau im Magen. Das Heer, das auf sie zukam, war viel größer als er vermutet hätte. Sie waren zahlenmäßig unterlegen und Aedan wusste, dass das nichts Gutes für sie verhieß. Er ließ die anderen an sich vorbeireiten und fiel wie geplant nach hinten.

Logan ritt neben ihm. „Habt Ihr Fragen zum Plan?"

Drew und Dermid ritten direkt vor ihm. Alle drei drehten sich zu Logan um und schüttelten den Kopf.

Dermid erhob sein Schwert mit einem Kriegsschrei und trieb sein Pferd voran. „Es ist an der Zeit, dem ein Ende zu setzen."

Logan schickte Gwyneth mit ihren Pfeilen in die Bäume, bevor er seinen Kriegsruf ausstieß und den Angriff direkt in das Meer der Engländer lenkte. Aedan sprach ein schnelles Gebet und spornte sein Pferd an. Das Klirren von Stahl auf Stahl hallte über das Land. Aedan blieb nicht gern zurück, verstand aber, wie wichtig es war, da er das Hauptziel war. Nach allem, was er mit den Grants geübt hatte, hatte er neues Vertrauen in seine Fähigkeiten geschöpft, aber er musste geduldig sein. Schließlich wollte er seine Frau wiedersehen, sie in den Armen halten und ihr seine Liebe zuflüstern.

Sein Schwertarm schwang und seine Klinge traf auf Fleisch. Schreie und Stöhnen durchdrangen die Luft, während der Kampf weiterging. Von Aedans Perspektive aus konnte er erkennen, dass die Schotten über deutlich bessere Kampffähigkeiten verfügten. Sie waren äußerst effizient und mähten jeden Mann auf ihrem Weg nieder, aber die schiere Zahl an Engländern war überwältigend. Verdammt, er hätte mit seiner Abreise bis zum Morgengrauen warten sollen. Vielleicht hätte er den Laird der Grants in der Zwischenzeit überzeugen können, mehr Wachen mit ihm zu schicken.

Drei Männer ritten direkt auf ihn zu und ihre Augen funkelten in Erwartung, den größten Preis zu erwischen. Er schnitt dem ersten den Hals auf. Obwohl es kein tiefer Schnitt war, hatte er gute Arbeit geleistet, weil der Mann zu Boden sank, und mit demselben Schwung schaffte er es, den Schwertarm des zweiten Mannes zu treffen, der schreiend von seinem Pferd fiel. Es war nur noch ein Mann, und er war sich sicher, dass er ihn zu Fall bringen konnte. Doch plötzlich fielen drei weitere hinter ihm ein.

Aedan schlug und hieb um sich, und die Erinnerung an Jennie Grants Lächeln spornte ihn an, härter gegen die Angreifer zu kämpfen. Aber obwohl es ihm gelang, mit allen um ihn herum fertig zu werden, sagte ihm sein Bauchgefühl, dass etwas nicht stimmte. Immer mehr Engländer preschten auf sie zu, weit mehr als sie vorhergesagt hatten. Aus dem Augenwinkel bemerkte er eine Gruppe von Highlandern, die sich den Engländern anschloss. Obwohl sie keine Plaids trugen, um sie zu identifizieren, glaubte Aedan dennoch, einige der Männer zu erkennen. Leider waren sie nicht hier, um zu helfen. Nay, sie wollten ihn begraben. Wie sehr er sich wünschte, es wären Alex Grant und seine Krieger.

Gerade als sie sich näherten, erkannte er einen von ihnen. Seine Augen weiteten sich, als er sich umdrehte, um ihren Anführer anzusehen, der jetzt mit ihnen ritt.

„Du? Du bist der Verräter?"

Ganz in der Ferne kam ein einsamer Reiter. Er war im Hintergrund geblieben, nahe genug, um sich zu vergewissern, dass er alles mitbekam, aber nicht nahe genug, um gesehen zu werden. Er würde in seiner Mission nicht erfolgreich sein, wenn er den Plan der anderen nicht kannte.

Und er musste erfolgreich sein. Er war der Retter. Eines Tages würden sie seine Absicht verstehen, aber noch nicht. Das Grant-Mädchen war der wahre Schatz.

Bisher hatte alles perfekt funktioniert. Er würde ohne Zweifel erfolgreich sein.

Er grinste triumphierend und kehrte in sein Versteck zurück.

Aedan wirbelte herum, sein Schwert noch immer erhoben, obwohl er vom Anblick des Mannes zwei Pferdelängen vor sich verdutzt war. Augenblicke zuvor war er Aedan noch vorausgeritten und hatte gegen die Engländer gekämpft wie der Rest der Cameron-Verbündeten, aber jetzt kam er mit einem bösen Lächeln auf ihn zu.

Jeder andere Mann um ihn war damit beschäftigt, um sein Leben zu kämpfen, genau wie Aedan es bald tun würde.

„Fletcher, warum?"

Irvine Fletcher hob seinen Schwertarm, bereit, Aedan in zwei Teile zu hacken.

Aedan blockte den Hieb ab und führte einen eigenen Schlag aus, wobei er auf den Bauch seines Gegners zielte.

„Weil du kein Anführer bist. Du solltest dich schämen, wie schlecht deine Männer ausgebildet sind. Es wäre leicht, dir dein Land wegzunehmen. Aber ich will alles – das Land, die Geldtruhen und deinen Tod."

Irvine wehrte Aedans Stoß ab und hieb mit seinem Schwert nach ihm.

Diesmal traf er auf Fleisch.

Aedan fiel vom Pferd und krümmte sich vor Schmerzen. Er rollte sich gerade noch rechtzeitig herum, um zu sehen, wie Fletcher von seinem Pferd sprang und auf ihn zulief, den Schwertarm zum Todesstoß über dem Kopf erhoben.

Jennie ging vor der Abtei auf und ab. Zwei Nonnen saßen draußen mit ihr, zusammen mit drei Mönchen. Alle beteten andächtig, während sie den Geräuschen des Gefechts in der Nähe lauschten. Sie waren auf den Knien, aber Jennie ging hin und her und wartete darauf, dass sich etwas änderte, dass der Schlachtlärm aufhörte oder zumindest abnahm, aber das tat er nicht.

Der Lärm wurde zu einem mächtigen Getöse und Jennie konnte die Angst und Hilflosigkeit, die in ihr aufstiegen, kaum noch zurückhalten.

Pferde kamen auf sie zu und sie wusste nicht, ob sie freudig und hoffnungsvoll in die Luft springen sollte. Als sie näherkamen, brach ihr Schweiß auf der Stirn aus, und sie trat von einem Fuß auf den anderen, um ihre Angst vor den Neuigkeiten zu lindern, die die Reiter ihr bringen würden.

Sie erkannte einen der Männer. Drew Menzie kam direkt auf sie zu, blieb stehen und ergriff ihre Hand.

„Was ist?" Während sie auf seine Antwort wartete, hörte sie, wie die Nonnen hinter sie traten.

Die beiden Reiter hinter Drew riefen: „Es ist vorbei. Cameron wurde besiegt."

Sie hörte die Nonnen hinter sich nach Luft schnappen und eine von ihnen legte ihr eine Hand auf die Schulter.

Drew hielt ihr immer noch die Hand. „Kommt. Ich bringe Euch zu ihm."

Jennie hielt inne, bevor sie nach Drew griff. Es konnte nicht wahr sein. Alle ihre Träume waren dabei, sich in Luft aufzulösen.

„Jennie." Seine Hand wartete noch immer auf sie. „Kommt."

Sie zögerte immer noch und betete, dass sie falsch gehört hatte.

„Aedan ist tot."

KAPITEL NEUNZEHN

JENNIE ÜBERGAB SICH zweimal, bevor sie sich den Mund reinigte und auf Drews Pferd kletterte. Es war eine Lüge. Es *musste* einfach eine Lüge sein. Als sie zur Burg ritten, sprach Drew weiter.

„Fletcher hat ihn angegriffen. Wir lagen falsch. Wir alle hielten Hamish für den Verräter und ließen Irvine zurück, um Aedan Rückendeckung zu geben. Aber Irvine wandte sich gegen ihn und rammte ihm sein Schwert in den Bauch. Er starb sofort. Es tut mir leid, Jennie."

Sie klammerte sich von hinten an Drew und lehnte ihren Kopf an seinen Rücken, schluchzte und weinte unkontrolliert.

Aber es ergab keinen Sinn. Wenn er wirklich tot war, wohin gingen sie dann?

„Wo bringt Ihr mich?", fragte sie unter Tränen. „Wenn er tot ist, will ich ihn nicht sehen. Haben Fletcher und die Engländer die Burg eingenommen?"

„Aye, sie haben sie eingenommen, aber Euer Bruder ist mit seinen Männern hier. Sie bewachen Camerons Leiche bis zur Beerdigung. Fletchers Männer wollten ihn mitnehmen, um seinen Leichnam öffentlich zur Schau zu stellen, aber Eure Brüder haben ihn zurückbekommen."

Sie weigerte sich, das zu glauben. Der Herr würde ihr so etwas nicht antun. Er würde ihr nicht wenige Tage nach ihrer Heirat ihren Mann nehmen, oder? Ihr Magen drehte sich um, obwohl er leer war. Sie würde nie wieder essen, nie. Wie konnte ihre Intuition so falsch gewesen sein? Sie war gekommen, wie ihr befohlen worden war. Der Herr hatte ihr gesagt, dass ihr Mann sie brauchte, und hier war sie. Sie hatte auf Gott vertraut, genau wie die Äbtissin es ihr aufgetragen hatte. Hatte er sie angelogen?

Sie versuchte ihr Bestes, um die Fassung zu bewahren, und tauchte in denselben Zustand ab, die ihr dabei half, ihr Herz und ihre Seele zu schützen, wenn sie stöhnende Männer behandelte, die vom Kampf zerrissen und aufgeschlitzt und blutig waren, obwohl dieser Schutzmechanismus in letzter Zeit versagt hatte. Drew half ihr beim Absteigen und sie warf einen Blick in die Mitte der Versammlung, wo ein Mann reglos auf einem Cameron-Plaid lag. Brodie rannte auf sie zu.

„Jennie, nay. Komm nicht näher. Wir wollten dich herholen, damit du in Sicherheit bist, aber schau ihn bitte nicht an." Brodie hielt sie zurück. „Du solltest ihn nicht so in Erinnerung behalten."

Sie warf einen Blick auf die Leiche und nahm das Blut wahr, das sie von Kopf bis Fuß bedeckte. Etwas brach in ihr, etwas tief in ihrem Bauch, und sie konnte es nicht kontrollieren. Aedan. Es war Aedan, sie würde ihn überall erkennen. Aedan lag tot vor ihr auf dem Boden. Alle Gedanken daran, dass es eine Lüge war, verschwanden, und die Realität traf sie. Die schreckliche Realität, von der sie fliehen wollte.

„Nay!", schrie sie immer und immer wieder, drückte und stemmte sich gegen Brodie, kratzte mit ihren Fingernägeln über seine Haut. Er hielt sie fest. „Nay, er ist mein Mann, lass mich los. Brodie, lass mich ihn halten. Ich liebe ihn."

Sie schluchzte eine gefühlte Ewigkeit hysterisch, während eiserne Arme sie zurückhielten. „Bitte, lass mich ihn noch einmal halten. Ich hatte nicht genug Zeit mit ihm. Ich muss ihn halten … nur noch einmal. Das ist alles, was ich verlange." Sie warf sich gegen ihren Bruder und klammerte sich an ihn. „Lass mich bitte los, Brodie."

Sie kämpfte gegen Brodie, trat und schrie, bis er sie endlich losließ. Doch bevor sie die Leiche ihres Mannes erreichen konnte, packte sie jemand von hinten. Alex hob sie hoch, wiegte sie wie ein Baby und trug sie von ihrem Mann weg. „Nay, Alex", schrie sie, „lass mich ihn noch einmal umarmen. Nay, nay, nay."

„Ruhig, Jennie." Dieselbe Stimme, die sie nach dem Verlust ihrer Eltern beruhigt hatte, beruhigte sie auch jetzt. Sie drehte sich an Alex' Brust und weinte, bis sie keine Tränen mehr hatte. Sie erlaubte seiner vertrauten Stimme, sich wie eine Decke um sie zu legen. Sie dachte an den Tag, an dem ihre Mutter gestorben war und wie sie ihren Vater bei der Zeremonie weinen gehört hatte, an den Tag sechs Monde später, an dem ihr Vater gestorben war. Jetzt war auch ihr Mann tot und ihr Bruder hielt sie immer noch wie zuvor, erlaubte ihr zu trauern, blieb aber standhaft.

Alex trug sie zu Logan, küsste sie auf die Stirn und sagte: „Es tut mir leid, Jennie." Dann setzte er sie auf das Pferd des anderen Mannes. „Bringt sie von hier fort." Logan packte sie und gab seinem Pferd die Sporen.

Jennie sackte gegen Logan und weinte sich das Herz aus, immer noch nicht in der Lage, die schreckliche Wahrheit zu akzeptieren. Sobald sie weit genug entfernt waren, flüsterte Logan: „Ganz ruhig, Mädchen. Es ist eine List."

Jennie verstummte sofort. „Was?"

Sie hob den Kopf und starrte Logan an.

„Nay, hör nicht auf zu weinen. Es ist wichtig, dass uns keiner durchschaut", flüsterte er.

Sie lehnte sich an ihn, weinte wieder und fragte sich, ob sie ihn falsch verstanden hatte. War es möglich? Könnte ihr Mann noch am Leben sein?

Er brachte sie in die Abtei und trug sie hinein. Als sie angekommen waren, sagte sie: „Wiederhole, was du gesagt hast, Logan Ramsay."

Er zerrte sie in eine Kammer und sagte: „Aye, es ist eine List. Irvine muss glauben, dass Aedan tot ist. Du musst eine Stunde hier ausharren, dann wird Gwyneth dich zu ihm bringen, während wir die Verräter ablenken."

„Wirklich?" Sie wischte sich über die Augen und ihr Atem stockte so sehr, dass sie zu husten begann und nicht mehr aufhören konnte.

Logan holte einen Becher Bier und brachte ihn ihr. „Hier, trink, Mädchen." Er stellte den Becher ab und umfasste ihre Schultern. „Gwynie wird innerhalb einer Stunde zu dir kommen und dich zu Aedan bringen. Du musst dich als armer Bursche verkleiden. Warte hier und sprich mit niemandem außer der Äbtissin. Sie wird dir helfen. Ich muss zurückkehren, das ist Teil des Plans. Vertrau mir, wir werden beobachtet."

Sie schluckte und nickte. „Es geht ihm also gut?"

„Er hat nur eine kleine Verletzung, an seinem linken Arm, glaube ich. Ich sah ihn, als Irvine ihn gerade aufspießen wollte, aber der Verräter drehte sich in letzter Minute um. Unser Plan war der einzige Weg, den wahren Verräter zu entlarven. Aedans kleine Verletzung hat uns in zweierlei Hinsicht geholfen. Sie hat Fletcher enthüllt und wir konnten dem Schurken vortäuschen, dass Aedan viel schwerer verletzt sei. Er rollte sich weg, als er auf dem Boden aufschlug, also wusste Fletcher nicht, wo er ihn getroffen hatte. Nimm mit, was du brauchst, um seinen Arm zu pflegen." Er küsste sie auf die Stirn. „Es tut mir leid, aber es gab keine andere Möglichkeit, alle in Sicherheit zu halten."

„Ich danke dir, Logan, und ich entschuldige mich dafür, dass ich dich mit meinen Tränen durchnässt habe." Erleichterung erfüllte sie mit solcher Wucht, dass sie fast zu Boden fiel. Sie dankte dem Herrn, dass ihr Mann am Leben war, und versprach Ihm, nie wieder an ihm zu zweifeln. Aedan lebte, ihr Mann lebte!

Logan warf ihr einen verlegenen Blick zu. „Keine Ursache. Zumindest hast du mich nicht so zerkratzt wie deinen Bruder. Wir alle wussten, dass du vor Kummer den Verstand verlieren würdest. Das ist einer der Gründe, warum wir wollten, dass du in der Burg der Grants bleibst. Aber du bist stur, wie deine Brüder es vorausgesehen haben." Er ging aus der Tür der Abtei, hielt aber im letzten Moment inne. „Du bist meiner Gwynie sehr ähnlich, Jennie. Starke, intelligente Frauen haben starke Gefühle."

Als er ging, sank Jennie auf einen Stuhl, und das Nächste, was sie wusste, war, dass Gwyneth sie wachrüttelte. Sobald sie sich vom Stuhl erhob, hielt Gwyneth ihr einen Sack Kleider hin, um sie zu verkleiden. „Jennie, wir müssen uns beeilen. Ein weiterer Kampf steht bevor."

„Was, jetzt?"

„Die Grant-Krieger und Aedans Männer werden die Burg zurückerobern und sie von Fletchers Männern befreien. Wie wir erwartet haben, feiern sie und sind sturzbetrunken. Alex und Brodie werden wenig Mühe haben, die Burg in Camerons Namen zurückzuerobern. Sie werden ihn holen, wenn es vorbei ist."

Sie gingen durch die Hintertür und bestiegen ein altes Pferd, das zu ihrer abgetragenen Kleidung passte. Sie waren noch nicht weit geritten, als Gwyneth sie durch eine Schlucht und einen Hügel hinauf führte.

„Gwyneth, sind deine Kinder in Sicherheit?" Jennie hatte dem Herrn versprochen, dass sie mehr Rücksicht auf andere nehmen würde.

„Aye, sie sind bei Logans Mutter, Brenna und Avelina. Sie lieben ihre Tante Lina. Sobald diese Angelegenheit hier geklärt ist, werden wir zu ihnen reisen." Schließlich machte sie in der Nähe eines Baches vor einer Höhle Halt. Gwyneth blieb in einiger Entfernung von der Höhle stehen, weil der Weg für ihr plumpes Pferd zu schmal war.

Gwyneth nickte zur Höhle. „Dein Mann erwartet dich."

Als Jennie abstieg, klopfte ihr Herz so heftig, dass sie dachte, es würde ihr aus der Brust springen. Ihr fielen keine Worte ein, also nickte sie Gwyneth nur zu und rannte zur Höhle. Aedan kam weit genug heraus, dass sie ihn sehen konnte, und sie schlug sich die Hände vor den Mund, um einen Schrei zu unterdrücken, aber die Tränen, die über ihre Wangen flossen, konnte sie nicht zurückhalten.

Wie sie diesen Mann liebte! Ihr Herz quoll vor lauter Gefühlen für Aedan über. Er war gutaussehend, stark, warm und liebevoll. Als sie fast bei ihm angekommen war, öffnete er seine Arme weit und lächelte das breiteste Lächeln, das sie je gesehen hatte. Sie warf sich in seine Arme und klammerte sich an ihn. Sie küsste jeden Zentimeter von ihm, den sie erreichen konnte, während er seine Arme fest um sie schlang.

„Es tut mir so leid, Jennie. Wir haben dir etwas Schreckliches angetan, aber wir hatten das Gefühl, dass dies der einzige Weg war."

Sie hörte lange genug auf, ihn zu küssen, um ihren Finger an seine Lippen zu legen. „Ich möchte nicht darüber reden. Liebe mich, bitte. Ich brauche dich."

Aedan trug sie in die Höhle und setzte sie ab, um sein Plaid auszuziehen und es auf dem Boden auszubreiten.

„Warte. Was ist mit deinem Arm? Wie schlimm ist deine Verletzung?" Jennie suchte nach seiner Wunde, aber sie blutete nicht mehr.

„Ich habe einen kleinen Kratzer über meinem Ellenbogen, aber er ist nicht schlimm genug, um mich davon abzuhalten, mich in dir zu verlieren, bevor du ihn dir ansiehst." Er griff nach ihr und seine Lippen eroberten ihre, pulsierten gegen ihre Haut und erzeugten eine Hitze, die bis in ihr Innerstes vordrang.

Sein Verlangen entsprach ihrem und zeigte ihr, wie sehr er sie vermisst hatte. Ihre Zungen paarten sich, bis sie stöhnte und sich zurücklehnte, und irgendwie schaffte er es, sie auf das Plaid zu legen, das er auf dem kühlen Steinboden der Höhle ausgebreitet hatte. Aber die Temperatur machte ihr nichts aus – Aedan gab ihr all die Wärme, die sie brauchte. Er stützte sein Gewicht auf seine Ellenbogen und zog sich zurück, um ihr in die Augen zu sehen. Er wandte den Blick nicht von ihr ab, während er ihr das Jungenhemd auszog und es zur Seite warf. Die Hose folgte wenig später. Er berührte sie an ihrer geheimsten Stelle und sie wölbte sich ihm entgegen.

„Ganz ruhig, Mädchen. Wir haben keine Eile." Er ließ seine Hände über die weiche Haut ihrer Hüften gleiten, bis er ihre Brust umfasste und die Spitze mit seinem Daumen streichelte. „Frau, du bist so schön."

„Bitte." Sie umklammerte seine Unterarme und grub ihre Finger in seine harten Muskeln. „Aedan, du verstehst nicht, ich dachte, du wärst tot. Ich wusste es nicht …" Sie packte ihn fest, liebkoste seinen Nacken und fürchtete, sie würde ihn nie wieder gehen lassen können. Sie atmete seinen Duft ein, um ihr Verlangen nach ihm zu beruhigen und irgendwie den Kummer zu lindern, den sie über seinen Verlust empfunden hatte. Tränen traten in ihre Augen, aber sie hielt sie zurück, beruhigte sich, indem sie ihn ansah, ihn spürte und seine zärtliche Berührung genoss – sie war Balsam für ihre Seele, den sie so dringend brauchte.

„Aye, ruhig, Frau. Ich bin ja bei dir." Seine Lippen zeichneten einen langsamen Pfad hinunter zu ihrer Brust und er neckte ihre Brustwarze mit seiner Zunge, umkreiste sie, schmeckte sie und fuhr dann mit seiner Zungenspitze über die Außenseite jedes Hügels, bevor er in die Mitte zurückkehrte.

Ihre Hände fuhren durch sein dunkles, langes Haar. Jennie musste sich einfach an ihm festhalten, nur um sicher zu sein, dass er nicht verschwinden würde. Sie stöhnte und wölbte ihm ihre Hüften entgegen, dann griff sie nach ihm, legte schließlich ihre Hand um seinen glühenden Stab und streichelte ihn, bis er knurrte. Er nahm ihre Brustwarze in den Mund und saugte an der zusammengezogenen Haut, bis sie erneut aufschrie.

„Aedan, bitte. Ich will dich in mir."

Er tauchte in ihre Locken ein und seufzte vor Freude. Er streichelte ihren Nacken und flüsterte: „Weißt du, was es mit mir anstellt, meine süße Jennie? Zu wissen, wie sehr du mich willst? Zu spüren, wie deine Hitze mich so leicht aufnimmt?" Er strich ein paarmal über ihren sensiblen Punkt und packte dann ihre Hüften. Sie führte ihn und erlaubte ihm, tief in sie einzudringen. Jede köstliche Bewegung, die er machte, bereitete ihr schamlose Freude. Sie schlang ihre Beine um seine Hüften und öffnete sich weiter, um ihn noch tiefer in sich aufzunehmen. Er glitt immer und immer wieder in sie hinein, jede Bewegung traf sie genau dort, wo sie ihn am meisten brauchte. Ihre Hüften nahmen den gleichen Rhythmus auf und zogen seinen Schaft immer und immer wieder in sie. Sie rieb, kreiste, presste sich an ihn, bis sie es nicht mehr aushielt und seinen Namen schrie, während sie sich um ihn herum bewegte. Sein eigener Höhepunkt folgte schnell hinter ihrem. Er schrie auf, ein leises, kehliges Geräusch hallte in der Höhle wider, als er ihre Hüften packte, um sie näher an sich zu ziehen, damit er sich tief in sie versenken konnte, während er seine Erlösung fand.

Aedan sank auf seine Seite und dann auf seinen Rücken, rollte sie mit sich herum und vom kalten harten Boden der Höhle fort. „Liebling, habe ich dir wehgetan? Es tut mir leid, ich habe vollkommen den Verstand verloren. Du machst mich ganz verrückt."

„Nein, du hast mir nicht wehgetan. Konntest du das nicht an meinen Lustschreien erkennen?" Sie keuchte gegen ihn, küsste kichernd seine Brustwarze und legte ihre Hand auf seine Brust, während sie wieder zu Atem kam.

Sie lagen eine Weile zusammen, Arme und Beine ineinander verschlungen, bis sich ihre Atmung wieder normalisierte.

Schließlich musste sie ihn fragen. „Warum, Aedan? Ich verstehe es nicht. Weißt du, wie schmerzhaft das für mich war?"

Er seufzte. „Ich weiß. Ich hätte fast die ganze List aufgegeben, als du mich am Boden gesehen hast. Es war der qualvollste Moment meines Lebens. All der Schmerz, den ich je erlebt habe, kann nicht damit verglichen werden, wie es sich anfühlte, dich trauern zu hören. Alex hielt mich dort unten und sein Druck auf meinem Bein überzeugte mich, dass ich liegen bleiben musste. Ich wollte aufspringen und zu dir rennen, aber als Alex zu dir ging, setzte sich Neil neben mich und legte eine Hand auf meinen Arm. Das war meine einzige Erinnerung daran, was auf dem Spiel stand. Sonst wäre ich zu dir gelaufen und hätte dich in meine Arme gezogen."

„Wann habt ihr das geplant?" Sie griff nach seiner Hand und hielt sie an ihren Bauch.

„Ich werde dir alles erzählen. Ich bin aus zwei Gründen in das Land der Grants gereist. Erstens, um um deine Hand anzuhalten, und zweitens brauchte ich Ratschläge, wie ich mit einem Problem umgehen sollte, das außer Kontrolle geriet. Ich wusste nicht, wie ich es angehen sollte. Als dein Bruder unserer Hochzeit zustimmte …"

„Moment! Er hat zugestimmt? Er hat mir gesagt, dass er dich abgelehnt hat." Sie stützte sich auf die Ellenbogen und sah ihn ungläubig an.

„Er hat zugesagt, aber unter der Bedingung, dass ich unseren Plan nicht mit dir teile. Unsere Strategie war solide, aber du musstest dich fernhalten. Alex hatte Angst um deine Sicherheit. Ich habe versucht, ihm zu sagen, dass du ein bisschen dickköpfig bist und mir trotzdem folgen würdest, aber er war entschlossen, dich in der Burg der Grants zu behalten, obwohl er und Brodie vorhatten, mir zu helfen. Alles änderte sich, als der Bote mitten in der Nacht eintraf und mich über die Verletzung meiner Mutter und den geänderten Zeitpunkt des Angriffs informierte. Wir trafen uns mitten in der Nacht in seiner Arbeitskammer. Ich wollte dich mitnehmen, aber dein Bruder hat sich geweigert. Er liebt dich, Jennie. Dir zu sagen, dass er mein Gesuch abgelehnt hat, war nur Teil seines Versuchs, dich in der Burg zurückzuhalten. Ich habe Alex eine Nachricht hinterlassen, die er dir übermitteln sollte. Hat er dir nichts gesagt?"

„Nur, dass du gehen musstest und zurückkommen würdest, sobald du kannst."

„Dein Bruder liebt dich, Jennie. Er tat, was er für das Beste hielt, und ließ mir keine Wahl. Wenn ich seine Wachen wollte, musste ich seinem Plan zustimmen.“

„Aber es war geplant, deinen Tod vorzutäuschen?“

„Aye, Logan und Alex kamen auf die Idee, um den wahren Verräter aufzuspüren. Es hat funktioniert, aber sie hatten nicht vorausgesehen, dass du mir folgen würdest. Wir wussten nicht, wie wir den Plan ändern sollten, ohne alles zu ruinieren. Gwyneth hat diese Höhle vorgeschlagen.“

Jennie schmiegte ihre Wange an seine Brust. „Ich werde mir keine Sorgen um Vergangenes machen. Du lebst und das will ich feiern.“

„Alex schickt uns jemanden, sobald sie die Burg zurückerobert haben.“

„Das ist für den Augenblick mehr als genug für uns. Und Alex ist immer noch damit einverstanden, dass wir heiraten, wenn das alles vorbei ist?“

„Aye. Wir werden richtig heiraten, ob Alex es will oder nicht. Und wir werden nicht ein Jahr und einen Tag warten.“

Jennie setzte sich auf. „Ich muss mich um deinen Arm kümmern.“

Er warf einen Blick darauf. „Ich denke, er ist in Ordnung. Die Wunde hat schon begonnen zu heilen.“

Sie runzelte die Stirn. „Nein, sie ist voller Dreck. Ich muss sie reinigen.“ Sie zog sich schnell an und führte ihn zum Bach, damit sie den Schmutz und den Sand vorsichtig auswaschen konnte. Die Vögel zwitscherten und sie hob ihr Gesicht zur Sonne und sprach ein schnelles Dankgebet, dass sie ihren Mann wieder an ihrer Seite hatte. Ausnahmsweise war Jennie völlig zufrieden. Mehr noch, sie wünschte sich, sie könnten für immer in der Höhle bleiben.

Aber die Realität holte sie früh genug wieder ein. Logan kam auf seinem Pferd heran. Aedan bestieg sein eigenes Pferd und streckte seiner Frau die Hand hin. „Komm, Jennie. Diesmal bleiben wir zusammen.“

Sie nickte.

KAPITEL ZWANZIG

AEDAN RITT ZURÜCK zur Burg der Camerons. Jennie saß vor ihm, an seine Brust gelehnt. Er zog sie fest an sich und liebte das Gefühl, sie nah an sich zu haben. Bald würden sie ohne Einmischung als Mann und Frau zusammenleben können. Die Dämmerung nahte nach einem langen, anstrengenden Tag. Als sie sich der Burg näherten, kamen seine Clanmitglieder aus ihren Hütten und applaudierten und jubelten dem Oberhaupt der Camerons zu. Die Grant-Wachen säumten den Weg, als sie sich der Mauer näherten, wahrscheinlich um sicherzustellen, dass es keine weiteren Angriffe gab. Logan führte sie unter dem Fallgitter hindurch, an den Ställen vorbei und durch die Vor-burg. Währenddessen füllten sich ihre Ohren mit Jubel und dem Kampfschrei des Cameron-Clans.

Aedan hielt Jennies Taille, erfreut, dass sie mit ihm ritt, als sie sich seiner Festung näherten. Von weitem konnte er sehen, dass seine Mutter auf den Stufen stand und sie erwartete. Alex und Brodie Grant standen auf beiden Seiten von ihr. Ein anderer Mann, den er nicht kannte, stand neben seiner Mutter.

Er beugte sich hinunter, um seiner Frau ins Ohr zu flüstern. „Weißt du, wer bei meiner Mutter auf den Stufen steht?"

Sie drehte sich mit einem Blick reinen Glücks zu ihm um. „Aye, ich weiß es. Es ist Gwyneths Bruder, Pater Rab. Er ist Priester und bereist hauptsächlich Lothian und Glasgow, aber Gwyneth muss ihn mitgebracht haben, um uns zu trauen. Ich vermute, Alex besteht darauf, dass wir heiraten."

Cameron küsste ihre Wange. „Aye, ich erinnere mich, dass sie erwähnte, dass ihr Bruder in der Nähe ist. Sie sprach mit Alex und Logan. Das haben sie besprochen, als ich tot gespielt habe. Ich dachte, sie würden sich nur unterhalten. Wunderbar. Dann heirate ich dich. Noch heute, vor meiner Familie und meinem Clan."

Auch sein Bruder Ruari stand mit einem breiten Lächeln auf den Stufen. Alex trat an die Seite von Aedans Pferd, um Jennie beim Absteigen zu helfen.

„Schwester, ich entschuldige mich für das, was du ertragen musstest." Er küsste ihre Wange.

„Es ist alles verziehen, Alex, wenn du mir verzeihst, dass ich dir nichts von der Handfeste erzählt habe."

Er schenkte ihr ein verschmitztes Grinsen. „Einverstanden, solange du auf der Stelle heiratest."

Erschrocken sah sie zu ihm auf. „Jetzt gleich?"

„Aye, Pater Rab ist gekommen, um uns in dieser Angelegenheit zu unterstützen. Er war nicht weit von hier und stimmte zu." Alex warf Aedan einen Blick zu, vielleicht um zu sehen, ob er widersprechen würde.

„Ich bin einverstanden, Frau. Und du? Nichts würde mich glücklicher machen, als noch heute in den Augen Gottes rechtmäßig mit dir verheiratet zu sein."

Aedan konnte sehen, wie Jennie unzählige Gedanken durch den Kopf schossen, aber sie nickte schließlich. „Aye, einverstanden."

Aedan führte sie zum oberen Ende der Treppe und bedeutete dem Clan, sich zu versammeln. Gwyneth hatte sich inzwischen Logan angeschlossen und Neil hatte ein breites Grinsen im Gesicht. Vielleicht war er stolz, weil Aedan endlich gelernt hatte, die richtigen Worte zu sagen.

Er hob Jennies Hand vor der Menge. „Ich stelle euch allen meine Verlobte, Lady Jennie Grant, vor, die mir die große Ehre erweisen wird, in wenigen Augenblicken meine Ehefrau zu werden." Die Menge brach in Jubel und Applaus aus, aber Aedan brachte sie nach wenigen Augenblicken zum Schweigen.

„Ich möchte diese Gelegenheit auch nutzen, um Laird Alexander Grant, seinem Bruder Brodie Grant und Logan Ramsay für ihre Unterstützung zu danken. Sie haben sichergestellt, dass das Land der Camerons im Besitz der Camerons bleibt." Die Menge jubelte wieder und Aedan schüttelte zuerst Alex' Hand, dann Brodies, dann Logans.

„Habt vielen, vielen Dank. Ich kann euch eure Freundlichkeit niemals zurückzahlen", flüsterte er Alex und Brodie zu.

„Aye, das kannst du", antwortete Brodie. „Pass gut auf unsere Schwester auf."

Aedan drückte Jennies Hand. „Das habe ich vor."

Ruari ging zu Jennie hinüber und half ihr, sich das Plaid des Clans der Camerons umzulegen. Er ordnete ihre Falten, während sie es um sich wickelte.

Pater Rab hob die Arme, um die Menge zum Schweigen zu bringen, und Aedan führte seine Frau vor den Priester. Er begann mit einem Gebet. Als sie bereit waren, ihre Gelübde abzulegen, trat Alex hinter seine Schwester und legte das Grant-Plaid über ihre Hände, um sich mit dem Cameron-Plaid zu mischen, was seine Unterstützung für die Vereinigung ihrer Clans bedeutete. Jennies Augen füllten sich mit Tränen, aber sie schaffte es, die Fassung zu wahren. Aedan war erfreut, ihr Lächeln durch die Tränen hindurch zu sehen.

Als die kurze Zeremonie zu Ende war, drehte Aedan Jennie zu seinem Clan um, hob ihren Arm und verkündete: „Meine Gemahlin, Lady Jennie."

Als sie hineingeführt wurden, stand Jennie wie erstarrt im großen Saal, schockiert darüber, wie schön das Innere der Burg geschmückt war. Sie wandte sich an ihren Mann. „Aedan, sieh dir nur an, wie schön der Saal ist. Wie konnte das jemand so schnell fertigbringen, nachdem Fletcher hier war?" Sie sah auf die Tischdecken, die Kerzen und die Blumen, die zwischen den Kerzen verstreut waren.

Aedan wandte sich an seine Mutter. „Meine Mutter ist es gewohnt, Wunder zu vollbringen. Zum Glück ist alles gut gegangen."

„Aye, die Grants haben uns versteckt, obwohl Ruari nicht allzu glücklich war. Alex hat ihn in die letzte Schlacht mitgenommen und darauf bestanden, dass er den Clan Cameron in deiner Abwesenheit vertritt."

Aedans Mutter kam und umarmte sie beide. „Der heutige Tag ist zum Feiern gemacht. Weil mein Sohn gesund ist, und weil der Herr dich zu uns geführt hat, Jennie Grant. Und auch für die Hilfe deines Clans dabei, die Plünderer aus unserem Land zu vertreiben."

Ruari kam herüber und umarmte sie beide. „Aedan, du hättest

den Kampf sehen sollen! Mama und ich waren versteckt, aber ich ritt mit Logan hinten. Es war so aufregend zu sehen, wie Irvine endlich vertrieben wurde. Und …"

Aedan unterbrach ihn. „Wir werden den Rest für einen anderen Tag aufheben. Heute feiern wir, Ruari. Komm aufs Podium." Aedan begleitete seine Frau und seine Mutter zum Tisch, während die Diener Essen und Bier für alle brachten.

Als sich alle im Saal eingefunden hatten, hob Aedan seinen Kelch. „Auf den Cameron-Clan, meine Frau, meine Mutter und meinen Bruder Ruari."

Der tosende Applaus und die Freudenschreie hielten bis tief in die Nacht an. Der Clan Cameron hatte überlebt und würde weiter gedeihen.

Er musste Geduld haben. Dies war der schwierigste Teil. Fletcher, dieser Dummkopf, war zu impulsiv gewesen. Er hatte ihm wiederholt gesagt, dass sie warten mussten, aber Strategie war noch nie Fletchers Stärke gewesen. Der Gedanke, den Clan Cameron anzuführen, hatte ihn gierig gemacht. Sein Vater leitete immer noch den Fletcher-Clan, also hatte Irvine etwas für sich selbst gewollt.

Er hatte Fletcher immer wieder gesagt, dass sie warten mussten, bis Alex Grant und die meisten seiner Männer gegangen waren. Aber Fletcher wollte die Geschichten über Alex Grant und dessen gepanzertes Pferd, die die Norweger besiegt hatten, nicht glauben. Er ignorierte die Geschichten von Robbie Grant und seinen Kriegern und wie hart sie gekämpft hatten, um die Norweger in die Flucht zu jagen.

Er wollte auch nichts über Brodie Grant und darüber wissen, wie er einen dummen Norweger durch halb Schottland gejagt und ihn kaltblütig getötet hatte, weil der Mann nach seiner Frau gelüstet hatte.

Irvine hatte die Dinge schon immer auf die harte Tour lernen müssen.

Und diesmal war es nicht anders gewesen. Abgesehen von einem Unterschied – das Lernen auf die harte Tour hatte den Narren dieses Mal das Leben gekostet. Nun war ihr gemeinsames Vorhaben nur noch seine Sache.

Das Land bedeutete ihm nichts. Er wollte die Münzen, den Reichtum und den Schatz, von dem er gehört hatte, obwohl er allen ein Rätsel war. Fletcher hatte den Schatz nicht gewollt, aber als sich herumgesprochen hatte, dass er bald eintreffen würde, hatte er beschlossen, dass er auch ihn verdient hatte.

Er würde an der richtigen Stelle warten, wenn es so weit war, und er hatte die perfekte Karte in der Hand, um sicherzustellen, dass der Schatz in seine Hände, anstatt in die von Cameron geliefert werden würde. Alles verlief reibungslos, ganz nach Plan.

Sogar Irvines Tod. Er hätte die Beute sowieso nicht mit Fletcher geteilt, Der Mann war nicht mehr als einer seiner Handlanger gewesen.

Zwei Tage später kam Alex die Treppe herunter und marschierte direkt zu Jennie. Er hob sie von ihrem Stuhl und drückte sie fest. Ihr Mann sah lächelnd zu. „Guten Morgen, kleine Schwester", sagte Alex. „Brodie und ich werden mit Logan zum königlichen Hof reisen. Wir haben viel mit unserem König zu besprechen und sind hier näher als von zu Hause aus. Wir werden bei unserer Rückkehr hier vorbeikommen, dann muss ich nach Hause eilen, bevor Maddies Zeit naht. Vielleicht willst du mich zurückbegleiten, um sicherzustellen, dass Maddie ohne Probleme durch die Geburt kommt?"

Jennie konnte sehen, wie sehr er sich wünschte, dass sie zustimmte.

„Alex, ich bin mir nicht sicher. Wie lange werdet ihr am Hof bleiben?" Sie hatte kein Verlangen danach, von der Seite ihres Mannes zu weichen, aber sie wusste auch, dass Maddies Situation besonders sein könnte, und sie liebte ihre Familie.

Sie war sich nicht sicher, ob sie wieder als Heilerin arbeiten konnte. Viel hing von ihren Albträumen ab. Auf dem Land der Grants war alles wieder zurückgekehrt, aber sie hatte nicht die Gelegenheit gehabt, mit ihrer Familie darüber zu sprechen.

Da die Camerons ihre eigenen Heiler und die Mönche hatten, erwartete Aedan nicht von ihr, dass sie die wichtigste Heilerin des Clans wurde. Das war ihr nur recht, denn sie wusste nicht, ob sie je wieder heilen konnte. Selbst die kurze Zeit, in der sie in der Nähe der Schlacht gewesen war, war ihr auf den Magen geschlagen.

„Ich habe nicht vor, lange zu bleiben. Wir besprechen uns mit König Alexander und kehren am nächsten Tag zurück. Denkst du über meine Bitte nach?"

„Natürlich, Alex." Sie folgte ihm aus dem Saal und winkte, als er Midnight bestieg und mit seinen Wachen aufbrach. Alex reiste selten allein.

Endlich dämmerte ihr, dass ihr Traum wahr geworden war. Sie war verheiratet und hatte jetzt einen Ehemann, den sie liebte. Sie drehte sich zu Aedan um und schlang ihre Arme um seinen Hals. „Ich liebe dich, mein Gemahl."

Der Retter sah zu und wartete. Nur er wusste, was als Nächstes passieren würde, nur er wusste, wie ein kranker Geist arbeitete. Sie entspannten sich alle, was genau das war, was er erwartet hatte.

Und das war ihr großer Fehler.

Aedan rechnete jeden Tag mit seiner Lieferung. Er lächelte in sich hinein, als er sich auf den Weg zum Kampfplatz machte, um sich Neil und Drew anzuschließen. Drew kam ungefähr gleichzeitig mit ihm an. Jennie würde von seinem Geschenk völlig überrascht sein. Er hatte schon vor einiger Zeit entschieden, was er ihr schenken wollte, aber damals hatte er noch nicht gewusst, dass es ein Hochzeitsgeschenk werden würde.

Die Idee war ihm nach ihrer Nacht auf dem Hügel gekommen. Er hatte damals noch nicht gewusst, dass er sie zur Frau nehmen würde, aber er hatte sie als Seelenverwandte erkannt. Also hatte er den Kauf schon vor einiger Zeit arrangiert, da er wusste, dass es dauern würde, bis seine Bestellung eintraf.

Er konnte es kaum erwarten, ihre Reaktion zu sehen, wenn sie ihr Geschenk öffnete.

Natürlich hatte er nicht damit gerechnet, dass die Berichte über den Schatz, der bald geliefert werden sollte, zu Problemen für die Menschen um ihn herum führen würden. Zuerst hatte er befürchtet, dass Fletchers Wahnsinn auf den Schatz zurückzuführen war, aber das war nicht der Fall gewesen.

Aedan hatte erleichtert aufgeatmet, froh darüber, dass all diese Kämpfe nicht durch sein Handeln verschuldet waren. Nun war alles vorbei und der kleine Schatz würde als Hochzeitsgeschenk ankommen, so wie er es sich gewünscht hatte.

Es gab nur ein Problem. Aus irgendeinem Grund hatte sich sein Bauch immer noch nicht beruhigt. Trotz aller gegenteiligen Anzeichen sagte ihm sein Gefühl, dass etwas nicht stimmte. Diese Intuition nagte in seinem Hinterkopf.

Etwas stimmte nicht, aber er wusste nicht, was es war. Er ließ den Gedanken ruhen, wohlwissend, dass sein Verstand schließlich die Quelle seiner Besorgnis entdecken würde. Das hatte er immer getan, er brauchte nur etwas Zeit.

Er wünschte nur, er würde es bald verstehen.

Mehrere Tage waren vergangen, seit Alex und Brodie zum Hof aufgebrochen waren. Jennie gewöhnte sich in ihrem neuen Zuhause an einen neuen Alltag. Sie lernte die Dienerschaft kennen und wurde mit dem Cameron-Clan und den Fähigkeiten seiner Leute vertraut. Aedans Mutter war eine liebevolle Frau, die Jennie oft an ihre eigene Mutter erinnerte. Sie hatte keine Albträume mehr gehabt und war zufrieden, aber traurig, weil sie Angst hatte, in ihre alte Heimat zurückzukehren.

Sie ritt zur Abtei, um die Nonnen zu besuchen, und brachte ihnen frisches Brot als Geschenk. Die Äbtissin nahm das Geschenk an und schickte sie eilig zur Burg zurück. Jennie ritt auf Drängen ihres Mannes mit einer Wache, aber sie war mehr denn je davon überzeugt, dass das Schlimmste hinter ihnen lag und der Clan von nun an in Frieden leben würde.

Auf dem Rückweg zur Burg lenkte Sorley, ihre Wache, sein Pferd vor sie. Jennie spähte an ihm vorbei, um zu sehen, was seine Aufmerksamkeit erregt hatte. Zwei reiterlose Pferde standen vor einer Baumgruppe. Sobald sie sich näherten, bemerkte Jennie einen Mann am Boden, der sich vor Schmerzen krümmte. Ein zweiter Mann kniete neben ihm.

Jennie erkannte den Mann am Boden und sprang von ihrem Pferd. „Dermid? Was ist passiert?"

Der Mann, der neben Dermid kniete, sah sie an. „Ich weiß nicht, was passiert ist. Er fiel von seinem Pferd und hielt seinen

Bauch. Er scheint unter seinem Hemd zu bluten. Er muss genäht werden. Könnt Ihr zur Abtei reiten und einen der Mönche holen?"

Jennie bemerkte Dermids blutgetränkte Tunika. „Sorley, kehrt in die Abtei zurück und holt die Heilertasche. Ich kümmere mich in der Zwischenzeit um Dermid. Wir sollten ihn nicht in diesem Zustand bewegen."

„Aye, Mylady. Ich komme so schnell wie möglich zurück."

Sobald Sorley aufgebrochen war, wurde Jennie schwarz vor Augen.

KAPITEL EINUNDZWANZIG

AEDAN SEHNTE SICH danach, seine Frau so bald wie möglich zu sehen, und ritt eilig vom Kampfplatz zurück zur Burg. Er wurde das Gefühl, dass Unheil drohte, einfach nicht los, aber er sagte sich, dass es nur daran lag, dass er frisch verheiratet war und seine Angst daher rührte, dass er sich noch an sein neues Leben gewöhnen musste. Aber trotzdem … er musste seine Frau mit eigenen Augen sehen.

Auf seinem Weg sah er zwei Pferde und erkannte die Reiter als Dermid und einen seiner Männer.

„Dermid!", rief er seinem Freund zu.

Der Mann ritt weiter, als hätte er ihn nicht gehört. „Dermid!" Schließlich jagte er ihm hinterher.

Dermid hielt sein Pferd an, bedeutete seinen Gefährten aber, weiterzureiten. „Was gibt es, Aedan? Ist alles in Ordnung bei dir?"

„Aye. Was führt dich auf das Land der Camerons?"

„Mein Vater schickt den Mönchen Essen. Wir bringen ihnen gelegentlich einen Teil der Ernte, wenn sie sehr ertragreich ist. Wir sind gerade auf dem Weg zu ihnen." Er zeigte auf den Leinensack, der über dem Pferd seines Begleiters hing. Der andere Mann ritt immer noch auf die Abtei zu. „Ich habe nicht viel Zeit. Richte der neuen Lady Cameron beste Grüße aus."

Damit grinste er und machte sich hinter seiner Wache auf den Weg.

Aedan ritt weiter zu seiner Burg und hielt nicht an, bis er die Ställe erreichte. Er warf dem Stallburschen die Zügel zu und ging dann in seinen großen Saal. Alles war gut, versicherte er sich. Es gab keinen Grund zur Beunruhigung. Seine Unruhe rührte sicher daher, dass er Jennie und sich selbst durch so häufiges Liebesspiel als frische Eheleute um den Schlaf gebracht hatte. Sie war eine leidenschaftliche Frau und er genoss es am meisten, wenn sie diesen Glanz in ihren Augen hatte, den er selbst von der anderen Seite des Raumes aus sehen konnte. Er sagte ihm, welche Art von Gedanken durch ihren fantasiereichen Verstand geisterte. Und dabei hatte er sich selbst schon für erfinderisch gehalten!

Er sprang die Treppe zum großen Saal hinauf und sah sich um. Es war niemand hier. Als er in Richtung der Küche ging, kam ihm seine Mutter entgegen.

„Mutter, ist alles gut?"

„Aye. Was führt dich so früh zurück?"

„Ich bin mir nicht sicher, es ist nur eine Ahnung. Hast du Jennie gesehen?" Sein Blick wanderte durch den Saal, aber niemand war in der Nähe, außer seinen Dienern, die fleißig die vielen Tische säuberten.

„Aye, sie ist mit frischem Brot und ein paar Kerzen zur Abtei geritten. Sie sollte bald zurück sein."

„Dann werde ich nach ihr sehen. Danke." Aedan machte auf dem Absatz kehrt und ging zurück zu den Ställen. Plötzlich kam es ihm in den Sinn, seine schöne Frau in der Heide zu verführen, also rief er seinem liebsten Stallburschen zu: „Sattle ein weiteres Pferd für mich. Ich nehme ein ausgeruhtes."

„Aye, mein Laird." Der Junge machte sich auf den Weg, um zu tun, was ihm befohlen wurde. Als er zurückkam, klopfte Aedan dem Jungen auf die Schulter. „Danke. Wie lange ist meine Frau schon fort und wer ist bei ihr?"

„Mylady wird von Sorley begleitet. Sie sollten bald zurückkehren, mein Laird."

Das beruhigte ihn ein wenig. Sorley war ein starker Krieger und würde Jennie beschützen. Aber so sehr er auch versuchte, sich davon zu überzeugen, dass alles in Ordnung war, so sagte ihm sein Bauchgefühl etwas anderes. Er ging auf und ab, bis er sein Pferd besteigen konnte.

Aedan galoppierte in Richtung Abtei. Auf dem Weg dachte er an eine geeignete Stelle, um mit seiner Frau zu schlafen. Sie musste weich und abgelegen genug sein, um ihre zarten Empfindungen nicht zu verletzen, obwohl er mit Freude feststellte, dass ihre Kühnheit im Laufe der Zeit wuchs. Er war fast an der Abtei angekommen, als er ein einsames Pferd auf der Wiese herumwandern sah. Es wieherte und benahm sich äußerst seltsam. Er trieb sein Pferd in diese Richtung und zügelte es, sobald er den Haufen auf dem Boden sah. Sein Magen rutschte ihm augenblicklich in die Knie. Seine Intuition war doch richtig gewesen.

Sorley lag bewusstlos am Boden, atmete aber noch.

Und Jennie war nirgendwo zu sehen.

Als Jennie erwachte, befand sie sich unter einem Baum. Etwas war ihr in den Mund gestopft worden, ihre Hände und ihre Füße waren gefesselt. Das Letzte, woran sie sich erinnern konnte, war der Anblick des blutenden Dermid am Boden. In dem kurzen Moment, bevor ihre Welt schwarz geworden war, hatte sie bemerkt, dass unter seiner Kleidung keine Verletzung war. Das Blut sah aus wie von außen aufgetragen.

Das Tuch in ihrem Mund war widerlich. Es stank und sie bemühte sich, nicht zu würgen, da sie wusste, dass sie in Schwierigkeiten geraten würde, wenn sie mit verstopftem Mund brechen müsste. *Atme tief durch, Aedan verlässt sich darauf, dass du das hier überstehst. Atme tief durch.*

Nach drei tiefen Atemzügen verlangsamte sich ihr Herzschlag. Sie schloss die Augen und versuchte, den Geruch ihres Mannes heraufzubeschwören, in der Hoffnung, so den Gestank des Tuches unter ihrer Nase zu vertreiben. Als sie die Kontrolle wiedererlangt hatte, öffnete sie die Augen und sah sich um, um herauszufinden, wo sie war und wer sie hergebracht hatte.

Nichts. Sie war unter einem Baum abseits des Weges, aber sie erkannte die Gegend nicht. Sie kannte das Land der Camerons noch nicht so gut wie das Grant-Land, in dem sie aufgewachsen war. Sie zerrte an ihren Fesseln, aber die Stricke waren zu fest gebunden. Sie rollte sich auf den Rücken und wand sich, um zu sehen, was sie noch entdecken konnte. In der Nähe hörte sie Stimmen, also spitzte sie die Ohren, um so viel wie möglich über ihre Entführer herauszufinden.

Ein Mann, der vom Laufen atemlos war, sprach zuerst. „Sie sagen, er kommt morgen am Hafen an und erreicht in einer Woche die Abtei."

„Gut. Wir werden ihn uns schnappen, sobald er den Hafen verlassen hat und bevor er die Abtei erreicht. Ich habe nicht die

Absicht, die Mönche oder die Nonnen zu verletzen."

„Warum zum Teufel haben wir das Mädchen entführt?"

Sie erkannte die nächste Stimme als Dermids Stimme. „Wir haben sie entführt, um die Camerons und die Grants abzulenken", erklärte er dem anderen Mann. „Wenn sie nach ihr suchen, werden sie meine Männer in der Abtei nicht bemerken. Mich interessieren die Reichtümer der Abtei. Der Schatz ist zweitrangig und ich werde ihn mir nur holen, wenn ich bei meinem anderen Unterfangen scheitere. Aber ich brauche das Mädchen, um sicherzustellen, dass wir bekommen, was wir wollen. Wir müssen sie nur ein paar Tage am Leben lassen, danach können wir sie umbringen. Hier wird sie niemand finden. Dieser Ort ist ziemlich versteckt und liegt in der hintersten Ecke meines Landes. Halte sie einfach gefesselt, dann wird sie nirgendwo hingehen."

„Ich werde kein Messer in sie stoßen. Ich töte keine Frauen." Sie konnte den Mann im Gras auf und ab gehen hören. Auch Pferde mussten in der Nähe sein, erkannte sie. Sie konnte sie kauen hören.

„Nay, wir lassen sie einfach sterben. Deine Aufgabe ist es, sie am Leben zu erhalten, bis ich sie nicht mehr brauche. Glaubst du, du kannst mit einem gefesselten Mädchen fertig werden, bis ich zurückkomme? Ich muss sehen, was in der Burg der Camerons und in der Abtei passiert. Sobald ich die Münzen aus der Abtei geholt habe, werde ich schen, ob es sich lohnt, dem Schatz nachzujagen. Erst die Ersparnisse der Abtei, dann der Schatz. Ich habe genug Leute zusammen, um die Abtei zu überfallen und ihre Truhen zu leeren. Das ist mein Hauptziel. Wenn wir den Schatz noch dazu bekommen, umso besser."

„Das sollte nicht länger als ein paar Stunden dauern."

Dermid kletterte auf sein Pferd und ritt davon. Jennie blieb offenbar mit einem Trottel zurück.

Der Retter harrte reglos in seinem Versteck aus. Es würde nicht mehr lange dauern. Alles geschah so, wie er es erwartet hatte. Warum hatten sich die Grants täuschen lassen? Aedan Cameron würde schon bald hier auftauchen, aber er musste vorher eingreifen.

Geduld.

Aedan galoppierte zurück zu seiner Burg und suchte nach Neil, damit dieser so viele Wachen wie möglich zusammentrommelte. Er hatte keine Ahnung, wohin Jennie gebracht worden war, und sein Blut gefror bei der Vorstellung, dass sie verletzt worden sein könnte.

Er rief seine Wachen in den großen Saal und schrie seinen Leuten im Laufen Befehle zu. Sobald alle im Saal waren, hob Aedan seine Hand, um für Ruhe zu sorgen.

„Meine Frau wurde entführt. Sorley liegt bewusstlos in der Heide. Ich habe drei Männer losgeschickt, um ihn zu holen. Bevor ich entscheide, wo wir mit unserer Suche beginnen sollen, muss ich wissen, ob jemand etwas gesehen hat. Ist jemandem etwas Verdächtiges aufgefallen?"

Er wartete, während seine Leute untereinander raunten, aber niemand nannte ihm irgendwelche Informationen. Seine Mutter hatte sich ihm auf dem Podium angeschlossen, mit Ruari an ihrer Seite.

„Ich kann nicht glauben, dass das passiert ist. Ich dachte, Fletchers Tod wäre das Ende unserer Probleme gewesen. Warum müssen wir das noch einmal durchmachen?" Lady Cameron führte ihre zitternde Hand an die Stirn und Aedan half ihr, sich auf einen Stuhl zu setzen.

Ruari antwortete: „Mama, ich habe doch gesagt, dass ich zwei Männer belauscht habe. Ich habe immer geglaubt, dass zwei Männer bei dieser Sache im Bunde stehen. Ich glaube, es war noch ein dritter bei ihnen, aber er sprach nicht. Er muss mit den anderen beiden gemeinsame Sache gemacht haben. Eine Stimme gehörte Irvine und auch die andere kam mir bekannt vor, aber ich konnte sie nicht erkennen."

„Laird, wir wissen nichts, aber wir wollen gern nach der Lady suchen, wo immer Ihr uns auch hinschickt."

Neil rief: „Hat denn niemand eine Idee?"

Die Männer starrten einander an, aber niemand sprach. „Wir müssen handeln, Laird", sagte schließlich einer von ihnen. „Hierzubleiben hilft ihr nicht. So können sie nur noch weiter fliehen."

Aedan ging auf und ab und spürte wieder dieses nagende

Gefühl im Hinterkopf. Er übersah etwas. Seine Frau war noch nicht lange fort. Er wandte sich an Neil. „Schickt eine Gruppe in die Abtei. Jennie war heute Morgen da. Vielleicht hat dort jemand eine Ahnung."

„Ich weiß, Aedan. Ich erinnere mich!", rief Ruari und rannte zu seinem Bruder. „Dermid. Ihm gehört die andere Stimme, die ich gehört habe. Es waren Dermid, Irvine und eine unbekannte Person, die nie gesprochen hat. Aber es waren drei, da bin ich mir sicher."

Aedan langte hinüber und klopfte seinem Bruder auf die Schulter. „Gut gemacht, Ruari. Das passt zu etwas, an das ich mich gerade erinnert habe." Aedan rieb sich nachdenklich das Kinn, sprang vom Podium und an allen vorbei zur Tür.

„Aedan!", rief Neil. „Wo wollt Ihr hin?"

„Ich muss Dermid verfolgen. Er und seine Wache waren auf dem Weg zur Abtei, aber der Wachmann trug einen Sack auf seinem Pferd. Dermid sagte, er würde den Nonnen einen Teil seiner Ernte bringen, aber der Sack hatte ungefähr die Größe einer Frau." Aedans Blut kochte. „Dafür wird Dermid büßen." Er befahl allen Männern, sich im Hof aufzureihen, um seine Befehle entgegenzunehmen. Eine Gruppe schickte er zum Hafen, obwohl es eine ziemlich weite Reise war. Er wollte, dass jemand seine Lieferung beschützte und zu ihm brachte.

Eine weitere Gruppe schickte er auf Drews Land, um zusätzliche Hilfe zu erhalten, aber die größte Gruppe würde er in die Richtung schicken, in die Dermid geritten war.

Höllenfeuer, wenn Dermid seiner Frau etwas antat, würde er sich das süße Vergnügen vorbehalten, den Mann eigenhändig zu töten.

Die Geduld des Retters zahlte sich aus. Er wartete, bis Dermid zur Burg der Camerons aufgebrochen war. Dann müsste er nur noch ein paar Augenblicke warten, bis der Narr, der Jennie Grant bewachte, einschliefe. Er war sich ziemlich sicher, dass es weniger als eine Stunde dauern würde, bis das passierte.

Währenddessen behielt er Camerons Frau im Auge, um sicherzustellen, dass sie nicht verletzt war. Es war offensichtlich, dass sie sich unwohl fühlte, und er konnte den Gestank des Tuches, mit dem sie sie geknebelt hatten, fast von seinem Versteck aus riechen, aber das war egal. Sie würde es noch ein bisschen ertragen müssen. Er hatte nicht die Absicht, den Knebel aus ihrem Mund zu nehmen, nachdem er sie gefangen genommen hatte. Sie würde ihn lauthals verfluchen und schreien und damit sie beide in Gefahr bringen, also würde sie geknebelt bleiben, bis er seine Rolle gespielt und diese ganze Eskapade beendet hatte.

Er suchte die Umgebung durch die Äste der Bäume hindurch ab, konnte Dermid aber nirgendwo entdecken. Sie waren ganz allein in diesem abgelegenen Gebiet, obwohl es offensichtlich kein so gutes Versteck war, wie die Entführer glaubten, da er seinen Weg hierhergefunden hatte.

Nachdem er in alle vier Richtungen gespäht hatte, holte er tief Luft und zielte.

Er sprang von der Baumkrone direkt auf Dermids Komplizen und überraschte den Narr. Der Retter schlug dem Mann ins Gesicht, trommelte mit den Fäusten auf ihn ein, zog dann sein Schwert aus der Scheide und hielt es dem Kerl an die Kehle.

Doch dieser Trottel griff trotzdem nach ihm und zwang ihn, ihm die Kehle durchzuschneiden und seinem Leben ein Ende zu setzen.

Dann wandte sich der Retter lächelnd dem Opfer zu und griff nach ihr.

Jennie brüllte, aber der Knebel dämpfte ihre Schreie. Es war egal. Er hatte eine Mission zu erfüllen, also hob er sie hoch und warf sie über seine Schulter, obwohl es ein bisschen dauerte, bis er das Gleichgewicht wiederfand. Am Pferd des Narren angekommen, warf er sie über den Rücken des Tiers und saß dann selbst auf.

Jennie kämpfte und kämpfte, um ihre Fesseln zu lösen, aber der Retter rief nur: „Hör endlich auf!"

Seine Mission war fast erfüllt.

KAPITEL ZWEIUNDZWANZIG

AEDAN PRESCHTE AUF seinem Pferd voraus, gefolgt von Neil und zehn Wachen. Er fand die Spuren von Dermid und seinem Begleiter und war nicht überrascht, dass Dermids Weg von der Abtei wegführte und nicht dorthin.

Als er die Grenzen seines Landes überquerte, bemerkte er einen einsamen Reiter unweit vor ihm. Er trieb sein Pferd härter an, entschlossen, den Reiter einzuholen und zu sehen, ob dieser ihm weiterhelfen konnte. Als er näher kam, stellte er überrascht fest, dass es sich um Dermid selbst handelte.

Neil lenkte sein Pferd neben Aedan. „Soll ich Euch helfen, es mit ihm aufzunehmen?"

„Nay. Er gehört mir. Ich werde diesen Dummkopf selbst überwältigen. Überlasst ihn mir, es sei denn, er ist im Begriff, mir den Kopf abzureißen. Aber vielleicht solltet Ihr neben mir an ihn heranreiten, damit er erkennt, dass eine Flucht sinnlos ist."

„Cameron", Neil sah ihn mit einem Lächeln an, „ihr habt Euch verändert, nicht wahr? Es freut mich, dass Ihr es selbst mit ihm aufnehmen wollt. Euer Vater wäre stolz auf Euch."

Sobald Dermid in Reichweite war, galoppierte Aedan weiter auf ihn zu und warf ihn vom Pferd. Sie wälzten sich auf dem Boden und Aedan landete mit einem Stöhnen auf Dermid. Dermid schlug um sich, aber Aedan war schneller. Er versetzte dem MacLean zwei Schläge ins Gesicht und einen in den Magen, bevor er sein Messer zog und es dem Mann an die Kehle hielt.

„Wo ist meine Frau?", knurrte Aedan.

„Woher zum Teufel soll ich das wissen?"

„Ich habe dich mit ihr gesehen. Sie war im Sack auf dem Pferd deiner Wache. Wo hast du sie hingebracht? Wo ist sie jetzt?"

Dermid lachte. „Sie ist tot."

Aedan weigerte sich zu glauben, dass ein Mann, der sich so viele Jahre lang als sein Freund ausgegeben hatte, so lässig über den Tod seiner Frau lachen konnte. Er weigerte sich zu glauben, dass er Jennie verloren hatte. „Nay, du hast sie nicht getötet. So dumm bist du nicht. Was auch immer du willst, du würdest sie als Pfand behalten wollen."

„Ich kann dir nichts vormachen, was, Cameron? Du bist ein solcher Trottel, dass es mich doch wundert, dass du überhaupt einen so klugen Gedanken hast. Aye, sie ist mein Pfand, und genau deshalb werde ich dir nie sagen, wo sie ist. Mein Land ist riesig und bist du sie findest, ist sie längst tot. Meine Männer bewachen sie. Du wirst sie nie aufspüren."

„Warum?", knurrte Aedan. Alle seine Wachen waren inzwischen stehengeblieben und bildeten einen Halbkreis um ihn und Dermid.

„Dein Vater ist gestorben und du wurdest Laird deines Clans. Weißt du, wie lange es dauern wird, bis mein Vater stirbt? Wahrscheinlich noch zehn oder fünfzehn Jahre. Dann bin ich zu alt, um den Clan anzuführen. Du hast den Reichtum der Abtei und der Grants und nutzt beides nicht. Nun, ich bin nicht so dumm wie du. Ich will das Mädchen und den Reichtum der Abtei. Ich brauche nur dich aus der Gleichung zu nehmen, was nicht schwierig ist. Ich leere die Truhen der Abtei, pflanze meinen Samen in den Bauch deiner Frau und stehle deinen Schatz, der aus dem Osten kommt, was auch immer es genau ist. Ich verkaufe ihn und kaufe mir dafür etwas anderes. Lass mich gehen, damit ich meine Arbeit beenden kann."

„Siehst du nicht, wie viele Wachen ich hinter mir habe? Du gehst nirgendwohin, bis du mir sagst, wo ich meine Frau finde." Dermid hatte offenbar wirklich den Verstand verloren.

„Wenn du ein echter Laird wärst, würdest du es allein mit mir aufnehmen. Du bräuchtest nicht all diese Männer hinter dir, um deine Schlachten zu schlagen."

Aedan kochte. Er wollte dem Bastard die Augen ausreißen, weil er seine Frau auch nur angerührt hatte. Wenn es das war, was dieser Narr wollte, sollte er seinen Willen bekommen. Zu Lebzeiten seines Vaters war er zwar kein großer Schwertkämpfer gewesen, aber nach all der Übung in letzter Zeit und der Ausbildung bei den Grants konnte er es mit Dermid MacLean aufnehmen.

Er steckte sein Messer in die Scheide und ließ Dermid los. „Wenn du denkst, dass du es mit mir aufnehmen kannst, dann zeig es mir. Du wirst mir sagen, wo meine Frau versteckt ist, bevor ich dich töte."

Aedan zog sein Schwert aus der Scheide und trat zurück, um MacLean Zeit zu lassen, sich zu sammeln. Sobald Dermid sein Schwert aus der Scheide gezogen hatte, stürmte er direkt auf Aedan zu. Dieser wehrte den ersten Schlag mühelos ab und lachte. „Ist das das Beste, was du zu bieten hast? Wenn ja, wird es einfach sein, dich zu besiegen, MacLean."

Dermid stolperte und fiel. Obwohl Aedan ihn von hinten hätte treffen können, tat er es nicht, denn er musste erst wissen, wo Jennie war. Dermid ging auf ein Knie, sprang dann auf und wirbelte sein Schwert herum. Er wollte Aedan unvorbereitet erwischen, doch es gelang ihm nicht.

Stahl klirrte gegen Stahl, als die beiden kämpften. Dermid ging ständig in die Offensive und schwang sein Schwert mit aller Kraft, aber Aedan wehrte seine Schläge mühelos ab. MacLean würde bei so harten Hieben bald müde werden, denn er hatte nicht genug Kraft, um das lange durchzuhalten.

Jetzt, da Aedan die Wahrheit kannte, erkannte er Dermid als das, was er war: einen unreifen Jungen, der dachte, die Welt schulde ihm alles. Seine Fähigkeiten waren nicht viel besser als die von Fletcher. War Aedan genauso gewesen, bevor sein Vater gestorben war und die Angriffe auf sein Land begonnen hatten? Hatte er sich in so kurzer Zeit so sehr verbessert?

Aedan lachte wieder, als Dermid mit dem Gesicht nach vorn in den Staub fiel. Der Junge war nicht mehr als ein schlechter Witz eines Kriegers. Er gab ihm die Chance, ein letztes Mal auf ihn zuzustolpern, und schwang dann sein Schwert mit beiden Händen in einem Bogen, der den Kampf beenden sollte. Er traf Dermids Schwert in der Nähe des Griffs und es flog aus seinen Händen und landete weit entfernt.

Aedan ließ sein Schwert fallen und packte Dermids Hals. Er drückte seine Luftröhre zu und flüsterte dem anderen Mann ins Ohr: „Ich werde nicht loslassen, bis du mir sagst, was ich hören will. Sag mir, wo meine Frau ist. Wenn du etwas Dummes tust, werde ich dich sofort töten."

Dermid nickte, Angst stand in seinen Augen.

Doch sobald Aedan den Druck auf MacLeans Luftröhre lockerte, lachte der Bastard und sagte: „Habe ich dir erzählt, wie sie meinen Namen geschrien hat, als ich meinen Samen in ihr versenkt habe, Cameron?"

Aedans Wut erreichte eine Grenze, die er noch nie zuvor überschritten hatte, und er reagierte entsprechend.

Er schlang seinen Arm um MacLeans Hals und drehte ihn, was dem anderen in Sekundenschnelle das Leben entzog.

Dermid MacLean sackte tot zu Boden.

Aedan stand über seinem Körper, keuchte und versuchte seine Atmung wieder unter Kontrolle zu bekommen. Ein Teil von ihm erkannte, dass er gerade einen großen Fehler begangen hatte. Er hatte immer noch keine Ahnung, wo Jennie war, und dieser Gedanke reichte aus, um ihn zum Erbrechen zu bringen.

Aus der Nähe war ein Hufdonnern am Boden zu spüren. Eine Gruppe von Reitern raste direkt auf sie zu, obwohl Aedan noch nicht erkennen konnte, wer sie waren. Aber bald erblickte er das Grant-Karo und hörte den vertrauten Kampfschrei.

Auch wenn er sich davor fürchtete, Alex von der Entführung seiner Schwester zu erzählen, würden ihm die zusätzlichen Männer zumindest bei der Suche nach ihr helfen können. Viele seiner Männer kannten Dermids Land gut. Sie würden sie finden, sie mussten sie finden! Er würde nichts anderes dulden.

Als Alex sich näherte, konnte Aedan an seinem Gesichtsausdruck erkennen, dass bei Hofe nicht alles gut gegangen war. Er bestieg sein Pferd und ritt seinem Schwager entgegen. „Gab es Probleme mit dem König?"

„Nay, es ist alles gut, aber ich habe gehört, dass Maddies Wohlbefinden in Gefahr ist. Es könnte ernsthafte Probleme mit dem Kind geben. Ich bin gekommen, um Jennie zu holen und dich zu uns nach Hause einzuladen. Ich brauche sie dort. Ich darf meine Frau nicht verlieren."

Aedan hatte Alex Grant noch nie in einer solchen Verfassung gesehen. Er war aschfahl, hatte die Hände zu Fäusten geballt und sein Kiefer war verkrampft. Mitten in einem Kampf sah er entspannter aus als jetzt.

Aedan erkannte, dass er für seine eigene Frau genauso empfand, und dabei waren sie erst weniger als eine Woche verheiratet.

„Meine Schwester. Wo ist sie?" Alex durchbohrte ihn mit seinem Blick.

Aedan erwiderte seinen Blick. „Ich weiß es nicht. Sie wurde entführt. Dermid MacLean hat sie geraubt und wollte sie als Druckmittel benutzen, um die Geldtruhen der Abtei zu leeren."

„Ist das MacLean da am Boden?"

Aedan nickte. „Aye."

„Hast du von ihm erfahren, was du wissen musst, bevor du ihn getötet hast?"

Aedan holte tief Luft und atmete langsam aus. „Nay, habe ich nicht. Er wollte nichts preisgeben. Ich vermute, dass sie auf dem Land der MacLeans gut versteckt ist."

Mit einem Schrei, der die Äste in den Bäumen erzittern ließ, umklammerte Alex die Zügel seines Pferdes so fest, dass Midnight sich aufbäumte, als wäre er irgendwie mit seinem Reiter verbunden.

Aedan drehte sein Pferd herum. „Folge mir, ich habe eine Ahnung, wo sie ist. Wir können uns in Gruppen aufteilen, wenn wir uns nähern."

Der Retter reiste durch den frühen Abend. Er war sich seines Ziels sicher. Er hasste es, seine Gefangene über seinem Pferd gefesselt und geknebelt zu halten, aber es war von größter Bedeutung, dass sie ohne viel Lärm vorankamen. Er hatte keine Ahnung, wohin Dermid MacLean gegangen war, und er wollte nicht auffallen.

Als er sicher war, dass sie außer Gefahr waren, hielt er sein Pferd an und zog den Knebel aus Jennies Mund.

„Loki Grant, warum zum Teufel hast du mich gefesselt gelassen?", rief Jennie.

Lokis Schultern strafften sich und sein Kinn ragte vor. „Ich habe getan, was ich in meiner Ausbildung als Grant-Krieger gelernt habe. Ich habe dich aus der Gefahrenzone gebracht. Komm, gib mir deine Hände, damit ich deine Fesseln lösen kann."

„Du hättest mich nicht gefesselt halten müssen, ich hätte dir helfen können. Ich kenne die Gegend besser als du. Ich hätte nach Dermid Ausschau halten können. Ich hätte helfen können …"

„Pst! Genau deshalb habe ich dich gefesselt gelassen. Kannst du kurz still sein, damit wir einen Plan machen können? Wenn du weiter schimpfst, wird Dermid dich selbst von der anderen Seite des Cameron-Landes noch hören. Ich tue nur das, was mein Vater mir beigebracht hat: Du musst aufmerksam bleiben und darfst erst dann handeln, wenn du dir deines Erfolgs sicher bist. Du bist jetzt in Sicherheit, oder nicht?"

Jennie sah Loki an und fing an zu kichern. Sobald sie losgebunden war, setzte sie sich auf dem Pferd auf und drehte sich zu ihm um. „Ich danke dir, dass du mich gerettet hast, Loki." Sie warf ihre Arme um ihn. „Du hast mich halb zu Tode erschreckt, als du aus dem Baum gesprungen bist, aber ich habe mich sehr gefreut, dich zu sehen."

Er erwiderte die Umarmung, hielt dann aber seinen Finger an die Lippen. „Still. Horch!"

Ein Schrei hallte durch die kleine Schlucht, in der sie sich befanden. Jennie drehte sich zu Loki um und sagte: „Das ist Alex. Ich würde seinen Ruf überall erkennen." Sie rutschte im Sattel herum. „Hier entlang. So werden wir ihn treffen."

Sie waren noch nicht weit gekommen, als sie in der Ferne ein einsames Pferd mit zwei Reitern entdeckten.

Aedan glaubte, Jennie vorn zu erkennen, hatte aber keine Ahnung, wer mit ihr ritt. Seine Hand lag an seinem Schwert, als er mit den Grant-Brüdern auf das Pferd zustürmte, aber Brodie schrie ihm zu und schüttelte den Kopf. „Das ist mein Sohn bei ihr."

Brodies Sohn? Als sie näherkamen, erkannte er Loki.

Und vor ihm ritt tatsächlich seine Frau. Bei ihrem Anblick verlor er fast die Fassung. Jennies offenes Haar peitschte ihr ums Gesicht, aber sie lachte und winkte, offensichtlich aufgeregt, ihn zu sehen. Sobald sie einander erreicht hatten, sprang Aedan vom Pferd und zog sie in seine Arme.

Er wusste, dass er nicht lange Zeit hatte, aber er umarmte sie kurz und sagte: „Ich liebe dich", bevor er auf ihren Bruder deutete. „Alex braucht dich."

Ihre Augen vor Schreck weit aufgerissen, wandte sie sich ihrem

Bruder zu. „Alex?"

„Jennie, Maddie ist in einem schlechten Zustand", erklärte er. Seine Stimme zitterte vor Sorge. „Ich kenne die Einzelheiten nicht, nur dass Caralyn dich braucht."

„Alex, ich werde kommen, wenn ich muss, aber …" Tränen verfingen sich in ihren Wimpern, als sie ihren Bruder ansah.

Aedan schlang seine Arme um sie. „Du kannst Maddie helfen. Ich werde dir nachreiten, nachdem ich zur Burg zurückgekehrt bin, um mit meiner Mutter zu sprechen."

Jennies Kopf zitterte und die Tränen liefen ihr nun über die Wangen. Aedan war verwirrt. „Jennie? Du musst der Frau deines Bruders helfen." Er nahm ihre Hand in seine und drückte sie.

Sie warf ihm einen kurzen Blick zu, bevor sie sich wieder Alex zuwandte. „Ich weiß, dass ich dich begleiten muss, aber ich war frei von Albträumen. Ich habe solche Angst davor, dass sie zurückkehren. Aber ich werde Maddie helfen." Tränen liefen ihr weiter über die Wangen, aber sie lehnte ihren Kopf an Aedans Schulter und schlang ihren Arm um seine Taille.

Alex sprang vom Pferd und stapfte auf sie zu. „Ich habe lange genug Geduld mit dir gehabt. Komm mit mir und hör mir zu." Er wandte sich an seine Männer. „Wir werden in zehn Minuten aufbrechen, macht Euch bis dahin bereit. Loki, ich danke dir für deinen Heldenmut. Wir reiten jetzt nach Hause."

Aedan sah erst Alex an, dann seine Frau. Was zum Teufel war in Alex gefahren? Er würde Jennie nicht verlassen, egal was Grant geplant hatte. „Alex, ich begleite meine Frau."

„Einverstanden. Jennie, komm mit mir." Er nahm ihren Arm und steuerte auf einen Felsen zu, der an einem Bach in geringer Entfernung von der Gruppe lag.

Aedan wandte sich an seine Männer. „Neil, reitet zurück und lasst meine Mutter wissen, was passiert ist. Und lasst sie für jeden von uns eine Tasche packen."

Sie würden schließlich tief in die Highlands reisen.

KAPITEL DREIUNDZWANZIG

JENNIE SCHWOR SICH, dass sie der lieben Maddie helfen würde, aber was, wenn das Wehklagen der Verletzten sie wieder in ihren Träumen verfolgte? Sie hatte solche Angst, wieder als Heilerin zu arbeiten, nachdem sie mit ihrem neuen Leben so glücklich war. Sie drückte die Hand ihres Mannes, bevor sie Alex zu einem Felsen folgten. Sie war froh, dass Aedan beschlossen hatte, sie zu begleiten.

Am Felsen angekommen, deutete Alex auf eine ebene Stelle und sagte: „Setzt euch. Jennie, du wirst mir jetzt zuhören."

Jennie nickte und setzte sich. Sie liebte ihren Bruder und würde sich anhören, was er ihr zu sagen hatte, obwohl sie sich nicht sicher war, was es sein könnte. Sie liebte ihr neues Zuhause bei Aedan. Das Jammern in ihren Träumen hatte aufgehört und auch während des Tages musste sie keine Klagen von Kranken mehr hören. Wenn sie ihre Arbeit als Heilerin wieder aufnahm, war sie sich sicher, dass auch die Träume zurückkehren würden. Die eindringlichen Schreie hatten sie fast um den Verstand gebracht und es war mit jedem Tag, den sie auf dem Land der Grants verbrachte, schlimmer geworden.

„Jennie, hast du Angst wegen der Albträume?"

„Aye." Sie sah zu ihm auf, unsicher, was er als Nächstes sagen würde.

„Ich habe dich in die Abtei gebracht, weil wir dachten, dass du dieses Problem allein durchstehen müsstest. Es war Brennas Idee, aber … ich kann nicht länger warten. Maddies Leben steht auf dem Spiel, also verzeih mir, aber ich muss das hier tun."

„Alex, ich weiß nicht, wovon du sprichst. Worauf willst du hinaus?"

Er ging vor ihr auf und ab, die Hände hinter dem Rücken verschränkt. „Erinnerst du dich an den Tag, an dem unsere Mutter starb?"

„Nay. Ich erinnere mich an den Tag, an dem Papa starb, aber nicht Mama."

Er drehte sich um, um ihr in die Augen zu sehen. „Das liegt daran, dass du dir nicht erlaubst, dich zu erinnern."

Sie runzelte die Stirn, immer noch verwirrt. „Ich verstehe nicht."

„Ich werde dich daran erinnern, und ich denke, dann wirst du es verstehen. Bitte hab Geduld mit mir. Als Mama krank wurde, war unser Vater verreist. Als er zurückkehrte, war er völlig entsetzt, sie dem Tode nahe vorzufinden. Ich erinnere mich, dass ich in ihrer Kammer stand, als Papa hereinkam. Du und Robbie waren bei mir. Brenna hatte viele Kerzen angezündet, nicht mit dem typischen Lavendelduft, den Mama liebte, sondern medizinische Kerzen, die ihrer Lunge helfen sollten. Mama hatte ihr Schicksal akzeptiert, aber sie kämpfte lange gegen ihr Fieber, in der Hoffnung, von Papa Abschied nehmen zu können. Sie lag im Bett und die Kerzen brannten, aber sie wollte nicht aufwachen. Du und ich standen am Bett und Robbie stand daneben und sang ihr vor, weil sie das liebte. Papa kam in die Kammer, warf einen Blick auf sie und weinte lauter als ich je einen Mann gehört habe. Er sank auf das Bett und warf sich in ihre Arme."

Jennie starrte Alex an, während sich die Teile zu einem Ganzen zusammenfügten. Sie ließ den Kopf hängen, weil die Erinnerung plötzlich zurückkehrte. Sie konnte die Kerzen riechen, konnte Robbie fast singen hören.

„Brodie und Brenna waren nicht da, nur du, Robbie und ich. Auf dem Bett lag ein kleines Kissen, und du hast es gepackt, als Papa hereinkam, obwohl ich nicht weiß, warum." Alex hielt inne und starrte in den Nachthimmel. Es ist ein schrecklicher Moment in meiner Erinnerung, wie kann er in deiner Erinnerung weniger als furchtbar sein?" Er ließ die Hände sinken und drehte sich um, um ihr in die Augen zu sehen.

„Das Heulen, das du nachts hörst, ist unser Vater. Er schrie, brüllte und schluchzte, wie ich noch nie zuvor einen Mann gehört habe. Er lag auf dem Bett und heulte sich die Augen aus, während er Mama auf seinem Schoß wiegte. Robbie hörte auf zu singen und ich erstarrte, unsicher, was ich tun sollte, und verließ schließlich den Raum."

„Aber wohin sind wir gegangen?"

„*Wir* sind nirgendwo hingegangen. Du und Robbie, ihr seid geblieben. Ich hatte es so eilig, fortzukommen, dass ich euch dort zurückgelassen habe. Als ich zu Sinnen kam und in die Kammer zurückkehrte, um euch zu holen, weinte Papa immer noch." Er seufzte.

„Und Robbie und ich?"

„Robbie hielt das Kissen an eines deiner Ohren und seine Hand an dein anderes. Du hast geschrien."

„Was habe ich gesagt?" Sie brauchte es nicht zu fragen, denn sie wusste es. Die Erinnerung daran, wie sie sich an Robbie geklammert und ihn angefleht hatte, dass es bitte aufhören solle, war auf einmal so lebendig, als würde sie es noch einmal durchleben. Hatte Alex es auch so in Erinnerung?

„Du hast Robbie angeschrien, dass es aufhören soll."

Tränen überfluteten ihr Gesicht und sie umklammerte Aedans Hand. „Ich habe es immer und immer wieder gesagt, nicht wahr?"

„Aye, ihr beide habt euch versteckt."

Sie schluchzte und ließ Aedans Hand nicht los. „In der Ecke. Ich versuchte mich in der Ecke unter dem Tisch zu verstecken. Robbie kroch zu mir und hielt mir immer wieder die Ohren zu, aber ich wollte nicht stillhalten. Und Papa heulte immer weiter. Es war schrecklich."

„Aye. Es tut mir so leid, dass ich euch zurückgelassen habe. Es waren nur ein oder zwei Minuten, bis ich mich daran erinnerte, dass ihr in der Kammer geblieben wart."

„Aber dann bist du zurückgekommen und hast mich geholt. Du hast mich von dem Wehklagen weggebracht. So wie du es immer getan hast." Sie stand auf und schlang ihre Arme um ihren Bruder. „Du warst immer für mich da, hast mich immer beschützt und mich gehalten, wenn ich dich gebraucht habe. Alex, es tut mir leid." Sie klammerte sich an ihren Bruder, trat dann aber einen Schritt zurück.

Sie wischte sich die Tränen fort und wandte sich ihrem Gemahl zu. „Es ist wahr. Es ist das Wehklagen meines Vaters, das ich nachts höre. Es ist nicht das der Kranken und Verletzten, es ist mein Vater. Ich weiß nicht, warum ich ihn höre."

Alex küsste sie auf die Stirn und flüsterte: „Ich weiß es. Das Wehklagen der Verwundeten hat dir die Erinnerung an diese Nacht zurückgebracht, da bin ich mir sicher. Du hast dich entschieden, es zu vergessen, und das hat viele Jahre funktioniert. Aber jetzt musste es an die Oberfläche kommen."

Jennie küsste erst ihren Bruder auf die Wange, dann ihren Mann. „Komm, wir dürfen uns nicht länger aufhalten."

Alex atmete aus. „Gut. Denn wenn meiner Maddie etwas zustößt, werde ich noch viel lauter heulen, als Papa es je getan hat."

Als sie auf der Burg der Grants ankamen, half Aedan ihr vom Pferd und sagte: „Geh. Ich kümmere mich um unsere Sachen."

Sie gab ihm einen flüchtigen Kuss, rannte die Stufen zum großen Saal hinauf und lief von dort aus direkt zu Maddies Gemach. Als sie eintrat, bemerkte sie als erstes, wie blass Maddie war. Sie war noch am Leben, aber ihre Atmung war flach und sie hatte definitiv viel Blut verloren.

„Wie lange versucht das Kind schon herauszukommen, Caralyn?" Die arme Caralyn war erschöpft, obwohl Alice und Fiona, Maddies Dienstmädchen, beide da waren, um ihr zu helfen.

„Seit drei Tagen. Ich kann das Kind nicht drehen. Das Baby kommt mit den Füßen zuerst, und ich habe einen Fuß gefunden, kann aber den anderen nicht greifen."

Alice war den Tränen nahe. „Könnt Ihr etwas für sie tun, Lady Jennie? Bitte?"

Jennie ging zur Truhe und wusch ihre Hände und ihr Gesicht. Das Bett war blutdurchtränkt und auch Maddie war mit Blut bedeckt. Plötzlich stöhnte Maddie und setzte sich auf. Gerade da stürmte Alex in die Kammer.

„Jennie, ich muss wieder pressen und nichts passiert. Ich habe keine Kraft mehr. Lasst mich gehen. Ich bin zu schwach."

Alex kroch hinter seine Frau ins Bett und stemmte sie in eine sitzende Position.

„Alex, ich kann das nicht. Es tut mir leid, aber ich kann nicht mehr." Sie schob ihren Mann mit der wenigen Energie, die ihr noch geblieben war, fort.

„Aye, du machst weiter, Madeline. Ich erfülle dir alle Bitten, aber diese nicht. Du wirst pressen, hörst du mich? Und ich werde dir helfen."

„Alex, bitte. Es ist zu schmerzhaft, es ist zu schwer …" Sie verstummte und schloss die Augen. „Ich bin zu müde."

„Maddie!" Alex schrie ihr ins Ohr.

„Alex, gib ihr ein paar Minuten Ruhe. Erlaube mir, sie zu untersuchen."

Jennie spreizte Maddies Beine und schob ihre Finger in sie, um zu sehen, was sie fühlen konnte. Wie Caralyn gesagt hatte, fand sie schnell einen kleinen Fuß. Sie bewegte ihre Finger so weit sie konnte, konnte aber den anderen Fuß nicht finden.

Maddie beugte sich plötzlich vor und begann wieder zu pressen, also sagte Jennie: „Alex, hilf ihr, nach unten zu drücken. Sie muss das Baby in diese Richtung schieben. Caralyn, drücke dich hier an ihren Bauch und sieh, ob wir das Baby ein bisschen drehen können, während sie presst."

Jennie konnte die kräftigen Wehen der Gebärmutter um ihre Finger spüren, aber sie suchte weiter. Gerade als sie aufgeben wollte, drückte Caralyn an der richtigen Stelle und etwas schien nachzugeben.

„Ich habe es. Ich glaube, ich habe den anderen Fuß." Sie wartete, bis Maddie langsamer wurde, damit sie ihre Hand bewegen und das Ende besser greifen konnte. Der Ausdruck auf Maddies Gesicht sagte ihr, dass sie litt, aber sie fuhr fort, da sie wusste, dass die Frau ihres Bruders eine hohe Schmerzschwelle hatte.

Endlich hatte sie einen guten Halt, also wartete sie, bis Maddie das Bedürfnis verspürte, wieder zu pressen. Sobald sie aufstöhnte, sagte Jennie: „Alex, drück auch auf ihren Bauch."

Während Alex, Maddie und Caralyn drückten, zog Jennie. Einen Moment später glitt das Kind in einem Wasserrausch heraus und Maddie stöhnte erleichtert auf. Alice half ihr sofort, das Baby zum Atmen zu bringen und es zu reinigen. Es schien ewig zu dauern, bis das Kleine einen schwachen Schrei ausstieß, der aber immerhin stark genug war, um seine Wangen etwas zu röten. Alice und Jennie säuberten das Baby und reichten es dann Caralyn.

„Alex, herzlichen Glückwunsch. Endlich hast du eine kleine blonde Tochter. Sie ist sehr zart. Du musst sie gut warm halten."

Maddie ließ sich auf das Bett zurücksinken und schlief fest ein, während Alex nach seiner Tochter griff und ihr sanfte Worte zuflüsterte. Sobald sie sich in die warmen Arme ihres Vaters kuschelte, hörte die Kleine auf zu schreien.

„Vielen Dank, Jennie", flüsterte Alex, unfähig seine Augen von seiner neuen Tochter abzuwenden. „Wird es Maddie gut gehen?"

Plötzlich sagte Jennie: „Caralyn, ich brauche deine Hilfe. Alex, geh!" Alex sah sie an, als wollte er widersprechen, aber dann warf er einen Blick auf das Blut an ihren Händen und verließ den Raum.

Sie und Caralyn arbeiteten und arbeiteten, ohne dass Maddie sich regte. Ein paar Stunden später war endlich wieder alles in Ordnung. Sie hatten das Bettzeug gewechselt und Maddie gereinigt, sodass Jennie die Kammer kurz verließ, um nach Alex zu sehen.

Ihr Bruder warf ihr einen besorgten Blick zu, der ihr das Herz brach, aber sie musste ehrlich zu ihm sein. „Alex, es tut mir leid, aber ich glaube nicht, dass Maddie ein weiteres Kind bekommen kann. Es gab ein Problem mit der Nachgeburt. Es tut mir leid."

Sein Gesicht war grau. „Aber Maddie wird es gut gehen? Es ist mir egal, ob sie keine Kinder mehr bekommen kann, Jennie. Wir haben fünf. Das ist genug, aber meine Madeline?"

„Ich denke, sie wird sich in etwa einem Monat erholt haben. Diese Geburt war sehr schwer für sie und sie ist schwach, aber mit der Zeit sollte sie wieder zu Kräften kommen. Du musst ihr erlauben, eine Weile im Bett zu bleiben. Sie kann das Baby stillen, aber das ist alles. Jemand anderes muss sich um die anderen Kinder kümmern."

„Damit können wir umgehen. Wir sind eine Familie. Der ganze Clan wird sich zusammentun, um zu helfen. Hab vielen Dank." Er reichte Alice seine neue Tochter und umarmte Jennie. „Darf ich sie sehen?"

„Aye, aber lass sie schlafen, wenn sie es braucht."

Alex eilte in die Kammer und Jennie ging hinüber, um ihre neue Nichte in Alices Armen zu betrachten. „Sie ist eine wahre Schönheit. Sie sieht aus wie Maddie."

Caralyn trat hinter sie. „Gott sei Dank, dass du noch rechtzeitig gekommen bist, Jennie. Das hätte katastrophal ausgehen können."

„Nay, du bist eine wundervolle Heilerin, Caralyn. Du hast sie am Leben gehalten, bis ich hier sein konnte."

Caralyn umarmte Jennie, trat dann einen Schritt zurück und hielt sie auf Armeslänge. „Ich habe viel zu lernen und ich arbeite hart, aber ich habe nicht die Gabe, die du hast, Jennie. Du bist eine äußerst begabte Heilerin."

Alice nickte. „Aye, ich hoffe, Ihr werdet weiterhin heilen. Es ist Eure Bestimmung, Mädchen."

Jennie dachte einen Moment über die Worte der Bediensteten nach, bevor sie erklärte: „Es ist meine Bestimmung, da hast du recht. Ich hoffe, dass das Wehklagen in meinen Träumen aufhört, damit ich zu meinem Lebenswerk zurückkehren kann." Maddie zu behandeln hatte einige Dinge in ihrem Kopf geklärt. Die Entbindung ihrer Nichte und der dankbare Gesichtsausdruck ihres Bruders hatten sie davon überzeugt, dass sie tatsächlich ihre wahre Berufung gefunden hatte.

Alice zwinkerte ihr zu, als sie alle das neueste Mitglied des Grant-Clans musterten. „Warte, bis ein Junge versucht, sich diesem Engelchen zu nähern."

KAPITEL VIERUNDZWANZIG

EINE WOCHE SPÄTER saßen die Grants im großen Saal. Die meisten Wachen und ihre Familien waren nach dem Abendessen nach Hause gegangen. Maddies Zustand verbesserte sich, aber sie blieb im Bett und schlief viel. Die Stimmung war ruhig und friedlich. Während die Mägde die Tische säuberten, las Celestina den Kindern in der Nähe des Feuers vor und Alex ging mit seiner kleinen Tochter, die nach Maddies Mutter Elizabeth getauft worden war, auf dem Arm durch den Raum und gurrte ihr zu.

Aedan und Jennie stiegen hinauf zu den Brüstungen, ihrem Lieblingsplatz in der Burg der Grants. „Ich muss wohl eine Brüstung um unsere Burg bauen. Ich glaube, wir sind den Sternen hier oben näher."

Jennie schmiegte sich an ihren Gemahl und er zog sie fest an sich. Die Nächte waren kühl, wie so oft im Herbst in den Highlands. „Weißt du, wann ich mich in dich verliebt habe, Aedan Cameron?"

Er liebkoste ihren Hals. „Nay, sag es mir bitte."

„Es war an jenem Abend auf dem Hügel, als wir nebeneinander auf dem Rücken lagen und in den Nachthimmel schauten. Jeder Mann, den ich kennengelernt habe, sprach nur von Kampf und Krieg und davon, der Stärkste im ganzen Land zu sein. Aber du? Der Laird der Camerons sprach von Träumen und Wissen und Neugier, all den Dingen, die mir so am Herzen liegen. Ich wusste an diesem Abend, dass wir füreinander bestimmt sind."

Er strich mit seiner Hand über ihren Arm, um sie zu wärmen. „Ich gebe zu, ich hatte die gleiche Ahnung. Nicht viele Mädchen können lesen, und das allein fand ich schon sehr verlockend. Seitdem hat mich deine Leidenschaft beeindruckt."

Jennie stupste ihn mit dem Ellenbogen in den Bauch.

„Uff." Seine Augen weiteten sich, als er auf ihren Schubs

reagierte. „Ist es falsch von mir, die Leidenschaft meiner Frau zu lieben?"

„Nay, aber ich mag es lieber, wenn du von meinem Verstand und meiner Liebe zur Wissenschaft sprichst."

Er küsste ihren Hals. „Ich werde versuchen, mich daran zu erinnern."

Sie wollte etwas erwidern, aber Aedan zeigte auf den Weg, der vom Dorf zum Fallgitter führte. „Wir haben Besuch."

Blinzelnd betrachtete sie die Gruppe. „Aye, du hast recht, und ich glaube, sie tragen die Cameron-Flagge."

Aedan nickte. „Komm, wir müssen sie begrüßen." Er hielt ihr die schwere Tür auf und sie gingen die Treppe hinunter, durch den Gang und in den großen Saal. Sie traten gerade ein, als Robbie die Tür öffnete.

„Es ist eine Lieferung für dich hier, Aedan. Eine Art Paket."

Aedans Gesicht hellte sich auf. „Endlich ist der Schatz da." Er nahm das Paket und trug es zu einem der Tische in der Mitte des Saals, wo alle es sehen konnten. Seine andere Hand war immer noch mit Jennies verschlungen. Er bedeutete den anderen, sich ihnen anzuschließen.

Brodie kam von der Feuerstätte zu ihm. „Der Schatz? Ist das der Schatz, der so viele Probleme in deinem Land verursacht hat? Der Schatz, den Dermid wollte?"

Aedan zog Jennie neben sich und schlang seinen Arm um ihre Taille.

„Aye, dies ist der umkämpfte Schatz. Lustig, dass sie keine Ahnung hatten, worum es sich handelt, sonst hätten sie anders reagiert, aber ich habe es nie jemandem erzählt."

„Du hast danach schicken lassen?", fragte Jennie.

„Aye, das habe ich. Es ist schon eine Weile her. Er kommt aus Europa."

„Aber warum?"

Alex war stehengeblieben, um sich an der Unterhaltung zu beteiligen. Robbie, Brodie, Celestina, Caralyn, Loki, Ashlyn und all die Kleinen fanden ihren Weg zum Tisch, gespannt, was in dem Paket war.

„Das ist nicht besonders groß", stellte Loki fest.

„Nay. Nach all den Schwierigkeiten, die dieser Schatz verursacht hat, hätte ich erwartet, dass es mindestens zwei Karren braucht, um ihn hierherzubringen." Alex klopfte sanft auf den Po seiner Tochter, die in einem Plaid an seiner Brust schlief.

Aedan hob seine Hand, um die Gruppe zu beruhigen. „Ich habe nach diesem Paket geschickt, weil mir ein bestimmtes Mädchen gefallen hat." Er neigte seinen Kopf zu Jennie und hielt ihr das Bündel hin. „Mach es auf, Gemahlin. Betrachte es als ein Hochzeitsgeschenk von mir."

Jennies Augen funkelten, als sie nach dem Paket griff und vorsichtig die Schnur löste, mit dem es befestigt war. „Ich habe keine Ahnung, was es ist."

„Ich wette, es sind Juwelen", sagte Ashlyn und hüpfte auf und ab, die Finger um die Tischkante geklammert.

„Vielleicht ist es ein Diadem", überlegte Celestina strahlend. „Eines voller Edelsteine. Du wirst wie eine Königin aussehen, Jennie."

Caralyn verschränkte die Hände. „Aye, ein silbernes Diadem mit Saphirsteinen. Oder ein Samtmantel." Sie runzelte die Stirn. „Aber der wäre zu groß für das Paket."

Gracie sagte: „Es sind rote Bänder fürs Haar. Ich hoffe, es sind Bänder und passende Schuhe."

In ihrer Aufregung hatten sie alle den Tisch umringt und warteten aufgeregt darauf, dass Jennie das Geschenk öffnete.

Loki unterbrach sie. „Schuhe, Diademe, Haarbänder, das sind keine Dinge, die sich Jennie wünschen würde. Vielleicht ist etwas wirklich Wertvolles. Ein juwelenbesetzter Dolch für dich, Jennie."

Als Jennie die Verpackung und die Schnur vom Paket nahm, spähte sie hinein und schlug die Hand vor den Mund. „Oh, Aedan."

„Was ist es?", flüsterte Gracie, die noch zu klein war, um auf den Tisch sehen zu können, und verzweifelt herumhüpfte, um den Schatz zu erspähen.

Jennie nahm ein Buch aus der Verpackung und betastete den Ledereinband. Als ihr Blick auf den Titel fiel, keuchte sie und ließ sich auf die Bank neben dem Tisch sinken. „Aedan. Wo hast du das gefunden?" Vorsichtig öffnete sie den Einband und ließ ihre Finger über das feine Pergament streicheln, dann öffnete sie ihn weiter, um den mit sorgfältiger Hand geschriebenen Text zu sehen.

„Was ist es, Jennie?" Alex spähte erstaunt über ihre Schulter.

Sie seufzte. „Es ist ein Band über die Blutgefäße des Körpers und die Funktionsweise des Herzens."

Enttäuschte Seufzer ertönten, als die vielen Zuschauer, die sich nicht für den Wälzer interessierten, zurückwichen. Die Kinder liefen mit Celestina zurück zum Feuer. Brodie, Robbie, Caralyn und Alex blieben.

Robbie fragte: „Woher kommt das? Warum ist es ein Schatz? Ich bin verwirrt."

Aedan setzte zu einer Erklärung an. „Ich habe von den Mönchen in der Abtei davon gehört. Wir haben oft Mönche aus fremden Ländern zu Besuch, die neue Dinge oder Nachrichten mitbringen. Ich treffe mich oft mit ihnen, um mehr darüber zu erfahren, was außerhalb unseres Landes und Englands vor sich geht. Ich finde es so interessant, wie zum Beispiel neue Lebensmittel in anderen Teilen der Welt angebaut werden. Entschuldigt, ich schweife ab. Einer der Mönche interessiert sich besonders für Heilung und die Anatomie des Körpers. Es gibt einen arabischen Arzt, der glaubt, dass das Blut vom Herzen in die Lunge fließt, bevor es in den Rest des Körpers gelangt. Sein Denken ist radikal, da es den Ansichten von Galen, dem römischen Arzt, der viele unserer modernen Überzeugungen in der Medizin inspiriert hat, widerspricht. Galen glaubte, dass das Blut in die rechte Seite des Herzens kommt und es auf der linken Seite verlässt. Die Mönche sagten mir, dass viele Gelehrte an den Universitäten in Europa glauben, dass diese neue Theorie wahr ist. Ich dachte, es würde dir Spaß machen, darüber zu lesen."

Jennie wischte sich die Tränen weg, die drohten, über ihre Wangen zu rollen. Er hatte sich daran erinnert, was sie darüber gesagt hatte, wie faszinierend sie die Funktionsweise des Körpers fand. Sie betastete das Buch, dann bewegte sie es, denn darunter war etwas anderes, etwas, das sie durch ihre Tränen kaum sehen konnte. „Ist das auch Teil des Geschenks?" Sie nahm es aus dem Paket und legte es auf den Tisch.

„Das ist der wahre Schatz", erklärte Aedan.

Robbie fuhr mit den Fingern darüber. „Was ist das? Ich habe

so etwas noch nie gesehen. Es sind so viele."

Die anderen berührten den ordentlichen Stapel offensichtlich verwirrt.

Brodie hob ein Stück hoch, roch daran und hielt es vorsichtig, um es nicht in seinen Fingern zu verbiegen. „Das Aroma ist angenehm, aber wofür wird es verwendet?"

Alex beugte sich über Brodies Schulter. „Dermid wollte für diesen Haufen dünner Dinger töten? Warum?"

„Dermid hatte keine Ahnung, was in dem Paket ist, nur dass es von Wert ist. Ihr werdet überrascht sein, wie viele dieser Blätter in diesem ordentlichen Stapel sind. Das hier ist viel kompakter als alles, was wir bisher verwendet haben", erklärte Aedan. „Es wird Papier genannt und man geht davon aus, dass es das Pergament ersetzen wird. Die Mönche sagten, dass man darauf viel einfacher schreiben kann, also habe ich etwas davon für dich gekauft. Ich habe den Mönchen versprochen, ihnen einen Teil davon zu geben, aber erinnerst du dich daran, wie du davon gesprochen hast, das Innere des Körpers zu zeichnen?"

Jennie sah ihren Mann an, so verblüfft von der aufmerksamen Geste, dass sie nicht in der Lage war zu sprechen.

Er fuhr fort: „Ich dachte, es würde dir das Erstellen deiner Zeichnungen erleichtern. Sie sagen, es ist gut haltbar. Die Mönche sagten mir auch, dass es vor Jahren zum ersten Mal in China hergestellt wurde, aber inzwischen seinen Weg nach Europa gefunden hat. Man wird es eines Tages in großen Mengen herstellen können, anstatt Pergament aus Schafshaut herzustellen. Dieses Papier wurde in Frankreich gekauft. Es war sehr teuer, deshalb hat es jemand für einen Schatz gehalten, obwohl ich es nie so genannt habe. Ich habe mich oft gefragt, wie dieses Gerücht wohl in die Welt gekommen ist."

Brodie hob ein Stück auf und ließ es durch seine Finger gleiten, weil ihn die Neugierde überwältigte. „Das hier ist nicht aus Tierhaut gemacht? Woraus ist es dann?"

„Es ist aus Holz, von dem es mehr als genug gibt. Sie sagen, dass es eines Tages überall Papier geben wird." Er wandte seine Aufmerksamkeit seiner Frau zu, der nun doch Tränen über die Wangen strömten. „Sind das Freudentränen? Was denkst du, Jennie?"

Jennie stand da und sah ihren Mann an. „Ich denke, das ist das schönste Geschenk, das ich je gesehen habe. Ich liebe es und ich liebe dich, Aedan Cameron."

Sie küsste ihren Mann und ihre Familie wandte sich zum Gehen. „Brüder, wartet einen Moment. Bitte."

Robbie, Alex und Brodie drehten sich um und Caralyn ging zum Kamin, wo Celestina wieder den anderen Kindern vorlas.

„Alex, du hattest Recht mit dem Wehklagen. Ich habe keinen bösen Traum mehr gehabt, seit wir darüber gesprochen haben."

„Nay? Gut, ich freue mich so, Jennie. Ich bin dir so dankbar, dass du Maddie gerettet hast."

Sie ging zu Robbie und schlang ihre Arme um ihren Bruder.

„Womit habe ich das verdient?" Er runzelte die Stirn, während er ihre Umarmung erwiderte.

„Das ist ein verspätetes Dankeschön."

„Wofür?"

„Dafür, dass du auf deine kleine Schwester aufgepasst hast. Dafür, dass du mit mir unter einen Tisch gekrochen bist und versucht hast, mir die Ohren zuzuhalten, als ich es brauchte."

„Du erinnerst dich daran?" Robbie warf Alex einen Blick zu, der nickte.

„Aye. Nach Hause zu kommen hat mir geholfen, mich an viele Dinge zu erinnern. Ich weiß es zu schätzen, wie sehr ihr euch um eure kleine Schwester gekümmert habt. Ich brauchte jeden von euch. Alex, du warst wie ein Vater für mich, Robbie, du hast mir die Ohren zugehalten, als ich es am dringendsten brauchte, und Brodie, du hast mir geholfen, stark zu werden und den richtigen Mann zu finden."

Brodie küsste sie auf die Wange und klopfte ihrem Mann auf den Rücken. „Sie gehört ganz dir, Cameron. Pass gut auf sie auf."

Robbie fügte hinzu: „Aye, wir werden dich im Auge behalten."

Alex spitzte die Lippen und rieb das weiche Haar seiner Tochter. „Es scheint die Zeit gekommen zu sein, in der ich meine liebe Schwester verlieren muss."

Jennie lächelte. Sie sah die Tränen in Alex' Augen, bevor er sich abwandte und wieder anfing, seiner Tochter zuzusäuseln.

EPILOG

DIES SOLLTE IHRE letzte Nacht auf der Burg der Grants sein, bevor sie am nächsten Tag nach Hause aufbrachen. Jennie hatte Aedan mehr über Lokis Geschichte erzählt und wie er schließlich ein Teil der Familie geworden war. Mit der Zustimmung von Alex und Maddie hatten sie an diesem besonderen Abend darum gebeten, alle Wachen und ihre Familien einzuladen.

Nach einer sättigenden Mahlzeit und vor den Feierlichkeiten küsste Alex Maddies Wange und ging dann an die Vorderseite des Podiums, wo er darauf wartete, dass sich die Menge beruhigte. Robbie und Brodie führten alle zur Seite und nach hinten, während Aedan aufstand und sich neben Alex stellte.

Der Laird der Grants räusperte sich und als die Menge verstummt war, verschränkte Alex seine Hände auf den Rücken. „Ich rufe Loki Grant nach vorn."

Loki machte sich auf den Weg nach vorn und stellte sich vor Alex, genau wie vor langer Zeit. Vor dem riesigen Alexander Grant sah er immer noch recht klein aus. Obwohl er gewachsen war, ließ ihn seine Überraschung immer noch jung und unschuldig aussehen.

„Loki Grant, mit großem Stolz erkenne ich deine Bemühungen an, meine Schwester, die Lady des Clans der Camerons, aus den Händen eines Verrückten zu retten. Du bist ein großartiger Krieger und ich bin stolz, dich meinen Neffen und ein geschätztes Mitglied unseres Clans nennen zu dürfen. Der Laird der Camerons möchte etwas sagen."

Aedan nickte seinen Wachen zu, die eine Reihe hinter Loki Grant bildeten und dann eine kurze Übung mit ihren Schwertern machten, bevor sie sich erneut hinter Loki aufstellten.

Er zog etwas aus seiner Tasche und hielt es hoch, damit alle es sehen konnten. „Diese juwelenbesetzte Brosche schenke ich Loki

Grant im Namen meines Clans, den Camerons. Sie trägt unser Wappen. Wir wissen, dass Loki zum Clan der Grants gehört, aber hiermit ist er auch ein Ehrenmitglied des Clans der Camerons. Für diejenigen unter euch, die seinen Heldenmut nicht kennen, will ich euch sagen, dass er sich zum Beschützer meiner Frau gemacht und ihr so das Leben gerettet hat."

Er drehte sich zu Jennie und reichte ihr die Brosche. Sie ging auf Loki zu, der jetzt genauso groß war wie sie, obwohl er noch wuchs, und steckte ihm die Brosche neben seine Grant-Brosche. Sie umarmte ihn und trat dann zurück, hob aber die Hand hoch, um selbst noch etwas hinzuzufügen.

„Ihr habt vielleicht die Geschichte gehört, aber nicht meine Version. Ich wurde auf den Kopf geschlagen und während ich bewusstlos war, wurde ich gefesselt und geknebelt und in einen Leinensack gestopft. Als ich aufwachte, befand ich mich in einer Gegend, die ich noch nie zuvor gesehen hatte, und hörte zu, wie zwei Männer über mein Schicksal sprachen. Sie wollten mich als Köder für meinen Mann verwenden und mich dann gefesselt und geknebelt in der Wildnis sterben lassen. Nachdem sie mir den Sack entfernt hatten, konnte ich zwar meine Entführer sehen, aber ich sah keinen Ausweg. Zu meinem Glück war Loki den Entführern gefolgt und hatte sich geräuschlos in einem Baum versteckt. Er ist auf einen Mann gesprungen, der doppelt so groß war wie er, und hat ihn getötet, um mich zu retten."

Die Leute schnappten nach Luft und einige, die die Geschichte bereits gehört hatten, nickten.

Loki, dem es peinlich war, der Mittelpunkt der Aufmerksamkeit zu sein, sah verlegen auf seine Fingernägel.

„Ich danke dir, Loki, dass du mein Beschützer bist. Du bist ein ganz besonderes Mitglied meiner Familie und ich werde dich immer schätzen." Sie umarmte ihn, bevor sie zurücktrat.

Alex und Cameron traten vom Podium herunter, während die Menge Loki weiterhin applaudierte. Die Minnesänger und Musiker kamen herein und alle machten sich zum Tanzen bereit.

Einige Zeit später, als Jennie allein war, bahnte sich Loki seinen Weg zu ihr.

„Aye, Loki?"

Er rang nach Worten, stammelte aber schließlich: „Ich möchte, dass du weißt … ich möchte sagen … du hattest recht. Ich hatte Gefühle für dich, aber das ist vorbei. Nun, jetzt habe ich andere Gefühle. Mir ist klar, dass unsere Familie viel wichtiger ist, und ich möchte, dass du weißt, dass ich dir gefolgt bin, weil du wie meine Schwester bist, nicht aus einem anderen Grund."

Jennie lächelte. „Ich weiß. Wir sind eine Familie, Loki."

„Ich mag den Laird der Camerons. Ich werde dich vermissen, aber ich denke, du hast eine gute Wahl getroffen, und ich wünsche dir viel Glück."

Sie umarmte ihn. „Vielen Dank."

Direkt hinter ihm standen drei junge Mädchen in seinem Alter und starrten ihn ehrfürchtig an. Jennie trat einen Schritt zurück und versuchte, nicht zu lachen. Loki drehte sich mit verwirrter Miene zu ihnen um.

Das erste Mädchen sagte: „Loki, du bist so ein starker Kämpfer."

Das zweite Mädchen sagte: „Loki, du siehst so gut aus."

Dann rannten die ersten beiden Mädchen kichernd davon.

Das dritte Mädchen, ein Mädchen mit rötlichgoldenen Locken und Sommersprossen auf der Nase, ging auf ihn zu, holte tief Luft und erklärte: „Loki Grant, du bist der hübscheste und mutigste Krieger, den ich je gesehen habe. Eines Tages werde ich dich heiraten." Sie beugte sich zu ihm vor, schloss die Augen und presste ihre Lippen auf seine.

Jennie rührte sich nicht, denn sie wollte Lokis Moment nicht ruinieren.

Als das Mädchen ihre Lippen von seinen löste, flüsterte sie ihm zu: „Mein Name ist Arabella und ich verspreche, dich für immer zu lieben." Sie wirbelte herum und rannte davon.

Loki drehte sich zu Jennie um und wurde feuerrot.

„Sie scheint sehr nett zu sein, Loki", sagte Jennie mit hochgezogenen Augenbrauen. „Und sie ist auch sehr hübsch."

Loki strahlte sie mit dem breitesten Grinsen an, das sie je gesehen hatte.

„Ich mag sie. Irgendwann werde ich sie zu meiner Frau machen."

ENDE

www.keiramontclair.net

LIEBE LESERINNEN,

Vielen Dank, dass Sie DER HELLSTE STERN DER HIGH-LANDS gelesen haben. Ich hoffe, dass Ihnen Jennies und Aedans Geschichte gefallen hat. Die einzige Geschichte, die mir in dieser Reihe noch zu erzählen bleibt, ist Avelinas Geschichte. Danach habe ich vor, eine neue Reihe über die Kinder der Grants und der Ramsays zu schreiben. Wenn Ihnen meine Bücher gefallen und Sie mich als Autorin, die ihre Werke selbst veröffentlicht, unterstützen möchten, haben Sie dazu mehrere Möglichkeiten:

1. **Schreiben Sie eine Bewertung**: Bitte hinterlassen Sie eine Rezension. Sie können Autoren damit wirklich helfen, vor allem Autoren, die wie ich selbst veröffentlichen.

2. **Besuchen Sie meine Facebook-Seite und sagen Sie „Gefällt mir"**: Sie erhalten dort Updates zu neuen Romanen, Signierstunden und Werbegeschenken. Hier ist der Link: https://www.facebook.com/KeiraMontclair

3. **Besuchen Sie meine Website**: www.keiramontclair.com. Eine weitere Möglichkeit, mich zu kontaktieren, ist über ebendiese Website.

4. **Schauen Sie auf meiner Pinterest-Seite vorbei**: http://www.pinterest.com/KeiraMontclair/ Sie werden sehen, wie ich mir Aedan Cameron und Jennie vorstelle.

Noch einmal vielen Dank für Ihre Unterstützung und ich wünsche Ihnen weiter eine angenehme Lektüre!

Keira Montclair

http://www.keiramontclair.net
http://facebook.com/KeiraMontclair/
http://www.pinterest.com/KeiraMontclair/

BÜCHER VON KEIRA MONTCLAIR

DIE CLAN GRANT-SERIE
#1-BEFREIT VON EINEM HIGHLANDERS -
Alex und Maddie
#2-HEILUNG EINES HIGHLANDER-HERZENS -
Brenna und Quade
#3-LIEBESBRIEFE AUS LARGS -
Brodie und Celestina
#4-AUFSTIEG IN DIE HIGHLANDS-
Robbie und Caralyn
#5-DAS KNISTERN DER HIGHLANDS-
Logan und Gwyneth
#6-MEIN VERSWEIFELTER HIGHLANDERIN-
Micheil and Diana
#7-DER HELLSTE STERN DER HIGHLANDS-
Jennie and Aedan
8 - Bald erscheinend

DER HIGHLAND CLAN
LOKI aus den Highlands - Buch Eins
TORRIAN aus den Highlands - Buch Zwei
LILY aus den Highlands – Buch Drei
JAKE aus den Highlands– Buch Vier
ASHLYN aus den Highlands– Buch Fünf
MOLLY aus den Highlands– Buch Sechs
JAMIE UND GRACIE aus den Highlands-Buch Sieben
SORCHA aus den Highlands-Buch Acht
9-12- Bald erscheinend

WEITERE BÜCHER
DIE VERBANNUNG DES HIGHLANDERS

ANMERKUNG DER AUTORIN

A LS ICH FÜR diese Geschichte recherchierte, fing ich dank Aedan Cameron an, mich mit Astrologie zu beschäftigen, aber am Ende verlor ich mich in der Lektüre über Bücher, Pergament, Tinte, Papier und alles, was man brauchte, um solche Werke zu erschaffen. Manches war umwerfend, manches gruselig. Ich konnte mir nicht vorstellen, auf Pergament zu schreiben, das aus Schaffell hergestellt wurde, oder mich entscheiden zu müssen, auf welcher Seite ich schreiben soll, auf der Seite mit den Haaren oder der Seite ohne! Tatsächlich wird China die Erfindung des Papiers schon im dritten Jahrhundert zugeschrieben. Ich finde es erstaunlich, dass die erste Papierfabrik Europas erst im 15. Jahrhundert in Portugal errichtet wurde. Soweit ich feststellen konnte, gab es in Schottland im 13. Jahrhundert kein Papier für die Massen. Was ich geschrieben habe, ist reine Fiktion.

Als ausgebildete Krankenschwester fasziniert mich natürlich der gesamte medizinische Bereich. Es gab viele Zeiten, in denen das Aufschneiden von Kadavern verpönt war, sodass es schwierig war, das Innenleben des Körpers zu entdecken. Wie ich bereits angemerkt habe, gab es damals keine Sorge um Keime und Hygiene. Trotzdem kann ich nicht anders, als zu glauben, dass es irgendwo da draußen eine Frau gab, die alles sauber haben wollte, ob die Geschichtsbücher es nun beschreiben oder nicht.

Dieses Buch sollte die wahre Liebe beschreiben und wie eine Person die Funktionsweise des Geistes eines geliebten Menschen wirklich verstehen kann. Aedan hat Jennie auf ganz wunderbare Weise verstanden.

Keira Montclair

www.keiramontclair.net

ÜBER DIE AUTORIN

KEIRA MONTCLAIR IST das Pseudonym einer Schriftstellerin, die mit ihrem Mann in South Carolina lebt. Sie liebt es, rasante, emotionale Liebesromane zu schreiben, am liebsten mit Kindern als Nebenfiguren in ihren Geschichten.

Früher hat sie als Krankenschwester in der Pädiatrie und in der Intensivpflege gearbeitet. Eine weitere Leidenschaft von ihr ist das Unterrichten. Sie lehrte sowohl Mathematik an der Highschool als auch praktische Krankenpflege.

Jetzt widmet sie ihre Zeit am liebsten dem Schreiben, aber alle Zeit der Welt würde nicht reichen, um alle Ideen zu Papier zu bringen, die sich noch in ihrem Kopf tummeln! Ihre Clan-Grant-Highlander-Serie, die aus acht eigenständigen Romanen besteht, ist bei den Lesern sehr beliebt. Ihre dritte Buchreihe, Der Highland Clan, die zwanzig Jahre nach der Clan Grant-Reihe spielt, konzentriert sich auf die Nachfahren der Grant/Ramsay. Wer es lieber etwas zeitgenössischer mag, dem seien ihre Bücher ans Herz gelegt, die an den Finger Lakes in West New York spielen. Ihre neueste Serie, Highlandschwerter, basiert auf der Serie Der Highland Clan, ist aber eine eigenständige Geschichte.

Kontaktieren Sie sie per E-Mail keiramontclair@gmail.com
Website: http://www.keiramontclair.net